Doris Strobl

Das Geheimnis vom Birkental

Doris Strobl

Das Geheimnis vom Birkental

Ein moderner Heimatroman

rosenheimer

3. Auflage

www.rosenheimer.com

Titelfoto: © J-Wildman – www.istockphoto.com (oben)
und Studio von Sarosdy, Düsseldorf (unten)
Lektorat: Iris Erber, Aistersheim
Satz: Satzpunkt Ursula Ewert GmbH, Bayreuth
Druck und Bindung: CPI Moravia Books s.r.o.
Printed in Czech Republic

ISBN 978-3-475-54144-5

1

Nachdenklich saß Korbinian auf einer alten Bank, die am Feldweg auf einer Anhöhe stand. Hier war sein Lieblingsplatz. »So weit ich schau'n kann, gehört das alles mir«, murmelte er leise vor sich hin. Sein Blick schweifte über die vielen Felder und Wiesen bis ganz weit in die Ferne zum kleinen Birkenwald. »Aber für wen brauch ich's denn noch?« Die Sonne schien, aber sie hatte nicht mehr die Kraft des Sommers. Fröstelnd stand Korbinian auf und ging weiter. Schlohweiße Haare hatte er, und sein Gang war langsam und schleppend. Wer ihn so sah, wusste, dieser alte Mann hatte schon viel erlebt und erlitten. Für die Schönheit der Landschaft hatte er keinen Blick mehr. Für ihn war der Anblick selbstverständlich. Die kleinen Dörfer, die vielen Wälder, die sanften Hügel und die Auen am Flussufer der Igst. Schon immer hatte er in Igstdorf gelebt. Er war hier geboren und aufgewachsen wie schon acht Generationen vor ihm.

Sein Heimatort hatte nicht viele Einwohner. Eine Kirche, ein Wirtshaus, einige alte Bauernhöfe und viele neue, kleine Einfamilienhäuser gehörten dazu. Seit Generationen lebten die Leitners hier. Durch fleißiges Arbeiten und sorgfältiges Haushalten hatte jede Generation der Leitners den Landbesitz vergrößern können. Wie man in Bayern so schön sagt, wurde »das Sach' zusammengehalten«. Mit Respekt sprach man vom Leitner-Bauern, der sich zum größten Getreidebauern im Birkental entwickelt hatte. Dazu hatte Korbinian viel beigetragen. In den Siebzigerjahren fanden viele Bauernhöfe keine Nachfolger mehr. Die Söhne und Töchter hatten keine Lust, für den geringen Ertrag so schwer zu arbeiten wie die Väter. Korbinian bewies Weitsicht und kaufte Acker um Acker auf. Ihm war klar, dass nur große landwirtschaftliche Betriebe überleben würden. Die Zeit der Kleinbauern und Selbstversorger schien damals langsam, aber sicher zu Ende zu gehen. Das Leben eines Bauern hatte sich grundlegend verändert. Wenn er an die schwere körperliche Arbeit dachte, die er noch als Kind zu leisten hatte und in den Jahren nach dem Krieg – das konnte man sich heute gar nicht mehr vorstellen. Seine Frau Kathi und er hatten ein Leben lang schwer und viel gearbeitet. Der ganze Lebensinhalt war das gewesen. Beim Kathreintanz waren sie sich näher gekommen. Er war erstaunt gewesen, dass sich eine wohlhabende Bauerntochter für ihn interessierte. Korbinian hatte sich heftig in die sieben Jahre jüngere Frau verliebt. Da war er schon über dreißig Jahre alt gewesen. So oft es ging, trafen sie sich. Sein Vater Binian und seine Mutter Kreszenz planten den Rückzug aufs Altenteil. Sie machten aber zur Bedingung, dass Korbinian endlich heiraten würde. Natürlich sollte auch ein Hoferbe geboren werden. Korbinian war auf Brautschau gegangen und hatte genau beobachtet, welche Frau zu ihm und zum

Hof passen würde. Die Eltern blieben selbstverständlich auf dem Hof wohnen. Sie zogen zwar ins Austragshäusel, das um die Jahrhundertwende gebaut worden war, trotzdem war es wichtig, eine Frau zu finden, mit der alle gut auskommen würden. Freilich hatte Korbinian schon mit der einen oder anderen Magd eine Liebeständelei gehabt. Aber zum Heiraten kam nur eine Bauerntochter infrage, das war ihm schon klar. Er kannte die Erwartungshaltung seines Vaters. Auch in den Siebzigerjahren herrschten noch strenge Regeln. Korbinian und Kathi blieb nicht viel Zeit zum Kennenlernen. Sie waren beide in ihre Arbeit eingespannt. Unbeobachtet freie Zeit zu verbringen, war in den kleinen Dörfern fast unmöglich.

Schnell wurde da geratscht und getuschelt. Alles, was sich vor den Augen der Dorfgemeinschaft abspielte, wurde genau registriert und mit entsprechenden Kommentaren bedacht. Nur was hinter verschlossenen Türen geschah, das drang nicht nach außen. Aber da hatten dann die Eltern ein wachsames Auge, dass vor der Hochzeit nicht zu viel Intimität stattfand. Kathi und er waren sich sehr schnell sicher, dass sie zusammengehörten. Als sie seinen Heiratsantrag annahm, musste er seinen ganzen Mut zusammennehmen. Dann hielt er bei Kathis Vater um ihre Hand an. Der hatte gesagt: »Ja, das sind die modernen Zeiten. Wird mir nix anders übrig bleiben, als die Zustimmung zu geben. Aber du weißt schon, früher wär so eine Verbindung wohl nicht zustand' gekommen.«

Das war Korbinian schon klar. Denn sein Besitz reichte bei Weitem nicht an den Reichtum von Kathis Familie heran. Doch es war allgemein bekannt, dass Korbinian fleißig war und sein Geld nicht ins Wirtshaus trug. Und Kathi war sehr starrköpfig. Was sie sich in den Kopf gesetzt hatte, das bekam sie auch.

Was waren das für glückliche Zeiten gewesen! Wochen vorher war der Hochzeitslader von Haus zu Haus gezogen und hatte die Einladung zum großen Fest ausgesprochen.

Korbinian schloss die Augen. Er hörte, wie die Musik aufspielte. Er sah sich mit der strahlenden, jungen Kathi im Arm über den Tanzboden wirbeln. Was war das für ein schöner Tag gewesen! Kathi sah in ihrem weißen Brautdirndl so bezaubernd und begehrenswert aus. Gerade jetzt spürte er den gleichen Stich in seinem Herzen wie damals. Es war eine der letzten ganz großen Bauernhochzeiten gewesen. Kathis Vater hatte sich nicht lumpen lassen. Den großen Saal vom Postwirt hatte er gemietet, mit dem Tanzboden und dem großen Speiseraum.

Es waren über einhundertfünfzig Gäste gekommen.

Natürlich gab es Neider, als man den gut bestückten Brautwagen sah, der von zwei prächtigen Rössern durch das Dorf gezogen wurde. Auch das Barvermögen, das sie mit in die Ehe brachte, war nicht unerheblich gewesen. Im Wirtshaus hatte man Korbinian dann darauf angesprochen. »Gell, kennst den Spruch auch: Die Liab geht, das Sach bleibt.« Als junger Mann war Korbinian ein Heißsporn gewesen, so hatte es gleich eine ordentliche Rauferei gegeben. Er ließ sich nichts gefallen und nichts nachsagen.

Alle hatten sich immer seinem Willen gefügt, das war er so gewohnt. Sein Leben war eingebettet in feste Rituale. Jede Jahreszeit stellte eine andere Anforderung an seine Arbeit. Aber eines war immer gleich: Unter der Woche wurde gearbeitet, am Sonntag ging man in die Kirche. Der Sonntag war ihm immer heilig und auch die einzige Abwechslung, die er in seinem Leben zuließ. »Ich habe nie einen Urlaub machen wollen, wozu auch? Wo kann es schöner sein als zu Hause?«, dachte er. »Aber die Kathi«, sinnierte Korbinian, »war sie wirklich glücklich mit mir?« Er wusste es nicht genau, sie hatten nie darüber gesprochen. Seine Frau hatte zu keiner Zeit Wünsche geäußert oder Ansprüche angemeldet. Sie hatte die Arbeit im Haus und im Stall erledigt. Sie war eine gütige und freundliche Frau gewesen, den zwei Kindern eine gute Mutter. War er ein guter Vater gewesen? »Ach, Kathi«, dachte Korbinian und sah hoch zum Himmel. »Wenn du nicht dort droben bist, wer dann?« Viel zu früh war sie verstorben, mit neunundfünfzig Jahren war sie bei einem Autounfall ums Leben gekommen. Erst nach ihrem Tod, hatte er gemerkt, welche Stütze sie ihm ein Leben lang gewesen war.

Wie selbstverständlich sie für ihn gesorgt hatte! Auch wenn sie nicht viel miteinander gesprochen hatten, waren sie doch sehr innig verbunden gewesen. Nun hockte er alleine auf der Bank vor dem

Haus. Niemand saß mehr neben ihm und hielt seine Hand. Solange Kathi ihre Hand in seine legte, war ihm das nie bewusst aufgefallen. Erst als sie nicht mehr da war, merkte er das Fehlen dieser Geste. Vier Jahre war das jetzt her. Vier lange, einsame Jahre. »Nach Rom wollte sie«, erinnerte er sich. Als sie wie jeden Abend die Zeitung durchgeblättert hatten, hatte sie ihm eine Anzeige vom Pilgerbüro gezeigt. Fünf Tage Rom mit Papstaudienz. »Das wäre doch ein schönes Geschenk zu meinem sechzigsten Geburtstag«, rief sie begeistert. »Jetzt, wo wir einen deutschen Papst haben, wäre das doch die Gelegenheit, nach Rom zu fahren.« Aber Korbinian protestierte.

»Ich steig in kein Flugzeug!«

»Das ist doch das Schöne«, sagte sie, »es ist eine Busreise. Wir müssen uns um gar nichts kümmern. Wir steigen ein und dann ist alles organisiert.« Dann schwärmte sie weiter. »Die Spanische Treppe, das Forum Romanum, das Kolosseum, die vielen Kirchen. Und der Petersdom, den wollte ich schon immer mal sehen. Der muss ja gewaltig sein.« Sie blickte von der Zeitung hoch und fragte dann: »Magst du nicht gern den Papst persönlich sehen? An einem Vormittag ist der Besuch des Vatikans mit einer Audienz eingeplant.«

»Ich weiß nicht, Kathi, in so einer großen Stadt, mit so vielen Menschen ... ich glaub, das mag ich nicht. Dieses Gedränge, dieser Lärm, und bestimmt ist die Luft recht schlecht.«

»Ach Korbinian, noch nie in meinem Leben hab ich in einem Hotel übernachtet. Das allein würde mich schon interessieren. Frühstück ist auch dabei und Abendessen. Einmal im Leben nur hinsetzen und sich bedienen lassen. Das stell ich mir so schön vor!«

»Na, na, durchgelegene Betten und dreckige Badezimmer, wie man es in den Fernsehberichten immer sieht. Das muss ich nicht haben! Und in Rom gibt's auch so viele Taschendiebe. Nein, da muss ich nicht hin.«

»Schade«, hatte sie nur gemurmelt.

Er war nicht mehr darauf eingegangen und damit war das Thema erledigt. Denn er wusste ganz genau, alleine wäre sie nie gefahren. Nach ihrem Tod fand er in ihrem Nachtkästchen einen Reiseführer von Rom. Da saß er dann auf ihrem Bett, mit dem Bücherl in der Hand und vergoss bittere Tränen. Ach, wenn sie doch noch leben würde. Überall würde er jetzt mit ihr hinfahren. Sogar in ein Flugzeug würde er steigen.

Das war auch etwas, was immer noch an ihm nagte, dass er ihr diesen letzten Wunsch nicht erfüllen wollte. Sicher, sie hätte die Reise nicht mehr erlebt, da sie vorher verunglückt war. Doch die Vorfreude wäre doch auch schön für sie gewesen.

Vroni, die Hauswirtschafterin, die kurz nach Kathis Tod auf den Hof gekommen war, konnte Kathi nicht ersetzen. Dennoch sorgte sie für einen geregelten Ablauf im Haus. Vroni hatte sich auf eine Anzeige gemeldet, die Korbinian im Gemeindeblatt aufgegeben hatte. Sie war Witwe, Mitte fünfzig und selbst Mutter von zwei erwachsenen Söhnen und lebte allein in einer Wohnung ganz in der Nähe des Leitnerhofes. Sie war erleichtert, nicht mehr so weit zur Arbeit fahren zu müssen. Sie hatte lange Jahre als Haushälterin bei einer Industriellenfamilie in Grünwald bei München gearbeitet. Doch je älter sie wurde, umso anstrengender war ihr die tägliche Fahrt in die Stadt geworden. Sie war froh, jetzt für Korbinian sorgen zu können. Ihre mütterliche Art tat Korbinian sehr gut. Auch wenn er es nie zugegeben hätte, Vroni hatte wieder etwas Normalität in sein Leben gebracht. Sie war eine rundliche, gemütliche Frau, die ausgezeichnet kochen konnte und den Haushalt gut im Griff hatte. Sie verwöhnte Korbinian mit seinen Lieblingsgerichten. Dampfnudeln, Apfelpfannkuchen und Apfelstrudel mochte er besonders gerne. Dann scherzte sie mit ihm und nannte ihn einen »G'schleckerten«. Obwohl sie manchmal den Eindruck hatte, dass er ihre Mühe gar nicht wahrnahm, ließ sie es sich nicht nehmen, mit Liebe und Sorgfalt zu kochen. Meistens gelang es ihr durch ihre resolute, aber doch freundliche Art, ihn aus seinen traurigen Stimmungen zu reißen und ihm neuen Lebensmut zu geben. Er schätzte ihre Anwesenheit, doch er dachte niemals daran, sich auf eine neue Beziehung mit einer Frau einzulassen. Oder gar noch mal zu heiraten, das kam ihm niemals in den Sinn.

Er blieb stehen, sein Atem ging schwer. Seine Gedanken schweiften wieder in die Vergangenheit zurück. Er hatte auch noch Andreas verloren, seinen einzigen Sohn. Sein Bub, der Hoferbe, war tot. Er sah die bunt gefärbten Bäume. Er hörte, wie das trockene Laub, das der Wind vom Mischwald herübergeweht hatte, unter seinen Füßen raschelte. »Jetzt ist es Herbst geworden«, raunte er fast verwundert. Für diese Jahreszeit hatte er die Übergabe des Hofes geplant. Andreas war gerne Landwirt gewesen. Schon immer hatte er fleißig mitgearbeitet. Nun sollte der Bub den Betrieb nach seinen eigenen Vorstellungen führen. Korbinian war bereit, mit seinen siebzig Jahren dem Sohn Platz zu machen. Das war die natürliche Ordnung. So wie ihm sein Vater eines Tages den Hof überlassen hatte. Er hatte sich schon mit dem Gedanken angefreundet, in das kleine Austragshäusel zu ziehen. Er hatte begonnen, seine Sachen zu ordnen und auszusortieren. Alles, was er nicht mehr brauchte, sollte entsorgt werden.

Dann war Andreas im Frühjahr gestorben. »Er war erst fünfunddreißig!«, schrie Korbinian unvermittelt. Er hob seinen Kopf zum Himmel und rief zornig: »Gott, warum hast du mir das angetan? Warum hast du mir den Andreas auch noch genommen?« Er merkte, dass Tränen in seine Augen stiegen und kämpfte dagegen an.

»Tapfer sein, tapfer sein, es hilft ja nichts«, redete er fast beschwörend auf sich ein.

Nach einem starken Wintersturm im Januar hatte er mit seinem Sohn im Birkenwald prüfen wollen, ob die Bäume Schaden genommen hatten. Es war ein klarer, aber bitterkalter Tag. Reif lag auf den Feldern, und der eisige, schneidende Wind war sehr unangenehm. Sie waren es beide gewohnt, weite Strecken zu gehen. Doch Andreas blieb schon nach kurzer Zeit stehen. Korbinian wurde ungeduldig und trieb zur Eile an. »Andreas, jetzt geh doch nicht so langsam, es ist kalt und wird schnell dunkel. Wir kommen ja gar nicht voran. Komm jetzt, geh zu!«

Stumm hatte Andreas genickt und war etwas schneller gegangen. Als Korbinian nach einigen Minuten das Wort an ihn richten wollte, war er wieder ein paar Meter hinter ihm. »Ja wo bleibst denn?«, drängelte Korbinian. »Hast gestern Abend zu viel Bier getrunken oder keine Lust heute?« Er wartete, bis ihn sein Sohn eingeholt hatte. Als er schwer atmend neben ihm stand, fiel dem Vater das bleiche, fahle Gesicht auf. »Vater, ich weiß auch nicht, was mit mir los ist. Ich hab keine Kraft mehr, schon länger bin ich immer so schnell müd'«, flüsterte Andreas. Dann lehnte er sich schwer atmend an einen Baum und schloss die Augen. Korbinian war furchtbar erschrocken. So hatte er den Sohn noch nie erlebt. »Ruh dich ein bisserl aus«, riet er ihm. »Wir hören für heute auf und fahren zurück.« Auf dem Weg zum Auto musste er den Sohn stützen. Dann saß Andreas mit geschlossenen Augen auf dem Beifahrersitz. »Ich fahr dich jetzt sofort zum Doktor«, beschloss Korbinian. Andreas flüsterte: »Ach, was wird der schon finden. Ich lege mich daheim ins Bett und ruh mich aus. Wie die Großmutter immer gesagt hat, wenn sie sie sich krank gefühlt hat: Sieben Tage kommt's, und sieben Tage geht's.« Korbinian stimmte zu, aber er machte sich so seine Gedanken. Andreas fühlte sich also krank und das schon seit einiger Zeit. Am nächsten Morgen beim Frühstück sprach Vroni Andreas an. »Wie du ausschaust in letzter Zeit, das gefällt mir schon länger nicht. Aber heute bist ja grad schneeweiß im Gesicht. Jetzt hör doch auf mich und geh zum Doktor!« Korbinian sah seinen Sohn an. Im Gegensatz zu Vroni war ihm nicht aufgefallen, dass sich das Aussehen seines Sohnes verändert hatte. Aber sie hatte recht, heute sah er richtig bleich und eingefallen aus. »Komm, Andreas, die Vroni hat recht.« Diesmal duldete er keine Widerrede: »Wir fahren jetzt zum Doktor.« Der stellte nach einer kurzen Untersuchung gleich eine Einweisung für das Krankenhaus aus. »Fahrt heute noch hin«, riet er. »Wenn es das ist, was ich vermute, zählt jeder Tag.«

Nachdem Vroni daheim schnell noch eine Tasche mit den nötigsten Sachen gepackt hatte, fuhren sie gleich ins Krankenhaus. Schon nach einem Tag stand die Diagnose fest: Leukämie in einem weit fortgeschrittenen Stadium. »Es gibt keine Heilung mehr«, sagte der Chefarzt zu Andreas. Korbinian stand dabei und sah, wie gefasst und tapfer Andreas diese Nachricht aufnahm. Korbinian musste sich zusammenreißen, damit der Sohn nicht merkte, wie schockiert er war.

»Wir werden aber dafür sorgen, dass Sie keine Schmerzen haben«, versprach der Arzt. Andreas fragte dann mit kraftloser Stimme: »Wie lang hab ich denn noch zu leben?« Der Arzt antwortete: »Das kann man natürlich nicht ganz genau sagen, aber länger als zwei Monate werden es nicht sein.« »Zwei Monate«, flüsterte Andreas. »Zwei Monate!« Dann schloss er die Augen und Korbinian saß stumm an seinem Bett. Gerne hätte er irgendetwas

Tröstliches zu seinem Sohn gesagt. Aber er fand keine Worte. In ihm war alles leer. Nicht einmal die Hand von Andreas hielt er. Bis heute machte er sich deswegen furchtbare Vorwürfe. Er meinte, in dieser Situation vollkommen versagt zu haben. Er hätte die Gelegenheit ergreifen sollen, ihm zu sagen, wie sehr er ihn mochte und schätzte. Er hatte es versäumt, seinen Sohn nach seinen letzten Wünschen zu befragen. Oder ob er ihm noch etwas Gutes tun könne. Am besten wäre gewesen, er hätte ihn in ein anderes Krankenhaus verlegen lassen. Nach München-Großhadern vielleicht. Dort hätte es vielleicht Spezialisten gegeben, die sein Leben gerettet hätten.

Aber nein, er saß nur stumm und starr da. Gerade so, als ob ihm das jetzt gar nicht passieren würde.

Andreas war auch sehr schweigsam. Erst als es Abend wurde, sagte er: »Papa, fahr heim, du kannst doch hier auch nichts ausrichten.« Er wollte nicht, doch Andreas drängte ihn dazu. Also fuhr er schweren Herzens nach Hause, ohne zu wissen, dass dies die letzten Worte waren, die er von seinem Sohn hören sollte.

Am nächsten Morgen, als er sich gerade auf den Weg ins Krankenhaus machen wollte, kam ein Anruf. »Herr Leitner, Ihr Sohn ist ins Koma gefallen, es wäre gut, wenn Sie schnell hier sein könnten.«

Er konnte sich nicht erinnern, wie er den Weg ins Krankenhaus zurückgelegt hatte. Zwei Tage saß er Tag und Nacht bei seinem Sohn am Bett und verhandelte mit dem lieben Gott. »Lass mir den Bub, Gott«, betete er. »Nimm mich an seiner Stelle. Ich gehe auch Wallfahrten nach Altötting und bringe die größte Kerze mit, die ich finden kann. Ich würd auch etwas für die armen Leut' spenden. Ich zahl die Renovierung unserer Dorfkapelle. Gott, wenn du etwas anderes von mir willst, gib mir ein Zeichen, nur nimm mir den Buben nicht.« Gott blieb stumm. Korbinian hatte keinen Hunger und spürte keinen Durst. Gar nichts spürte er und brauchte auch keinen Schlaf. Er saß nur da und schaute seinen Sohn an, der nun an einige medizinische Geräte angeschlossen war. Aus einem plötzlichen Impuls heraus legte er seine Hand auf die kalte Hand des Sohnes. »Ich wärm dich«, wisperte er. »Ich wärm dich, mein Bub, hast ja ganz eiskalte Händ'.«

Mit wachsbleichem Gesicht und geschlossenen Augen lag Andreas da. Atmete ein und aus, ein und aus, ein und ganz tief aus. Und plötzlich kein Einatmen mehr. Erschrocken lauschte Korbinian, wartete auf das nächste Einatmen, aber es kam keines mehr. Ungläubig starrte er auf seinen Sohn, beugte sich über ihn, versuchte noch Leben wahrzunehmen. Doch ein langgezogener, fast klagender Ton aus einem der Apparate machte klar, dass hier der Tod stärker war als das Leben. Eine Krankenschwester kam ins Zimmer gelaufen, nahm den Arm von Andreas und fühlte seinen Puls. »Sinnlos«, wollte Korbinian schreien. »Sinnlos!« Doch er blieb stumm. Die Krankenschwester wandte sich an ihn. »Ich hole jetzt einen Arzt. Kann ich etwas für Sie tun?« Er schüttelte nur den Kopf. In ihm stieg eine furchtbare Wut auf, ein Zorn, wie er ihn bis dahin nicht gekannt hatte. Er konnte nicht weinen. Auch nicht, als er am offenen Grab seines Sohnes stand, der neben der Mutter nun seine letzte Ruhestätte fand. Fast das ganze Dorf war zur Beerdigung gekommen. Korbinian wurde bewusst, wie beliebt sein Andreas gewesen war. Er war Mitglied bei der freiwilligen Feuerwehr, beim Schützenverein, beim Männergesangsverein und im Fußballverein. Alle erwiesen ihm die letzte Ehre, erschüttert und traurig über seinen frühen Tod. Es flossen viele Tränen, doch diese Tränen weinten die anderen Menschen. Er hörte sie flüstern: »Schaut euch den Korbinian an, wie gebückt er dasteht. Er sieht alt und gebrochen aus. Wie furchtbar für den armen Mann. Erst die Frau, nun der Sohn.«

Korbinian zog sich von den Menschen zurück und ließ niemanden an sich heran. Auch die, die es gut mit ihm meinten, ihm helfen und beistehen wollten. »Lasst mich in Ruhe«, sagte er nur. »Lasst mich einfach in Ruhe.« In dieser Zeit war der zweiundvierzigjährige Simon als Betriebshelfer zu ihm gekommen und hatte sich um die laufenden Arbeiten gekümmert. Er war ein tüchtiger Mann, der gut organisieren konnte und auch mit Leib und Seele der Landwirtschaft verbunden war. Was nur von vorübergehender Dauer sein sollte, wurde zu einer festen Anstellung. Simon mochte seinen Posten auf dem Leitnerhof und die beiden Männer kamen auch gut miteinander aus. Korbinian tat weiter seine Arbeit, doch ohne Freude und wirkliches Interesse. Sein Pflichtbewusstsein befahl ihm, weiterzumachen, doch es erschien ihm zunehmend sinnlos.

Seine Tochter Bärbl lebte in der Stadt. Für wen sollte er also den Hof erhalten? Bärbl hatte das freundliche, zupackende und praktische Wesen ihrer Mutter geerbt. Auch äußerlich war sie das Ebenbild seiner Kathi. Das schmale Gesicht, die langen braunen Haare, die sie meist offen trug. Doch sie war zierlicher, wirkte fast zerbrechlich und sah viel jünger aus, als sie tatsächlich war.

Wie schon nach dem Tod der Mutter, hat Bärbl nach Andreas' Tod sofort Urlaub genommen. Einen Monat ist sie bei ihm auf dem Hof geblieben. Sie haben zusammen getrauert. Er war ihr dankbar, dass sie ihm keine Vorwürfe gemacht hat, weil er sie nicht ans Krankenbett von Andreas geholt hatte. Sie hatte sich von ihrem Bruder nicht verabschieden können. In seiner Panik, den Sohn zu verlieren, hatte er vergessen, Bärbl zu benachrichtigen. Umso dankbarer war er für ihre Hilfe in der ersten, schweren Zeit der Trauer. Heute war er überzeugt davon, dass er sich umgebracht hätte, wäre sie in den ersten Wochen nicht bei ihm gewesen. Er ertappte sich dabei, dass er immer noch daran dachte, seinem Leben ein Ende zu setzen, so sinnlos erschien ihm an manchen Tagen das Weiterleben.

Eines Tages besuchte ihn Pfarrer Rösner. »Leitner-Bauer, der Andreas hat es gut, da wo er jetzt ist«, sagte er zu Korbinian. »Besteht dein Schmerz nicht darin, dass nicht dein Wille, sondern Gottes Wille geschehen ist? Du trauerst, weil deine Pläne nicht in Erfüllung gegangen sind, so wie du sie haben wolltest. Beende dein Selbstmitleid und wende dich wieder dem Leben zu.«

»Ja, Pfarrer, du redest dich natürlich leicht. Wer noch nie ein Kind gehabt hat, weiß doch gar nicht, wie es ist, eines zu verlieren. Und jetzt ist es besser, du gehst wieder und lässt mich in Ruhe.«

Der Pfarrer antwortete ruhig: »Deine Ruhe willst du? Die hast du gleich wieder, Korbinian. Ich geh sofort, aber eines will ich noch sagen. Ich kenne dich und deine Familie schon ein halbes Leben lang. Ich habe dich und die Kathi getraut. Deine Kinder hab ich getauft, sie bei der Erstkommunion und der Firmung gesegnet. Sie waren im Religionsunterricht bei mir. Jeden Sonntag warst du mit deiner Familie in der Kirche. Wie sich die Bärbl um dich gesorgt und gekümmert hat, das ist nicht selbstverständlich. Sie ist ein großartiges Mädel.« Ja, seine Tochter, seine Bärbl. Obwohl sie ihn so an Kathi erinnerte, obwohl sie das gute Wesen der Mutter hatte, kamen sie nicht recht zusammen. Er wusste nicht, woran es lag. Natürlich hatte er sich immer einen zweiten Buben gewünscht. So war das halt auf dem Land, da waren Söhne einfach wichtig. Wie glücklich waren er und Kathi gewesen, als sie nach einigen Fehlgeburten endlich wieder ein Baby in den Armen hielten. Korbinian versuchte, seine Enttäuschung zu verbergen, dass es nur ein Mädel war. Er wusste, noch ein Kind würde Kathi nicht bekommen können. Und er wollte auch nicht undankbar sein, denn er hatte ja zumindest einen Sohn, seinen Andreas.

Bärbl hatte die unausgesprochene Ablehnung wohl immer gespürt. Sie war ihm schon als Kind aus dem Weg gegangen. Sie hatte sehr an ihrer Mutter gehangen. Es kam ihm auch in den Sinn, dass sich der Herrgott vielleicht für seine Undankbarkeit gerächt hatte. Die Worte des Pfarrers wirkten bei ihm nach. Stimmte es, was er gesagt hatte? Selbstmitleid? Gerade war Bärbl wieder zurück in die Stadt gefahren. Sie hatten sich im Streit getrennt.

»Vater, ich versteh dich nicht«, meinte seine Tochter. »Du bist bald siebzig Jahre alt, und du kannst doch nicht ewig so weitermachen. Ich würd gern wieder heimkommen, mit dir und dem Simon arbeiten. Du gibst mir deine Erfahrung und dein Wissen weiter, dann könnte ich den Hof übernehmen. Ich würd wirklich gern wieder hier leben und arbeiten.« Er hatte mürrisch geantwortet »Einem Frauenzimmer geb ich meinen Hof nicht. Seit acht Generationen ist der Hof immer vom Vater auf den Sohn übergegangen.« Da antwortete sie ruhig, freundlich und sehr traurig: »Die Welt hat sich geändert. Es gibt in Deutschland eine Bundeskanzlerin, da werde ich doch einen Bauernhof bewirtschaften können. Für die schwere Arbeit gibt's doch Maschinen. Außer ein paar Katzen haben wir auch keine Tiere mehr zu versorgen. Die Arbeit des Bauern hat sich doch total gewandelt. Vor hundert Jahren war das anders, da musste man körperlich schwer arbeiten. Was ist denn, wenn du plötzlich nicht mehr kannst? Bevor der Hof dann in fremde Hände kommt, gib ihn lieber mir. Lass es uns doch zusammen probieren.« Schroff sagte er: »Nein, Bärbl, du hast dich damals für ein Leben in der Stadt entschieden. Bist ein feines Bürofräulein geworden, mit solchen Händen kann man nimmer Bäuerin werden.« Sie wollte noch etwas sagen. Doch er wehrte sie mit einer Handbewegung ab.

»Das war jetzt mein letztes Wort, brauchst nimmer reden.«

2

Bärbl war jetzt achtundzwanzig Jahre alt. Manchmal glaubte sie, dass er noch gar nicht begriffen hatte, dass sie eine erwachsene Frau war. Bei ihrer Geburt war er schon enttäuscht, dass sie ein Mädel war. Er hatte sich auch gar nicht die Mühe gemacht, nach einem besonderen Namen für sie zu suchen. Als sie am vierten Dezember geboren wurde, am Barbaratag, wurde sie einfach nach der heiligen Barbara genannt. Bei Andreas hatte man sich schon mehr Mühe gegeben. Da hatte er mit der Tradition gebrochen, dass der Erstgeborene immer wie der Vater heißt. »So einen altmodischen Namen wie Korbinian weitergeben, das kann man nicht machen«, hatte er damals zu ihrer Mutter gesagt. Nach ihr konnte die Mutter keine weiteren Kinder mehr bekommen. Andreas war immer Vaters Liebling gewesen und sie wurde gerne von ihm übersehen. Das merkte sie schon als kleines Kind. Als Andreas und sie einmal die Mutter fragten, wen sie denn lieber hätte, gab sie die Antwort. »Ich habe euch beide gleich lieb. Von ganzem Herzen!« Das hatte Bärbl ihr geglaubt, doch beim Vater war das anders.

Es hatte ihr auch sehr weh getan, dass er sie nicht angerufen hatte, als Andreas im Sterben lag. Sie wäre auch gerne ins Krankenhaus zu ihm gefahren. So konnte sie nicht einmal Abschied nehmen von ihrem Bruder.

Sie und Andreas hatten sich immer gut verstanden. Sie hatte ihren großen Bruder vergöttert und er hatte seine kleine Schwester beschützt, wenn die anderen Kinder frech zu ihr waren. Einmal hatte sie den alten Buttertopf, den schon ihre Oma benutzt hatte, fallen lassen. Er war in tausend Stücke zerbrochen und sie hatte Angst gehabt, es den Eltern zu sagen. Sie war damals fünf Jahre alt und Andreas zwölf. Da hatte er behauptet, es wäre seine Schuld gewesen, dass der Topf kaputt gegangen war. Eine Woche Hausarrest hatte er dafür abgesessen. Oft dachte sie auch an die schönen Sommernachmittage, als sie zusammen ausgeritten waren. Als sie sechzehn Jahre alt war, durfte sie nur mit zum Tanzen gehen, weil der Vater wusste, dass Andreas auf sie aufpasste. Dankbar dachte sie daran, dass sie ihrem Bruder nie lästig gewesen war. Er hatte immer auf sie geschaut und sie auf ihn. Beim Vater war das anders gewesen. Immer schon hatte sie das Gefühl gehabt, dass sie ihm nie etwas recht machen konnte. Nie hatte er ihr etwas zugetraut. Deswegen war sie schon mit achtzehn Jahren von zu Hause weggegangen und nach München gezogen. Bärbl hatte eine Ausbildung zur Hotelkauffrau gemacht und dann eine Stelle als Empfangssekretärin an der Rezeption des »New Grand Hotel« in München angenommen. Von Anfang an hatte sie sich in diesem Hotel wohlgefühlt. In diesem Fünf-Sterne-Haus logierten oft prominente Stars oder Manager großer Firmen.

Bärbl sprach fließend Englisch und Französisch und war wegen ihrer freundlichen und offenen Art bei den Gästen sehr beliebt. Sie war sehr froh, ein Zimmer im Personaltrakt des Hotels beziehen zu können. Als das Hotel einer Generalsanierung unterzogen wurde, hatte sich das Hotelmanagement dazu entschlossen, die Personalwohnräume ebenfalls zu renovieren. So konnte Bärbl in ein komplett neu möbliertes Zimmer ziehen. Der Raum war etwa dreißig Quadratmeter groß und mit modernen weißen Einbauschränken ausgestattet. Es gab ein komfortables Bett, eine kleine rote Couch, einen Flatscreen-Fernseher, und ein edles Bad. Da Bärbl alle Mahlzeiten in der Personalkantine des Hotels einnehmen konnte, gab es keine Küche, aber eine Kaffeemaschine und einen Wasserkocher. Als sie das Zimmer zum ersten Mal gesehen hatte, war ihr klar, dass sie sich hier wirklich wohlfühlen könnte. Natürlich hatten Kollegen sie gewarnt, dass es auch Nachteile hätte, direkt am Arbeitsplatz zu wohnen. Man sei immer verfügbar und könnte auch aus der Freizeit zur Arbeit geholt werden. Doch das schien Bärbl das geringere Übel. Denn im überteuerten München ein eigenes bezahlbares Zimmer zu finden, war schier unmöglich. Außerdem war Bärbl es nicht gewohnt, alleine zu wohnen und wollte das auch nicht. Ihre Entscheidung hatte sich als goldrichtig erwiesen. Kaum war sie eingezogen, überraschten sie ihre Mitbewohner mit einer Willkommensparty. Wie sich schnell herausstellte, wohnten in den siebenunddreißig Personalzimmern vor allem die jungen Hotelangestellten. Nach getaner Arbeit wurde oft gemeinsam etwas unternommen. Bevorzugt gingen sie zum »Kunstpark Ost« oder in eines der zahlreichen Lokale im Glockenbachviertel. Zusammen auszugehen, machte ihr viel Spaß. Doch sie genoss auch die Frauenabende mit ihrer Freundin Jessica, die wie sie als Empfangssekretärin im New Grand Hotel arbeitete. Jessica kam aus Berlin, war groß, blond und blauäugig und so alt wie Bärbl. Wenn die beiden Frauen unterwegs waren, erlebten sie immer sehr lustige Abende. Bärbl hatte noch nie jemanden gekannt, mit dem sie so viel lachen konnte. Es tat auch gut, eine Freundin zu haben, mit der sie sich aussprechen konnte. Die auch ihren Kummer verstand und teilte. Genauso war sie für Jessica immer da und sie schätzten einander sehr. Als einige Kollegen sich für einen Tangokurs anmeldeten, machten sie begeistert mit. Der siebenundzwanzigjährige Daniele, ein Hoteliersohn aus Mailand, entpuppte sich als der ideale Tanzpartner. Die Discobesuche wurden weniger. Immer öfter nahmen sie an Veranstaltungen teil, bei denen sie Tango tanzen konnten. Daniele war Barkeeper an der Hotelbar. Vor allem bei den Damen war er durch seinen italienischen Akzent und seinen Charme sehr beliebt. »Seniora äh bittä, darf ich Ihnen eine besondere Cocktail machen, der zu so schöner Frau, wie Sie es sind, passt?«, fragte er oft. Selbstverständlich fühlten sich die Damen geschmeichelt und stimmten zu. Den Männern bot er »Drink für de richtige, starke Mann« an – und hatte auch damit Erfolg. Er hatte in diesem Jahr den Sieg bei der »Deutschen Cocktail Meisterschaft« errungen. Der außergewöhnliche und vollkommen neue Geschmack des Getränks hatte die Jury begeistert. Der Cocktail trug den Namen »arabrab«. »Zu diesem Sieg hast du auch beigetragen«, sagte er zu Bärbl. »Ich kann mich beim Tanzen so gut entspannen, da habe ich immer die besten Ideen, welche Drinks ich mixen könnte.« Wochenlang hatte er vor der Meisterschaft neue Mixturen ausprobiert. Jessica und Bärbl hatten sie alle getestet. Auch wenn es meistens nur ein kleiner Schluck war, war es doch eine Herausforderung gewesen, die verschiedensten Alkoholika und Geschmacksrichtungen auszuprobieren. Das Hotelmanagement sah es gerne, wenn Mitarbeiter an Wettbewerben teilnahmen und stellte deshalb großzügig die gesamte Bar als Übungsplatz zur Verfügung. Dennoch musste Daniele seine Freizeit opfern, um den perfekten Cocktail zu entwickeln. Doch er war Barkeeper aus Leidenschaft und sein Beruf war sein Hobby. Er träumte davon, irgendwann seine eigene Bar zu eröffnen. Obwohl seine Eltern immer noch hofften, dass er das Familienhotel übernehmen würde. Die Gerüchteküche brodelte natürlich. Waren Bärbl und Daniele ein Liebespaar? Hatten sie ein Verhältnis? Ja oder Nein? Der Sieger-Cocktail gab wieder Anlass zu Spekulationen. Denn »arabrab« rückwärts gelesen heißt Barbara. So sehr sich Daniele um Bärbl bemühte, so bitter und traurig war es für ihn, als er einsehen musste, dass er nur Bärbls Freundschaft haben konnte. Er hatte lange um sie geworben, sie hatten sich geküsst und eine Nacht zusammen verbracht. Doch Liebe oder Leidenschaft wollte sich bei Bärbl nicht einstellen. »Es tut mir so leid, Daniele«, hatte sie zu ihm gesagt. »Ich hätte mir so gewünscht, dass zwischen uns beiden mehr entstanden wäre, aber ich liebe dich nicht. Ich bin gerne mit dir zusammen, aber ich kann dir nur meine Freundschaft anbieten.« Um sie nicht ganz zu verlieren, hatte sich Daniele darauf eingelassen, doch manchmal schmerzte es ihn schon, einfach nur der beste Freund zu sein. Bärbl war während ihrer Ausbildungszeit mit einem zwanzig Jahre älteren Mann zusammen gewesen, der sie aber immer wieder betrogen hatte. Wenn sie auf diese Beziehung zurückblickte, musste sie sich eingestehen, dass sie in ihm einen Vaterersatz gesehen hatte. Sie hatte sich damals auch nicht stark genug gefühlt, ihr Leben alleine zu verbringen. Das hatte er gespürt und ausgenutzt. Er wusste, sie würde sich ohne ihn schutzlos fühlen und daher bei ihm bleiben. So fand sie immer wieder Hinweise auf andere Frauen in seinem Leben. Als sie älter wurde und sich beruflich etabliert hatte, gewann sie auch an Selbstsicherheit. Es war ihr nicht leichtgefallen, sich aus dieser Verbindung zu lösen, doch letztendlich hatte sie es geschafft. Dazu hatte auch das Leben mit den anderen unbeschwerten jungen Leuten im New Grand Hotel beigetragen. Auch Jessica hatte sie sehr unterstützt. Verständnisvoll hatte sie zugehört, und so fand Bärbl bald wieder zu ihrer alten Fröhlichkeit zurück. Da sie ihre Arbeit gerne tat, störte sie auch der Schichtdienst nicht. Die Frühschicht ging von sechs bis vierzehn Uhr, die Spätschicht von vierzehn bis zweiundzwanzig Uhr und die Nachtschicht von zweiundzwanzig bis sechs Uhr. Alle Kollegen des achtköpfigen Rezeptionsteams bekamen am Monatsanfang ihren Dienstplan und konnten so auch ihre Freizeitaktivitäten gut planen. Danieles bester Freund Sandro war ein ausgezeichneter Koch. Im Sommer, wenn die Frühschicht um vierzehn Uhr zu Ende war, gingen sie manchmal zum »Chinesischen Turm«, dem Biergarten im Englischen Garten. Da im Hotel oft Bankette, Hochzeiten oder Kongresse stattfanden, war immer mal etwas von den köstlichen Buffets übrig. Sandro brachte diese Reste dann mit in den Biergarten und sie schlemmten den ganzen Nachmittag. Legendär waren auch die nächtlichen Küchenpartys in der Personalküche. Die jungen Köche, die teilweise noch in der Ausbildung waren, waren stolz darauf, ihr Können zu zeigen und legten sich richtig ins Zeug. Das Hotelmanagement ließ sie gewähren, solange die Leistung stimmte. Die Arbeitsatmosphäre war ausgezeichnet. Teamgeist wurde in allen Abteilungen großgeschrieben. Wenn Bärbl Kolleginnen aus der Ausbildungszeit traf und hörte, wie schlecht das Arbeitsklima in manch anderen Hotelbetrieben war, freute sie sich noch mehr über ihren Arbeitsplatz. Sie hatte eine sehr schöne Zeit in München gehabt, doch seit Andreas' Tod zog sie sich von den Kollegen immer mehr zurück. Mit Jessica oder Daniele konnte sie zwar über ihre Trauer sprechen. Sie meinten es sicher gut, wenn sie sagten: »Das wird schon wieder, die Zeit heilt alle Wunden«, aber das half Bärbl nicht wirklich. Sie konnten den Verlust, den sie erlitten hatte, nicht nachempfinden. »Denn nur Gefühle, die man selbst durchlebt und durchlitten hat, kann man verstehen«, dachte sie oft.

Durch dieses Unverständnis fühlte sie sich zunehmend einsam und isoliert. Dann meldete sie sich wieder: die große Sehnsucht nach Igstdorf, der Heimat, die immer in ihrem Herzen geblieben war. Die grünen Wiesen, die schönen Wälder und die gute Luft. Besonders im Sommer fehlte ihr die Natur.

Als die Mutter noch lebte, war sie mindestens einmal die Woche nach Hause gefahren. Auch heute noch, wenn sie von »zu Hause« sprach, war ihr geräumiges Zimmer im Leitner-Hof gemeint. Obwohl die Spannungen mit dem Vater zugenommen hatten, seit Andreas im Frühjahr gestorben war.

Das erste Jahr nach dem Tod der Mutter war sie noch regelmäßig nach Igstdorf gefahren, doch da sich ihr Vater immer mehr von ihr zurückgezogen hatte, waren ihre Besuche seltener geworden. Seitdem Andreas gestorben war, erweckte der Vater den Eindruck eines Eigenbrötlers. Wieder einmal hatte sie das Birkental wütend und ratlos verlassen. Bärbls Gedanken kehrten zum Vater zurück. Sie zwang sich, konzentriert zu fahren. »Wenn du mit einem Mann verheiratet wärst, der Interesse für das Bauernleben hätte, wär das wieder etwas anderes. Dann könnt ich mir schon vorstellen, dir den Hof zu geben«, hatte der Vater zu ihr gesagt. Kopfschüttelnd wies sie dieses Ansinnen zurück. »Papa, du bist so altmodisch, ich kann deine Vorstellungen nicht nachvollziehen.«

»Ich dräng dich zu nix«, hatte er geantwortet.

Die Landstraße war kurvenreich und galt als sehr gefährlich und unfallträchtig. Dieses waldreiche Teilstück, das nach Burgersdorf, zum größten Ort im Birkental führte, war eine der letzten Alleestraßen im süddeutschen Raum. Schöne, alte Bäume säumten die schmale Straße. Bäume, die schon viele Autofahrer das Leben gekostet hatten. So wie ihrer Mutter, die sie schmerzlich vermisste. Bärbl lenkte ihren Wagen in einen kleinen Feldweg und ging dann auf dem Grünstreifen entlang zu einem der Bäume. Hier war die Mutter gestorben, an diesem unglückseligen, nebligen Abend. Es war an einem Freitagabend. Die Mutter war beim Friseur in Burgersdorf gewesen und hatte dann noch einige Einkäufe erledigt. Sie hatte schon seit Jahren ihren eigenen kleinen Wagen, mit dem sie immer sehr sicher gefahren war. Die genaue Unfallursache hatte man nicht feststellen können. Vielleicht war ein Tier auf die Fahrbahn gelaufen. Oder die Scheinwerfer eines entgegenkommenden Autos hatten sie geblendet. Es gab eine sichtbare Bremsspur, aber dennoch war sie mit hoher Geschwindigkeit frontal gegen den Baum geprallt. Sie war auf der Stelle tot gewesen. Bärbl war an diesem Abend zufällig zu Hause gewesen. »Ich muss schnell weg«, hatte Andreas gerufen. »Autounfall auf der Alleestraße!«

Als Mitglied der freiwilligen Feuerwehr war er mit seinen Kameraden zum Unglücksort gefahren. Die Polizei war schon da und hatte die Straße gesperrt. Als Andreas zur Unglücksstelle gehen wollte, hielt ihn ein Kamerad auf. Er sah den Kommandanten der Feuerwehr mit einem Polizisten flüstern. Dann kamen sie auf ihn zu. An ihren betroffenen Gesichtern konnte er schon ablesen, dass etwas nicht stimmte. »Bleib da, Andreas«, riet der Kommandant. »Geh da nicht hin. Es tut mir so leid! Es ist deine Mutter und der Anblick ist nicht schön.«

»Wann kommt denn der Rettungshubschrauber?«, fragte Andreas. Der Kommandant schüttelte den Kopf und erwiderte »Da ist keine Hilfe mehr möglich, Andreas. Komm, fahr heim zu deinen Leuten, tu dir das nicht an.« Doch Andreas hatte sich nicht davon abhalten lassen, mitzuhelfen, so sehr alle versuchten, ihn davon abzubringen. Das Autowrack musste aufgeschnitten werden, so war alles ineinander verkeilt. Wie besessen arbeitete Andreas. Leblos lag die Mutter da, mit blutüberströmtem Kopf.

Die ganze Zeit über hatte Andreas immer wieder gerufen: »Mama, Mama, wach auf, wach auf, es kommt gleich Hilfe.« Alle waren froh, als endlich die Männer vom Kriseninterventionsteam kamen und Andreas dazu bewegen konnten, nach Hause zu fahren. Zusammen überbrachten sie dann die schlimme Nachricht der Familie. Andreas hatte einen schweren Schock erlitten und musste ins Krankenhaus eingeliefert werden. Korbinian machte sich furchtbare Vorwürfe. Wenn sie ein größeres Auto gehabt hätte. Wenn er mitgefahren wäre, wären sie zusammen mit dem großen Auto gefahren. Wenn sie an einem anderen Tag gefahren wäre. Wenn, wenn, wenn ...

Es konnte nicht ungeschehen gemacht werden, da half kein Denken und Grübeln.

Der Vater hatte neben dem Baum ein Marterl, ein kleines Gedenkkreuz aus Holz, aufgestellt. In der Mitte des Kreuzes war ein Bild von Kathi angebracht. Es war zwei Tage vor ihrem Unfall gemacht worden. Fröhlich lachte sie in die Kamera. Darunter hatte der Vater mit seiner ungelenken Handschrift geschrieben:

Oh Herr, nimm sie in Gnade auf,
hast vollendet ihren Lebenslauf.
Im sechzigsten Jahr,
in dunkler Nacht
hast du sie in den Himmel 'bracht.

Obwohl er diesen Spruch mit einer Klarsichthülle geschützt hatte, konnte man ihn fast nicht mehr lesen.

Bärbl war immer noch erstaunt über diese Zeilen. Das hätte sie dem Vater gar nicht zugetraut. Ihr wurde bewusst, wie wenig sie ihn kannte, wie fremd er ihr war. Es herrschte eine quälende Sprachlosigkeit zwischen ihnen. Sicher lag viel Gutes in ihm verborgen, das sie gerne kennengelernt hätte. An diesem Gedenkkreuz fand Bärbl mehr Trost als am Grab der Mutter. Sie hatte einen schönen Geranienstock dabei und stellte ihn vor das Kreuz. Dann murmelte sie ein »Ave Maria«. Das hatte die Mutter oft mit ihr gebetet. »Wenn du ein Anliegen hast, wende dich an die Himmelsmutter«, hatte sie zu ihr gesagt. Bärbl hielt öfter Zwiesprache mit ihrer Mama und bat sie um Hilfe. »Mama, ich hoffe, es geht dir gut im Himmel! Es ist so schwer mit Papa, es tut so weh, dass er nicht mit mir zusammen den Hof weiterführen will. Vielleicht ist es dir ja möglich, dass du ihm einen guten Gedanken eingibst, dass er künftig mehr Vertrauen zu mir hat. Ich weiß, dass ich eine gute Bäuerin wäre. Bitte, Mama, bitte hilf mir«, seufzte sie. Dann zupfte sie die Geranienblüten zurecht. Sie prüfte, ob das Holzkreuz noch fest stand und putzte es mit einem mitgebrachten feuchten Tuch sauber. Dann strich sie sanft mit der Hand darüber und bekreuzigte sich.

Zuversichtlich, dass die Mutter sie unterstützen würde, ging sie langsam zu ihrem Auto zurück.

Dort erwartete sie ein wütender junger Mann, der auf einem Traktor saß. Schon von Weitem rief er ihr entgegen. »Hoffentlich kannst du besser Auto fahren als lesen! ›Für landwirtschaftliche Fahrzeuge frei‹ steht auf dem Schild!« Irritiert schaute sie zu ihm hoch. Er trug eine schicke rote Allwetterjacke. Seine schwarzen, kurz geschnittenen Haare lugten unter einem brauen Filzhut hervor, was ihm ein markantes, abenteuerliches Aussehen verlieh. Er war bestimmt einen Meter achtzig groß und hatte breite Schultern wie ein Bär. Und er duzte sie, was sie wirklich unverschämt fand, denn sie kannten sich nicht. Er sprach hochdeutsch. Also auch wieder einer von denen, die meinten, in Bayern auf dem Dorf sei die Zeit für immer stehen geblieben. Es war schon längst nicht mehr üblich, Menschen zu duzen, die man nicht kannte. Nach einer Schrecksekunde blaffte Bärbl zurück. »Wegen der fünf Minuten brauchst du nicht so einen Aufstand machen, du Zornigl.«

»Komm, fahr jetzt dein Auterl weg, ich kann im Gegensatz zu dir am helllichten Tag net spazieren gehen«, schimpfte er. Trotz ihres Ärgers registrierte sie, dass er nun in den hiesigen Dialekt verfallen war.

Bärbl stieg in ihren roten Golf, startete und gab wütend Gas. »So ein Idiot, was bildet der sich denn überhaupt ein?« Sie wunderte sich, dass sie ihn nicht kannte, denn der Grund, auf dem sie sich befanden, gehörte den Burgers. Vielleicht ein neuer Angestellter, der sich wichtig machen wollte? Ärgerlich bemerkte sie, dass ihre Vorderreifen durchdrehten und sich immer tiefer in das weiche Erdreich gruben. »So ein Mist«, schimpfte sie. »So ein verflixter Mist; na mach schon, blöde Karre!« Sie stieg wieder aus, ging zu den Vorderreifen und sah, dass sie tief in der Erde feststeckten.

Der Mann sagte erst nichts, sah zu ihr herunter und meinte dann süffisant, mit einem Blick auf ihr Autokennzeichen: »Wenn die Städter schon mal mit der Natur in Verbindung kommen, dann gründlich, oder?« Sie rollte die Augen und schwieg. Langsam stieg er von seinem Traktor. »Da müssen wir etwas drunterlegen«, meinte er und sah sich suchend um. Dann hob er ein flaches Holzstück vom Boden auf und legte es unter den rechten Vorderreifen. Als Bärbl ins Auto steigen wollte, fasste er sie am Oberarm und hielt sie zurück mit den Worten: »Ich mach das schon, geh bloß ein Stück weg, damit du nicht dreckig wirst.« Bärbl war empört, es brodelte in ihr. Der Typ war ja mehr als unverschämt. So einen überheblichen Macho hatte sie schon lange nicht mehr getroffen. Sie protestierte: »Ich bin nicht aus Zucker, das schaffe ich schon selbst.« Er grinste. Herablassend entgegnete er: »Das mag sein, aber so viel Zeit hab ich nicht. Also, soll ich jetzt helfen oder nicht?« Bevor Bärbl antworten konnte, saß er schon im Auto. Der Wagen schaukelte einige Male hin und her und dann hatte er ihn wieder auf sicheren Boden manövriert. Er stieg aus dem Auto und machte mit seinen Armen eine einladende Geste in Richtung Fahrersitz. »Bitte schön, gnädiges Fräulein«, sagte er gönnerhaft. »Danke schön«, sagte Bärbl notgedrungen, aber sehr schnippisch. Sie war immer noch wütend auf ihn. »Vorsichtig fahren, junge Frau, wenn noch mehr Unglück auf dieser Straße passiert, dann kriegen wir doch noch die Autobahn hierher.«

»Was sagen Sie da?«, fragte Bärbl und vergaß vor Schreck sogar ihren Ärger. »Ich dachte, es ist beschlossene Sache, dass diese Straße als Naturdenkmal erhalten bleibt.«

»Ich habe da so meine Zweifel«, meinte er, drehte sich um und ging zu seinem Traktor. »Wissen Sie denn mehr darüber?«, fragte sie ihn. »Nein, aber wenn so etwas mal im Gespräch war, dann ist alles möglich«, antwortete er. »Das wäre ja furchtbar, wenn sie die schöne Landschaft hier zerstören«, rief sie. Sie stieg in ihren Wagen und fuhr los. Im Rückspiegel sah sie, wie er in ihre Richtung blickte und ein kleines Lächeln über sein Gesicht huschte.

3

Leo Burger lächelte immer noch, als er seinen Traktor startete und langsam Richtung Wald fuhr. Die junge Frau hatte ihm auf Anhieb gefallen. Ein bisschen erinnerte sie ihn sogar an Karen. Erst jetzt fiel ihm auf, dass sie den Dialekt gesprochen hatte, der hier üblich war. War sie doch von hier? Seit er vor drei Monaten zurückgekommen war, hatte er sich nur um das Sägewerk gekümmert und versucht, alles am Laufen zu halten. Auch seine alten Freunde aus früheren Zeiten hatte er noch nicht kontaktiert. Er war sehr lange weg gewesen. Nachdem er in Rosenheim sein Holztechnik-Studium abgeschlossen hatte, war er nach Kanada gegangen und hatte dort lange Jahre gelebt und gearbeitet. In Quebec hatte er als Geschäftsführer das Sägewerk von Peter Webster geleitet. Doch dann war sein Vater gestorben. Die Entscheidung, die er bis dahin immer verdrängt hatte, musste er nun kurzfristig treffen. Zurück in die Heimat, das Sägewerk des Vaters übernehmen? In Kanada bleiben, den heimatlichen Betrieb verkaufen? Den Betrieb, der seit vielen Generationen in der Familie war. Wie wichtig das Sägewerk für die Region war und ist, zeigt auch die Tatsache, dass das kleine Dorf nach der Familie der Sägewerksbesitzer benannt wurde: Burgersdorf.

Die Entscheidung war ihm unglaublich schwergefallen. Die Arbeit in Kanada machte ihm Spaß, er hatte viele Freunde gefunden, mit denen er zum Skilaufen, Kajakfahren und Wandern ging. Aber das Wichtigste, was ihn zögern ließ, war seine Freundin Karen Webster. Attraktiv, sehr gescheit, fünfundzwanzig Jahre alt, einzige Tochter von Peter Webster und somit Alleinerbin des Sägewerks. Mr. Webster wäre er als Schwiegersohn sehr willkommen gewesen. Er hätte das Sägewerk zusammen mit Karen, die auch in der Firma ihres Vaters arbeitete, weiterführen können.

Die Rückkehr nach Deutschland bedeutete auch das Ende der Liebesbeziehung mit Karen. Sie hatte ihm klargemacht, dass sie niemals mit nach Deutschland gehen würde. »Du hast mir zwar viel von deiner Heimat erzählt, aber ich kenne dein Land nicht. Obwohl ich ein bisschen deine Sprache gelernt habe, würde ich nicht glücklich werden außerhalb Kanadas. Außerdem kann und will ich meinen Daddy und die Firma nicht zurücklassen«, hatte sie traurig zu ihm gesagt. »Du wirst dich entscheiden müssen, ob du zu deiner alten Familie zurückkehrst oder mit mir eine neue Familie gründest.«

Das war hart gewesen für Leo. Er hatte lange mit sich gerungen und auch mit seiner Mutter Traudl und den Brüdern darüber gesprochen. »Bring Karen mit«, rieten sie ihm. Doch als er sie darum bat, sich seine Heimat anzusehen und dann eine Entscheidung zu treffen, lehnte sie ab. »Leo, als wir uns kennenlernten, habe ich dir gesagt, dass du berücksichtigen sollst, dass ich mein Land nie verlassen werde.«

Natürlich hatte sie das gesagt, als vor zwei Jahren ihre Beziehung begann. Doch damals war Leo noch fest davon überzeugt gewesen, dass er für immer in Kanada bleiben würde. Die Kompromisslosigkeit ihrer Entscheidung überraschte ihn. Damit hatte er nicht gerechnet. Voller Wehmut dachte er an die Verabschiedung am Flughafen. »So endet also eine große Liebe«, hatte er Karen ins Ohr geflüstert. Sie hatten vereinbart, jeden Kontakt zu unterlassen und sich auch daran gehalten.

Bis heute grübelte er darüber nach, aus welchem Grund er es nicht übers Herz gebracht hatte, den väterlichen Betrieb zu verkaufen und in Quebec bei Karen zu bleiben. Als er vor zwölf Jahren nach Kanada ging, war er zweiundzwanzig Jahre alt gewesen. Bis dahin war das Verhältnis zu seinem Vater von Gleichgültigkeit geprägt. Sein Vater hatte immer viel und lange gearbeitet. Für seine Frau und die drei Söhne blieb da nicht viel Zeit. Vor allem, weil er auch noch passionierter Jäger und Fischer war und diese Leidenschaften ausgiebig pflegte. Seine Mutter schien das nicht gestört zu haben, doch er und seine Brüder hätten gerne mehr Zeit mit dem Vater verbracht. Einmal war er mit seinen Geschwistern alleine zu Hause. Die Eltern waren auf eine Faschingsveranstaltung. Sein kleiner Bruder war mitten in der Nacht aufgewacht und hatte furchtbar geweint.

»Die Mama und der Papa sind nicht da«, hatte er geschluchzt. »Was würde denn wohl aus uns werden, wenn die beiden nicht wiederkommen würden?« Da hatte sein anderer Bruder den Kleinen in den Arm genommen und gemeint, dass es wichtig wäre, dass die Mama wiederkäme. »Die Mama ist unsere Familie«, sagte er altklug. »Der Papa hat doch sowieso keine Zeit für uns.« Leo dachte noch oft an diese Szene. Ja, die Mama, sie hatte immer alles zusammengehalten und ihnen einen guten Start ins Leben ermöglicht. Wenn er ehrlich war, hatte er in Kanada die Heimat auch nicht großartig vermisst. Leo verbrachte seinen fünfzehntägigen Jahresurlaub in Kanada. Manchmal reiste er in die USA oder nach Hawaii. Er war in all den Jahren nur einmal zu Hause gewesen, als seine Oma Sefferl gestorben war, und hatte eine Woche bei seinen Eltern verbracht. Da war klar geworden, dass es nicht gut gehen würde, wenn er den Betrieb zusammen mit dem Vater führen müsste. Der Vater hatte ihm zu verstehen gegeben, dass er noch lange nicht bereit sei, das Sägewerk an die nächste Generation weiterzugeben. Er erinnerte sich daran, dass die Mutter damals schon den Vater darauf ansprach, rechtzeitig an die Übergabe zu denken. »Schorsch«, mahnte sie. »Der Leo ist der einzige von deinen Buben, der als Nachfolger infrage kommt. Wart nicht zu lang, wenn der Leo sich in Kanada heimisch fühlt, kommt der nimmer zurück. Was soll dann werden?«

Doch der Vater hatte nur abgewunken und gesagt: »Ich gehör' noch lang nicht zum alten Eisen!«

»Ja, das denkst du«, sagte die Mutter resigniert.

»Erbschaft ist oft kein Gewinn«, seufzte der Vater. »Das mag sein«, dachte sich Leo damals, »aber die Mama hat schon recht. Ob ich jemals wieder hierher zurückkomme, steht in den Sternen.«

Denn sein Bruder Georg, als ältester Sohn der »rechtmäßige« Erbe, hatte schon früh deutlich gemacht, dass er am Sägewerk nicht interessiert war. Er hatte eine Lehre als Bankkaufmann absolviert.

Sein jüngerer Bruder Vinzenz arbeitete eine Zeit lang im Sägewerk mit, merkte aber, dass das nicht seine Welt war. Er sagte zum Vater: »Gutes Geld kann man mit dem Sägewerk sicher verdienen, aber so lange Arbeitstage wie du möchte ich nicht haben. Du lebst ja nur für die Firma.«

Vom Vater finanziert, pachtete Vinzenz dann eine Gastwirtschaft, die er aber nach einigen Jahren wieder schließen musste. Er war kein guter Geschäftsmann und hatte kaum Gewinne gemacht. Der Vater kommentierte nie die Handlungen seiner Söhne. Es gab keine Vorwürfe und Ratschläge. Als Leo seine Mutter, Traudl Burger, einmal auf diesen Umstand ansprach, meinte sie: »Solange er die Hoffnung hat, dass wenigstens aus dir ein Geschäftsmann und Nachfolger für den Betrieb wird, lässt er deine Brüder machen, was sie wollen.« Georg hatte die Arbeit in der Sparkasse irgendwann reichlich satt. Vinzenz wusste nach der Schließung der Wirtschaft auch nicht so recht, was er machen sollte. So saßen sie oft zu Hause und machten Musik miteinander. Georg spielte Akkordeon und Vinzenz Gitarre. Sie hatten das alte Liederbuch der Urgroßmutter Wally gefunden, arrangierten die Musik neu und passten die Texte an die Gegebenheiten der heutigen Zeit an. Manche Lieder gefielen ihnen so gut, dass sie sie im Original beließen. Im Ort sprach sich schnell herum, dass die Burger-Brüder Musik machten, und so bat man sie auf Hochzeiten, Geburtstagen und Beerdigungen zu spielen. Nach einiger Zeit waren sie in der ganzen Region bekannt und konnten schon gut vom Musikmachen leben. Sie spielten in Bierzelten und komponierten die Begleitmusik für das Krippenspiel des Heimatvereins.

Mit den beliebtesten Liedern ließen Georg und Vinzenz eine CD anfertigen. Leo war sehr erstaunt, als er in Kanada die CD zum ersten Mal hörte. Stolz war er auf seine Brüder, die sich jetzt »Die Birkentaler« nannten. Ihre Musik gefiel ihm sehr gut. Es war keine beliebige, bayerische Musik, nein, da gab es durchaus kritische Töne.

Natürlich war der Vater auch stolz auf die Buben, wie ihm die Mutter in einem Brief schrieb. »Aber somit ist auch Vaters Hoffnung dahin, dass es weitere Nachfolger für das Sägewerk geben könnte.«

»Die Birkentaler« blieben zu Hause wohnen, in dem großen Vierkanthof war ja genug Platz. Es war einer der schönsten Höfe im Umkreis. Vater Schorsch hatte den Hof vor einigen Jahren zusammen mit den Söhnen in Eigenarbeit aufwändig renoviert. Es wurden Wände eingerissen, um für die Söhne große, komfortable Wohnungen mit eigenen Eingängen zu schaffen. In den ehemaligen Ställen, in denen früher die Arbeitspferde standen, ließ man ein Tonstudio bauen. Das Dach wurde neu gedeckt und mit Solartechnik ausgestattet. Die neuen dunkelbraunen Sprossenfenster gaben dem Hof den ursprünglichen Charakter zurück. Die alten Holztüren wurden nach und nach repariert und neu gestrichen. Mutter Traudl pflanzte rote und rosa

Geranienstöcke in viele Blumenkästen. Vor jedem der vielen Fenster platziert, machten sie das Haus zu einem richtigen Schmuckstück. Große, alte Bäume säumten das Grundstück ein. Jeder, der am Hof vorbeiging, blieb bewundernd stehen – es war wirklich ein sehr schöner Anblick.

Georg und Vinzenz, die Brüder von Leo, führten ein unstetes Leben. Durch die vielen Auftritte, die sie inzwischen quer durch Deutschland führten, hatten sie bisher keine Familie gegründet. Sehr zum Leidwesen der Mutter, die sich nichts mehr wünschte als Enkelkinder. Vinzenz hatte sie damit aufgezogen: »Mutter, Enkerl sind gleich g'macht, aber da g'hört auch a Schwiegertochter dazu – was is', wenn's dich mit der net verstehst?«

Die Mutter hatte das als Ausrede abgetan und geantwortet: »Geh, du bist doch a fescher Bua, du wirst doch auch a nett's Madl finden. Du kennst mi doch, ich komm mit alle Leit' gut aus!«

Aber die »Birkentaler« waren allein geblieben, hatten die Bewunderung der zahlreichen jungen weiblichen Fans genossen und auch schon das eine oder andere Frauenherz gebrochen.

Sie hatten auch dem Vater am offenen Grab den letzten musikalischen Gruß dargebracht. Alle waren vollkommen schockiert über seinen plötzlichen Tod gewesen. Ein tragischer Jagdunfall hatte seinem Leben ein Ende gesetzt.

Ärgerlich bemerkte Leo, dass am Ende des Feldwegs schon wieder ein Fahrzeug geparkt war. Der große Kastenwagen stand quer auf dem Weg und versperrte ihm die Durchfahrt. Er blieb stehen, schaltete den Motor aus und sah sich suchend um. Er konnte den Fahrer nicht entdecken, also stieg er ab, ging einige Schritte um die Wegbiegung und stand zwei Männern gegenüber. Eingepackt in dicke Anoraks, stapften sie mit Gummistiefeln auf der feuchten Wiese herum. Einer der Männer hantierte an einem Gerät, das auf einem Stativ stand, der andere hielt einen langen Stab in der Hand.

»Hallo«, rief Leo, »was machen Sie hier? Das ist Privatbesitz!« Der Mann winkte, legte den Stab auf den Boden und kam zu Leo. »Grüß Gott«, sagte er und reichte Leo die Hand. »Was machen Sie mit dem komischen Gerät?«, erkundigte sich Leo, als er die Hand des Mannes ergriff.

»Das ist ein Theodolit. Wir vermessen gerade die ganze Gegend.« Leo schaute den Mann skeptisch an.

»Geht es wieder um das unselige Autobahnprojekt?«

»Mein Name ist Herbert Münchmeier«, stellte sich der Mann vor. »Es geht hier nur um eine Erhebung der Autobahndirektion, eine Vorplanung.«

Bei Leo läuteten alle Alarmglocken. »Vorplanung? Das glaub ich jetzt nicht. Sie wissen, dass die Mehrheit der Bevölkerung gegen einen Autobahnbau ist. Darum haben Sie uns wohl auch nicht verständigt, dass sie eine sogenannte Vorplanung vornehmen.« Er sprach das Wort Vorplanung gedehnt und in einem spöttischen Ton aus.

Herrn Münchmeier war es sichtlich unangenehm, dass er bei seiner Arbeit überrascht wurde.

»Ich bin Leo Burger. Ich könnte Sie jetzt auffordern, meinen Grund und Boden zu verlassen«, meinte Leo, »aber was würde das bringen, irgendwann würden Sie Ihre Arbeit ja doch tun. Also entfernen Sie bitte Ihren Kastenwagen, damit ich weiterfahren kann.«

Dann ließ er den Mann wortlos stehen und stapfte zum Traktor zurück. Gleich darauf kam Herr Münchmeier und rangierte den Wagen in eine andere Position, damit Leo vorbeifahren konnte. Trotz des lauten Fahrgeräusches des Traktors hörte Leo, wie die Reifen des Kastenwagens durchdrehten. Ein bisschen schadenfroh war er schon. »Geschieht euch recht«, murmelte er und überhörte geflissentlich das laute Rufen von Herrn Münchmeier. »Herr Burger!«, rief er, »Herr Burger, warten Sie, ich stecke hier fest.«

Ungerührt fuhr Leo weiter und tat so, als ob er ihn nicht hören würde. Als er nach einer Stunde zurückkam, die Sonne war schon am Untergehen, traf er auf zwei frierende Vermesser. Er hielt an und wie schon am Nachmittag bei Bärbls Wagen, half er nun auch den Kastenwagen aus dem durchweichten Boden zu befreien. Herr Münchmeier bedankte sich bei Leo und als sein Kollege schon in den Wagen eingestiegen war, ging er noch mal auf Leo zu und flüsterte: »Ihre Vermutung von vorhin war schon richtig. Es geht hier wieder um die Autobahn. Es gibt anscheinend neue Planungen. Aber Sie haben das nicht von mir.« »Was habe ich nicht von Ihnen?«, fragte Leo und zwinkerte ihm verschwörerisch lächelnd zu. Herr Münchmeier grinste, stieg in den Wagen und fuhr los.

Nachdenklich blieb Leo auf dem Feldweg zurück. Igstdorf und Burgersdorf hätten bei einem Autobahnbau massive Einschnitte hinzunehmen. Vor sieben Jahren gab es schon einmal Überlegungen, eine große Straßentrasse zu bauen. Leo hatte in dieser Zeit in Kanada gelebt. Der Kontakt zur Familie war ausschließlich über die Briefe gelaufen, die seine Mutter geschrieben hatte. Die Anrainer waren so aufgebracht, dass sogar sein Vater das Bedürfnis verspürt hatte, ihn in Quebec anzurufen. Leo war erschrocken, er dachte jemandem aus der Familie sei etwas passiert. Doch die Nachricht des geplanten Straßenbaus hatte auch bei ihm Entsetzen hervorgerufen. »Der Vinzenz hat im Internet einen Entwurf gefunden, da kannst du dir anschauen, was diese Betonschädel planen«, hatte er voller Wut gesagt. Nachdem Leo dies getan hatte, rief er den Vater an. »Das dürft ihr euch nicht gefallen lassen, das zerstört doch das ganze Tal. Zwei Wälder sollen komplett gerodet werden, die wichtig für dein Sägewerk sind, auch der schöne Birkenwald. Wir würden fast direkt an der Autobahn wohnen. Der Leitnerhof müsste überhaupt weg, dort wär dann die Autobahnausfahrt. Das ist tatsächlich Wahnsinn.« Der Vater, der immer sehr laut sprach, wenn er telefonierte, weil er davon ausging, dass man ihn sonst nicht gut hören könnte, hatte geschrien: »Dem Leitner würd ich's gönnen, der hat den Ruach im G'nack. Alles hat er zusammengerafft in den letzten Jahren.

Dem würd ein Dämpfer nicht schaden, der hat genug Sach'. Den Hof lasst er sowieso verkommen, da schaut es aus wie Kraut und Rüben. Um den wär's nicht schad'. Blöd ist halt, dass wir auch betroffen sind.«

Leo hatte den Kopf geschüttelt und ungläubig geantwortet: »Ich glaub's nicht, was ich grad hör. Ihr müsst euch zusammentun. Wenn die Staatsregierung in München merkt, dass ihr euch uneinig seid, dann tun die sich viel leichter, den Bau durchzudrücken. Setzt euch zusammen und redet drüber.«

Bitter klang die Stimme des Vaters: »Mit dem Leitner? Mit dem größten Feind an einen Tisch setzen? Niemals!«

Leo hatte den Vater aufgefordert, ihm zu erklären, woher diese Feindschaft kam. Doch wie immer blockte der Vater da ab.

»Das ist nicht wichtig für dich, ich sag dir nur, mit dem Kerl setz ich mich nicht an einen Tisch.« Dann war das Telefonat beendet.

Als Leo mit sechs Jahren in die Schule nach Reinskirchen kam, in die alle Kinder der umliegenden Orte gingen, warnte der Vater: »Wenn du in der Schule auf ein Kind vom Leitnerhof aus Igstdorf triffst, red' nicht mit ihm, spiel nicht mit ihm, das sind Feinde.« Der vierjährige Vinzenz sah zum Vater hoch und fragte: »Was ist denn ein Feind?« »Jemand, der einem Böses wünscht und Böses tut«, erklärte der Vater. Georg, acht Jahre alt und seit zwei Jahren in der Schule, erwiderte: »Ich finde den Leitner Andreas aber nett, der tut keinem was.«

»Ja was, redest du gar mit dem, obwohl ich es verboten hab?« »Nein«, sagte Georg, »tu ich nicht, der Andreas hat mir gesagt, dass sein Vater ihm verboten hat, mit mir zu reden. Aber warum sind die Leitners denn unsere Feinde? Was haben sie denn getan?« Der Vater verzog das Gesicht. »Das versteht ihr Kinder nicht, das liegt auch schon ganz lang zurück. Aber merkt euch diesen Spruch: ›Lieber aus ganzem Holze eine Feindschaft als eine geleimte Freundschaft‹.«

Als Kind fand Leo den Spruch komisch, aber später, als er feststellte, dass diese Aussage von Friedrich Nietzsche war, wunderte er sich: Woher hatte der Vater diesen Spruch? Als Erwachsener fand er es besonders amüsant, dass sein Vater, dessen Beruf ausschließlich mit Holz zu tun hatte, so einen Spruch benutzte, die Zwietracht zu beschreiben. Obwohl – der Vater hatte für alle Lebenslagen einen Spruch parat. Manchmal mehr, manchmal weniger passend. Eigenartig auch, dass Leo diese Sprüche nie vergessen hatte. Manchmal ertappte er sich dabei, dass er sie sogar selbst benutzte. Wenn er ganz ehrlich zu sich war, hatte er mehr charakterliche Ähnlichkeit mit seinem Vater, als ihm lieb war. Je älter er wurde, umso öfter fiel ihm auf, dass es gewisse Grundzüge gab, die denen der Eltern sehr ähnlich waren. In den ganz jungen Jahren wehrte er sich fast verzweifelt dagegen, doch dann kam er an einen Punkt, an dem er ruhig hinschaute und dachte: »Genauso hätte es der Vater gemacht« oder »Genauso hätte die Mutter gesprochen.«

»Das Leben ist ein hartes Geschäft, die ersten hundert Jahre sind die schlimmsten.« Das sagte der Vater jeden Tag. Die Familie setzte sich zum Mittagessen, die Mutter sprach das Gebet. Sie griffen zum Besteck, und dann seufzte der Vater und sagte diesen Satz. Jeden Tag. Leo hatte erst neulich im Internet nachgeforscht und herausgefunden, dass dieser Spruch von Wilson Mizner war. Ein amerikanischer Dramatiker, der während der Zeit des großen Goldrausches lebte, der viel Alkohol trank, Karten spielte und opiumsüchtig war. Alles in allem lebte er ein wildes Leben, das sein Vater bestimmt verurteilt hätte.

Plötzlich nahm Leo wahr, wie kalt ihm war. Da stand er nun am Feldweg und hing seinen Gedanken nach, und im Sägewerk gab es so viel zu tun. Er trug nun die Verantwortung für vier Mitarbeiter und musste dafür sorgen, dass immer genug Arbeit für sie da war. Für Tagträume und sentimentale Erinnerungen war da keine Zeit. Langsam fuhr er mit dem Traktor in Richtung Landstraße. Als er die Stelle passierte, an der Bärbls Auto gestanden hatte, musste er an sie denken. Die Zornesfalte auf ihrer Stirn hatte sie noch hübscher gemacht. Er hätte sich die Autonummer merken sollen oder sie fragen, wo sie lebte. Sie hatte ihm wirklich gut gefallen. Aus welchem Grund sie wohl hier angehalten hatte? Inzwischen war es leider zu dunkel, um irgendetwas erkennen zu können. Er bog in die Landstraße ein und tuckerte mit seinem Traktor heimwärts. Obwohl er gar nicht so langsam fuhr, bildete sich hinter ihm schnell ein Rückstau mit ungeduldigen Autofahrern. An einer unübersichtlichen Stelle überholte ihn hupend ein großer Audi. Leo schüttelte den Kopf und murmelte: »Ein Mensch, der zu langsam ist, wird nicht so viel Schaden anrichten wie ein Mensch, der zu schnell ist.«

Er seufzte, wieder ein Zitat vom Vater. Erstaunlich, was in ihm alles verankert war! Er sah im Rückspiegel eine lange Kolonne und beschloss, die Autos vorbeizulassen. Gerade hatte er ein Hinweisschild passiert, das auf einen Parkplatz aufmerksam machte. Er blinkte und fuhr in die kleine Parkbucht hinein. Sofort beschleunigten die eiligen Autofahrer. Als er registrierte, dass es einige Zeit dauern würde, bis er sich wieder in den fließenden Verkehr einfädeln konnte, stellte er den Motor des Traktors ab. Bis auf das Rauschen, das die vorbeifahrenden Autos verursachten, war es still. Plötzlich hörte er ein Geräusch. Er war sich nicht sicher, woher es kam und was er gehört hatte. Er wartete und lauschte konzentriert. Da hörte er es wieder. Er konnte es gar nicht richtig zuordnen. War es ein Jammern oder ein Stöhnen? Lag hier ein verletztes Tier? Oft wurden auf der Landstraße Tiere angefahren, die dann verschreckt flüchteten und irgendwo qualvoll verendeten. Er kletterte vom Traktor und sah sich suchend um. Einige Meter vom Parkplatz entfernt sah er etwas liegen. Es war schon sehr dunkel. Angestrengt starrte er in die Nacht. Dann realisierte er erschrocken, dass dort auf dem Boden ein Hund kauerte. Leo holte eine Taschenlampe vom Traktor. Als er den Lichtstrahl auf den Hund richtete, versuchte dieser vergeblich, wegzulaufen. Er stand mühsam auf, wankte und brach dann mit einem lauten, wehklagenden Jaulen zusammen. Leo beugte sich zu ihm und näherte sich mit seiner Hand der Hundeschnauze. Das Tier hob seinen Kopf und begann an Leos Hand zu lecken. Er konnte kein Halsband entdecken, das auf seinen Besitzer hingewiesen hätte. Ein freilaufender Hund war in dieser Gegend aber eher ungewöhnlich.

Vorsichtig tastete Leo am Rücken des Hundes entlang, als er zum Hüftgelenk kam, zuckte der Hund zusammen und jaulte laut auf. Leo war klar, dass er ein Tier mit einer solchen Verletzung nicht auf dem Traktor mitnehmen konnte. Er holte sein Handy aus der Tasche und rief im Sägewerk an. Frau Mitschler, die gute Seele der Firma und »Mädchen für alles«, konnte ihm sagen, wer seinem Standort am nächsten war. Per Handy erreichte er einen seiner Arbeiter und bat ihn, sofort mit dem Pkw zu kommen. Dann beugte er sich wieder zu dem verletzten Hund, streichelte seinen Kopf. Er sprach mit leisen und beruhigenden Worten zu ihm. »Was für ein schönes Tier du bist.« Er war mittelgroß, hatte ein seidiges, schwarzes Fell und wirkte robust. Er hatte einen schönen Kopf mit dunklen Augen und anliegenden Ohren, und es sah so aus, als ob er dicke Augenbrauen hätte. Er spürte, wie der Hund zitterte und nach Luft schnappte. Leo begann einen Abba-Song zu summen und merkte, dass das Zittern ein wenig nachließ. Also sang er halblaut: »You can dance, you can jive, having the time of your life, see that girl, watch that scene, dig in the dancing queen.« Mehr Text konnte er nicht, so sang er »la, la, la« weiter. Leo stiegen plötzlich

Tränen in die Augen. Natürlich, dieses Lied erinnerte ihn an Karen und daran, wie schön es war, als sie zusammen im Country Club getanzt hatten. Er musste sich eingestehen, dass sie ihm fehlte. Aber vermisste er wirklich Karen? Oder war es Kanada und die Firma dort? Oder vermisste er das Gefühl, eine Frau an seiner Seite zu wissen? So genau war ihm das nicht klar. Er war auf jeden Fall sehr traurig über den Abschied von Karen und Kanada und befand sich in einem Gefühlschaos.

Der Hund hatte aufgehört zu zittern und lag vollkommen ruhig und entspannt da. Leo spürte, wie das Herz des Tieres nur ganz schwach schlug. Dann stand plötzlich Herr Riedel bei ihm. »Hallo Chef, ich bin so schnell gekommen, wie ich konnte«, schnaufte er ein wenig atemlos. »Herr Riedel, holen Sie irgendwas, worauf wir den Hund legen können. Wir müssen ihn schleunigst zum Tierarzt bringen.« Herr Riedel holte eine alte Decke aus dem Auto, behutsam legten sie den Hund darauf. Er heulte zwar laut auf, wehrte sich aber nicht. Auf dem Weg zum Pkw schmunzelte Herr Riedel: »Hab gar nicht gewusst, dass Sie so schön singen können, Chef!« Leo ging nicht darauf ein, sondern fragte: »Wissen Sie, wem der Hund gehören könnte?« Der Arbeiter sah sich das Tier, das jetzt auf der Rückbank des Pkw lag, genau an. »Nein, ich kenn den Hund nicht. Ohne Halsband läuft bei uns sowieso kein Hund rum. Der hatte Glück, dass ihn kein Jäger erschossen hat. Schaut aus wie ein Griechischer Spürhund, so eine Labrador-Art.« Leo bat Herrn Riedel, mit dem Traktor nach Hause zu fahren. Er ließ sich erklären, wo der Tierarzt zu finden war und machte sich auf den Weg.

In Igstdorf angekommen, klingelte er eilig am Haus mit der Tafel: Dr. med. vet. Bernd Zauner, Tierarztpraxis, Sprechstunden nach Vereinbarung. »Bitte helfen Sie mir«, rief er, als ihm die Tierarzthelferin die Tür öffnete. Die Frau antwortete: »Bedauere, aber die Praxis ist schon geschlossen.«

»Ich habe einen verletzten Hund im Wagen«, sagte Leo aufgeregt. Da ging sie schnell mit Leo. Zusammen trugen sie das Tier ins Haus. Die Tierarzthelferin holte sofort den Doktor, und er blieb neben dem Hund stehen, der auf den Behandlungstisch gelegt worden war. Als der Arzt den Raum betrat, lenkte er sofort seine volle Konzentration auf seinen Tier-Patienten. »Wie ist der Name des Hundes?«, fragte er. »Ich weiß es nicht«, sagte Leo und schilderte ihm, was passiert war. Der Arzt tastete den Hund ab und meinte dann: »Gebrochen ist nichts. Auf jeden Fall hat der Hund einen Schock. So viel ist schon mal sicher. Aber ich muss ein Röntgenbild machen. Werden Sie die Kosten übernehmen? Das macht einhundertfünfzig Euro.« Als Leo das bejahte, bat ihn der Arzt, ins Wartezimmer zu gehen. Der Hund würde eine leichte Betäubung bekommen, und nach dem Röntgen, würde man mehr wissen. »Sie können sich in der Zwischenzeit einen Namen für Ihren Hund überlegen«, meinte er Arzt. Da saß Leo nun im Wartezimmer. Er merkte dass sein Magen knurrte und dachte, dass er den Hund gerne behalten würde, falls dieser keinen

Besitzer hätte. Bei so einem schönen, gepflegten Tier war das fast nicht vorstellbar. Wie würde er ihn nennen? Er musste sich ja zwei Namen überlegen, nachdem er in der Aufregung nicht mal geschaut hatte, ob es ein Rüde oder eine Hündin war. Er grübelte: »Welcher Name würde gut zu dem Tier passen? Charlie? Klang ganz pfiffig, aber nein, dieser Hund war kein Charlie-Typ. Molle? Eher ein Katzenname. Lexa? Das klang doch schön für eine Hündin. Er sprach den Namen halblaut vor sich hin: »Lexa«, genau das passte gut zu dieser Hündin. Nach einer Weile fiel ihm auch ein passender Name für einen Rüden ein: Wieder sprach er den Namen halblaut aus: »Joschi«. Nach einer Weile kam der Arzt und erklärte ihm, dass der Hund eine starke Verstauchung hätte und er eine Schiene legen würde. Außerdem wollte er ihn über Nacht hier in der Praxis behalten, um zu sehen, wie sich der erlittene Schock auswirken würde. Den Verletzungen nach sei der Hund wohl mit einem stumpfen Gegenstand geschlagen worden. Wahrscheinlich wollte ihn sein Besitzer loswerden und setzte ihn einfach an der Straße aus. Alles in allem würden Kosten von dreihundert Euro auf Leo zukommen. Da man sich nicht kannte, wäre eine Vorauszahlung angebracht. Leo lächelte und sagte: »Oh doch, wir kennen uns schon. Wir sind zusammen in die Volksschule gegangen in Reinskirchen. Bevor ich von dir abschreiben durfte, wolltest du auch immer eine Vorauszahlung. So bin ich sehr viele Süßigkeiten losgeworden.« Bernd stutzte, überlegte und griff dann lachend nach Leos Hand. »Ich kann es gar nicht glauben, der Burger-Leo. Warst du nicht in Kanada? Mensch, das ist aber schön, dass wir uns treffen. Du musst mir erzählen, wie es dir ergangen ist. Bist du noch länger in Burgersdorf?« Leo erklärte ihm, dass er den Betrieb des Vaters übernommen hatte. »Ach ja, stimmt. Ich hab schon vom Tod deines Vaters gehört. Mein Beileid, Leo. Ein Jagdunfall, oder? Das war sicher ein großer Schock für deine Familie.« Leo nickte: »Es war schon schlimm, vor allem für die Mama. Am frühen Morgen ist er zur Jagd gegangen und am Mittag ist die Todesnachricht gekommen. Aber es war halt wirklich ein tragischer Unfall. Dass die Gewehrkugel am Baum so unglücklich abgeprallt ist und ihn getroffen hat.«

»Leo, ich schlag vor, ich behandle jetzt deinen Findelhund. Er muss über Nacht hier in der Praxis bleiben. Und wenn du ihn morgen Abend abholst, trinken wir bei mir in der Wohnung ein Bier auf unser Wiedersehen. Ich wohne ja gleich hier im Haus.«

»Das würd mich freuen«, antwortete Leo.

»Dann abgemacht! Hast du dir schon einen Namen überlegt?«, fragte der Arzt.

»Lexa, falls es eine Hündin ist, Joschi, falls es ein Rüde ist«, sagte Leo.

»Also dann bis morgen, wenn du den Joschi abholst«, schmunzelte Bernd.

Leo stieg wieder ins Auto, und während er müde und erschöpft nach Hause fuhr, dachte er: »Was für ein Tag! Erst das interessante weibliche Wesen, dann die Vermessungsarbeiter, der verletzte Hund, der jetzt Joschi heißt, das Wiedersehen mit Bernd.«

Die Stimme des Vaters kam ihm wieder in den Sinn, und was sagte sie? »Unverhofft kommt oft!«

4

Bärbl fuhr mit ihrem Golf schwungvoll in die Tiefgarage des New Grand Hotels. In München bewegte sie das Auto kaum, sie brauchte es nur, um nach Igstdorf zu fahren. Der Ort war mit der Bahn sehr schlecht zu erreichen. Kurz vor München war sie in einen langen Stau geraten. Nachdem im Radio über die Staulänge und dessen Ursache berichtet worden war, hatte Bärbl befürchtet, es nicht mehr rechtzeitig zum Dienstbeginn zu schaffen. Geistesabwesend und nervös starrte sie auf die vielen Autos vor ihr. Die Nachrichten kamen mit den üblichen Meldungen. Sie hörte gar nicht richtig hin. Doch die Namen »Igstdorf« und »Burgersdorf« ließen sie aufhorchen. »Landrat Müller erklärte in einer Pressemitteilung, das erneut in Auftrag gegebene Planfeststellungsverfahren zum Autobahnanschluss der Dörfer Igstdorf und Burgersdorf diene lediglich zur Orientierung und stelle noch keine feste Bauabsicht dar. Weitere Schritte würden selbstverständlich mit der Bevölkerung abgesprochen.«

Bärbl lachte laut auf und sagte bitter: »Landrat Müller, das glaubst du doch selber nicht!« Wir sind dem doch total egal, dachte sie, der ist einfach nur auf höhere Ämter scharf, das weiß doch jeder! Will halt der Staatsregierung gefallen, und die steht anscheinend zu dem Projekt. Jahrelang war durch die deutsche Wiedervereinigung kein Geld mehr da für den Ausbau. Jetzt scheinen die Kassen wieder gefüllt zu sein und die holen wieder das alte Projekt aus der Schublade. Unwillkürlich musste sie an den Mann auf dem Traktor denken, mit dem feschen Hut. Was hatte er gewusst? Er hatte von dem Autobahnbau gesprochen. Wenn sie jetzt an ihn dachte, fand sie ihn doch ganz anziehend, ein ziemlicher Macho zwar, aber trotzdem nicht uninteressant.

Bärbl arbeitete heute zur Unterstützung der Kollegen in der Spätschicht, da eine große Gruppe von Kongressteilnehmern anreisen würde, die selbstverständlich nicht lange auf die Vergabe ihrer Zimmer warten sollten. Als sie die Tür zu ihrer Unterkunft aufschloss, schlug ihr muffiger Geruch entgegen, und sie öffnete das Fenster. Sie war vier Tage beim Vater gewesen, die Grünpflanzen brauchten dringend Wasser. Doch jetzt musste sie sich schnell umziehen und zur Rezeption gehen. Es war schon höchste Zeit. Sie mochte ihre »Uniform« sehr gerne. Ein taubenblaues Kostüm aus edlem Stoff, das ihre zierliche Figur noch besser zur Geltung brachte. Darunter eine weiße Bluse, dazu schwarze Schuhe mit halbhohem Absatz, schlicht und doch elegant. Sie begrüßte ihre Kollegen an der Rezeption, mit denen sie heute zusammenarbeiten würde. Es gab sehr viel zu tun. Sie tauchte ein in die Welt des »New Grand Hotels«, und als sie für einen kurzen Moment innehielt und an Igstdorf dachte, kam es ihr unwirklich vor, dass sie erst heute Morgen dort gewesen war. Und zu ihrer Verwunderung dachte sie wieder an den frechen Mann mit dem braunen Hut.

*

Auch Korbinian hatte im Radio von dem Planfeststellungsverfahren gehört. »Wenn das wirklich stimmt, dann werden sie bald kommen und wegen meinem Land anfragen«, sagte er zu Vroni, mit der er gerade in der Küche beim Kaffee saß. »Da bin ich ja gespannt, was es ihnen wert ist!«

»Glaubst du wirklich, dass die sich das trauen, hier eine Autobahn zu bauen? Ich kann mir das gar nicht vorstellen. Wo sich doch die Naturschützer längst nicht mehr alles gefallen lassen. Die Grünen und der Bund Naturschutz sind doch so stark in unserer Gegend.«

»Ja, das weiß ich schon«, sagte Korbinian. »Andererseits – für wen soll ich das alles erhalten? Andreas ist tot, Bärbl in der Stadt. Wenn ich verkauf', wär ich mit einem Schlag ein reicher Mann.«

Vroni sah ihn erschrocken an. »Bauer, ja was red'st denn du? So was darfst du gar nicht denken. Die Bärbl hat doch Interesse an dem Hof.« Korbinian seufzte tief. »Das weiß ich schon, aber der Andreas hat Agraringenieur studiert. So ein moderner Betrieb stellt doch ganz andere Anforderungen an einen Bauern als noch vor zwanzig oder dreißig Jahren. Freilich kannst du mit einem Verwalter arbeiten, der dir das alles abnimmt. Die Bärbl ist so gutmütig und freundlich wie ihre Mutter. Ich kann mir einfach nicht vorstellen, dass sie das schafft.«

Vroni räumte den Tisch ab und sagte so fast nebenbei: »Die Bärbl ist schon lang nicht mehr das kleine Mädel, das du immer noch in ihr siehst. Sie ist eine selbstständige, tüchtige junge Frau. Im Hotel trägt sie auch viel Verantwortung. Wäre es nicht einen Versuch wert, bevor du alles aufgibst?«

Korbinian schüttelte den Kopf, stand wortlos auf und verließ die Küche.

*

»Unverhofft kommt oft!« An diesen Spruch musste Leo wieder denken, als er sich daheim ein spätes Abendessen richtete. Vor ihm lag die Tageszeitung mit der Schlagzeile: »Doch noch Autobahn durch das Birkental?« Darin schrieb ein Journalist, dass er »aus gut unterrichteten Kreisen« gehört hätte, dass die Staatsregierung keine Einwände erhoben hätte. Zuschüsse würden gewährt werden. So sei der Autobahnbau mit dieser Trassenführung so gut wie beschlossen. Dann führte er auf, wie viele Tier- und Pflanzenarten ihren Lebensraum verlieren würden. Natürlich wurde auch der Birkenwald erwähnt. Auch er würde der Autobahn weichen müssen.

Eine Skizze zeigte den Verlauf der Straßenführung. Leo war entsetzt und empört. Würde es denn niemals aufhören, dass die Technik immer vor der Natur stünde? Vinzenz und Georg kamen in die Küche. »Ich hab heute einen Vermesser in der Nähe vom Eichwald getroffen«, erzählte er seinen Brüdern. Anscheinend ist wieder genug Geld in den Kassen, dass man die Autobahn jetzt doch bauen will.«

»Dann müssen wir jetzt sofort dagegen protestieren«, sagte Georg entschlossen. »Je weiter die Planungen fortschreiten, je mehr Geld man da schon investiert hat, umso schwieriger wird es, den Ausbau zu verhindern. Wir müssen uns zusammentun. Sobald das Ganze wirklich offiziell vorgestellt wird, müssen wir schon Anwälte haben, die unverzüglich dagegen vorgehen.« Leo und Vinzenz stimmten zu. Als Leo dann vom Fund des Hundes und vom Wiedersehen mit Bernd, dem Tierarzt, erzählte, freute sich Vinzenz: »Das ist aber praktisch! Der Bernd ist Kreisvorsitzender vom Bund Naturschutz und wird uns sicher unterstützen.« Noch eine ganze Weile beschäftigte sie das Thema Autobahnbau. Dann berichtete Leo den Brüdern von seiner Begegnung mit der jungen Frau am Feldweg.

»Habt ihr eine Ahnung, wer das sein könnte?«, fragte er. Sie zogen Leo gleich kräftig auf. »So, so, kaum ist er ein paar Monate wieder in Burgersdorf, und schon lernt er die begehrteste Frau weit und breit kennen! Das war bestimmt die Leitner-Bärbl. Die arbeitet in München, und an der Stelle, die du beschreibst, ist ihre Mutter tödlich verunglückt. Da steht ein Marterl zur Erinnerung.«

Leo rollte mit den Augen: »Ich Trottel red das arme Mädel auch noch blöd an. Aber das konnte ich echt nicht wissen. »Bist an ihr interessiert?«, erkundigte sich Georg neugierig.

»Mei, was heißt interessiert. Sie schaut gut aus, und ich wollte wissen, wohin sie gehört. Das ist dann auch schon alles«, erwiderte Leo. Vinzenz grinste und rief: »Wie hätte unser Vater so schön gesagt: Wo die Liebe hinfällt ...«

»Red doch keinen Schmarrn«, sagte Leo leicht verärgert. Dann stand er auf, und mit den Worten: »Ich geh jetzt ins Bett, gute Nacht«, verließ er die Küche.

*

Als Leo am nächsten Abend die Tierarztpraxis betrat, wartete Bernd schon auf ihn. Joschi ging es besser, er war aber noch sehr schwach und lag auf einem Kissen in einer Hundebox. »Du solltest ihn noch etwas länger hier lassen«, meinte Bernd. »Ich würd ihn die nächsten Tage gern noch beobachten.« Sanft kraulte Leo den Kopf des Hundes und sagte: »Wir machen es so, wie du meinst, Bernd. Du bist der Experte. Auf jeden Fall hab ich dem Tierschutzverein den Fund gemeldet. Eine Vermisstenmeldung liegt dort nicht vor. Aber falls sich noch jemand meldet, geben sie mir Bescheid.«

Dann gingen die beiden Männer in Bernds Wohnung im ersten Stock des Gebäudes. Bernd lebte alleine. In seiner gemütlichen Wohnküche tranken sie ein Bier und tauschten die Erlebnisse der vergangenen Jahre aus.

»Ich hab während meines Tiermedizin-Studiums schon bei meinem Vater mitgearbeitet«, erzählte Bernd.

»Du weißt ja, wie beliebt er war in der ganzen Gegend. Da schien es ihm beste Lösung, mich langsam mit in die Praxis einzubinden. Das hat auch ganz gut funktioniert. Obwohl die ganz alten Bauern dem ›oiden Viechadokta‹ schon nachgetrauert haben.«

»Was macht dein Vater jetzt?«

»Er hat sich einen Lebenstraum erfüllt und ist nach Mallorca gezogen.«

»Echt? Das ist ja wirklich eine Überraschung. Das hätte ich ihm nicht zugetraut.«

»Ich auch nicht. Du kannst dir vorstellen, wie erstaunt ich war, als er mir eines Tages Prospekte gezeigt hat. Eine wirklich schicke Wohnanlage, direkt am Meer. Er hat sich dann für eine Terrassenwohnung entschieden und ein Jahr später ist er weggezogen mit Sack und Pack. Er hatte ein schlechtes Gewissen, weil er mir die Praxis nun nicht kostenfrei überlassen konnte. Aber das hätte ich auch gar nicht gewollt, er hat schließlich sein Leben lang geschuftet.«

»Da hast du recht, das war früher wirklich ein Knochenjob. Aber jetzt ist es einfacher, oder?«

»Ja, klar. Da hat sich viel verändert. Ich bin gerne Tierarzt. Ich wollte nie etwas anderes machen. Ich war ja schon als Kind mit dem Vater unterwegs und bin mit dem Beruf aufgewachsen.«

»Hast du deinen Vater schon in Mallorca besucht? Was macht er denn dort?«

»Ja, ich war schon ein paarmal dort. Es ist wirklich schön, und es geht ihm sehr gut. Er hat eine neue Liebe gefunden, eine Witwe aus Manchester, Sally. Sie wohnt in der gleichen Wohnanlage wie er. Sie machen sehr viel gemeinsam, und er genießt es wirklich.«

»Und du? Bist nicht verheiratet?«

»Nicht mehr. Meine Ehe hat genau zwei Jahre gehalten. Seitdem leb ich allein. Ehrlich gesagt genieße ich das. Ich bin nicht geeignet für eine Zweierbeziehung. Und du?«

»Ich war in Kanada mit Karen zusammen, eine tolle Frau. Intelligent und bildschön. Aber sie wollte nicht mit nach Deutschland kommen. Seit drei Monaten bin ich jetzt wieder hier. Ehrlich gesagt bin ich mir nicht sicher, ob ich sie wirklich vermisse. Oder ob mir nur das Gefühl fehlt, eine Freundin zu haben.«

»Ja, das kann ich nachvollziehen.«

»Jetzt muss ich mich auch erst mal richtig einarbeiten. Ich hab zwar in Kanada als Geschäftsführer ein Sägewerk geleitet, aber ich musste mich hier wirklich wieder neu orientieren. Außerdem will ich nicht tatenlos zusehen, wie durch diese schöne Landschaft eine Autobahn gebaut wird.«

»Ich bin davon ausgegangen, dass das Birkental aus der Streckenplanung herausgenommen wurde«, sagte Bernd. »Es ist ein furchtbarer Gedanke, dass es Menschen gibt, die ernsthaft daran denken, unsere Heimat unwiderruflich zu zerstören. Egal, wie weit die Planungen sind, wir müssen sofort ein öffentliches Zeichen setzen und uns wehren.« Leo stimmte ihm zu und erzählte vom Gespräch mit dem Landvermesser und mit seinen Brüdern. Sie beschlossen, Kontakt mit allen betroffenen Grundstückseigentümern aufzunehmen und eine Demonstration zu organisieren. Als sie gemeinsam die Planungsskizze studierten, sagte Bernd: »Schau dir das an, am Leitnerhof führt direkt die Autobahnausfahrt vorbei.

Das Gebäude wird man abreißen, vielleicht schafft es der alte Hof auch in ein Freilichtmuseum. Nachdem der Andreas so früh gestorben ist, kann es schon sein, dass der Leitner alles hergibt.« Sie unterhielten sich über das tragische Schicksal des Leitnern-Bauern, und Bernd erzählte ihm alles, was er darüber gehört oder gelesen hatte. Doch eine Frage konnte er Leo auch nicht beantworten. Woher dieses feindliche Sinnen kam zwischen den Leitners und den Burgers, das die Väter an die Söhne weitergegeben hatten.

»Das fällt mir jetzt erst auf«, sagte Bernd. »Früher war das doch noch so, dass im Dorf jeder alles von seinen Nachbarn wusste. Heute hat sich ja auch die Dorfgemeinschaft sehr verändert, durch die vielen Zweitwohnungen und die Pendler, die oft nur zum Schlafen nach Hause kommen. Aber in der Zeit unserer Väter und Großväter war das ganz anders. Das da nichts durchgesickert ist, woher diese Feindschaft kommt, verstehe ich nicht ganz.« Leo stimmte zu: »Du hast recht, das ist wirklich ein ganz neuer Aspekt, wieso niemand etwas darüber weiß. Ich werde wirklich versuchen herauszufinden, was da passiert ist.«

Bernd bot an, in seiner Funktion als Kreisvorsitzender des Bundes Naturschutz Kontakt mit dem Leitner-Bauern aufzunehmen. »Danke, Bernd, das ist wirklich eine gute Idee von dir, ich habe nämlich keine Ahnung, wie er reagieren würde, wenn ich plötzlich vor ihm steh.«

Es war schon weit nach Mitternacht, als Leo sich auf den Weg nach Hause machte. Am Wochenende würde er Bernd wiedersehen. Gemeinsam mit Vinzenz und Georg wollten sie überlegen, wie sie den Protest gegen den Autobahnbau angehen könnten.

5

Es war die größte Demonstration, die der Landkreis jemals gesehen hatte. Eine unübersehbare Masse von Autos, Reisebussen, Motorrädern und Fahrrädern wälzte sich über die Landstraße, die schon bald hoffnungslos verstopft war. Leo und Bernd standen auf dem Podest, das sie für den Auftritt der »Birkentaler« und für die Ansprachen aufgebaut hatten, und blickten über die Felder.

»Wahnsinn«, freute sich Leo, »ich kann das gar nicht glauben, das sind ja Hunderte von Menschen.« Bernd pflichtete ihm grinsend bei. »Es ist echt erstaunlich, wie schnell sich das herumgesprochen hat. Na ja, der Bund Naturschutz kann schon einiges in Bewegung bringen mit so vielen Mitgliedern. Außerdem siehst du, wie hilfreich das Internet sein kann. Dann noch die Zeitungsanzeige und der Beitrag im Radio. Das hat ganz schön viele Leute motiviert, zu kommen. Und schau dir mal an, wie viele Transparente und Schilder sie dabeihaben. Ist ja echt kreativ, was sie alles schreiben!«

»Birken ja – Beton nein«,
»Hände weg vom Birkental«,
»Autobahn – hier nicht«,

»Heimat gehört uns«,
»Lebensraum für Tiere ist wichtiger als Beton.«

Auch die Zeitungen in München hatten von der geplanten Demonstration berichtet. In den Artikeln wurden der Tierarzt Dr. Bernd Zauner und Leo Burger als Initiatoren genannt.

Bärbl freute sich über diese Aktion, denn das zeigte ihr, dass es auch anderen Menschen wichtig war, das Birkental zu erhalten. Sie hatte ihr Auto beim Leitnerhof geparkt und war mit ihrem Fahrrad auf dem Weg nach Burgersdorf. Zwischen den beiden Orten sollte die Protestversammlung stattfinden. Wütend trat sie in die Pedale. So wie es aussah, war der Vater wirklich dazu entschlossen, alles zu verkaufen. Sie hatte den Entwurf eines Notarvertrages gesehen. Die Summe, die für das Land inklusive dem Leitnerhof geboten wurde, kam ihr sehr niedrig vor. Als sie den Vater darauf ansprach, sagte er nur: »Mehr ist es schon, als wenn sie mich enteignen!«

»Bitte, Vater, gib doch nicht so leicht auf«, flehte sie ihn an. »Denk doch daran, dass der Hof abgerissen werden soll. Ich werde mir nächste Woche frei nehmen und Erkundigungen einziehen. Das ist doch unsere Heimat. Man muss sich doch erst mal wehren und darf nichts unversucht lassen!«

Er hatte genickt und sie traurig angeschaut. »Wenn der Andreas noch leben würde, der wüsste, was zu tun ist«, sagte er mit bebender Stimme. Sie versuchte ihn zu umarmen, doch er wehrte sie ab. »Ich weiß es auch, vertrau mir«, flüsterte sie. »Schau, jetzt findet eine Protestaktion statt, da werd' ich hinfahren und mitmachen. Da gibt es sicher auch noch mehr Informationen, wie wir vorgehen können.« Wie erstarrt stand der Vater da und sagte: »Das hat für mich doch alles keinen Sinn mehr. Für mich allein ist der Hof zu groß, ich geh' fort von hier, und du bekommst auch was von dem Geld, dann kannst du dir in München eine Wohnung kaufen.«

Wieder hatte Bärbl ihm versichert, dass sie nicht in der Großstadt leben wollte, sondern hier in Igstdorf. Doch er schien ihr nicht zu glauben. Wenigstens hatte er ihr versprochen, den Vertrag über den Verkauf erst zu unterschreiben, wenn sie weitere Erkundigungen über den Wert der Grundstücke eingeholt hatte.

Als Bärbl sah, wie viele Autos auf der Landstraße fuhren, blieb sie auf den Feldwegen und freute sich an der schönen Laubfärbung, der frischen Luft und der Sonne. Noch war es kühl, doch es würde ein schöner Spätherbsttag werden. Schon von Weitem sah sie die vielen Menschen. Sie blieb mit ihrem Fahrrad etwas abseits stehen. Auf einem kleinen Podest standen zwei Männer. Sie trugen dreiviertellange Lederhosen, Trachtenjacken und grüne, breitkrempige Filzhüte. Einer der beiden hielt eine Gitarre in der Hand, der andere ein Akkordeon.

»Wer ist das denn?«, fragte sie einen der Umstehenden.

Dieser fragte erstaunt zurück: »Sie kennen die Birkentaler nicht?«

»Doch, gehört habe ich schon von ihnen«, sagte Bärbl. »Das sind die Burger-Brüder, oder?« Der Mann nickte und lauschte dann konzentriert dem Vortrag, der soeben begann.

Das Mikrofon gab einen langen pfeifenden Ton von sich, und dann sprach einer der Männer. »Wir haben für diese Veranstaltung heut' ein neues Lied'l g'schriebn.«

Die Menschen applaudierten, und Bärbl hörte, wie eine Frau hinter ihr sagte: »Das ist ja Wahnsinn, dass die hier spielen. Und wahrscheinlich auch noch ohne Gage. Die sind echt super! Ich habe eine CD von denen, und das sind nicht nur schöne Melodien. Die Texte haben es ganz schön in sich.«

Das Mikro gab wieder einen pfeifenden Ton von sich und einer der beiden Musiker rief: »Also, los geht's, bitte singt's den Refrain alle mit, seid's net schüchtern, der Text ist ganz einfach. Und singen kann jeder!«

Der Mann mit dem Akkordeon begann zu spielen. Als die Demonstranten die ersten Töne eines alten Volksliedes erkannten, applaudierten sie wieder. Dann begann einer der beiden zu singen:

Die Herren in den oberen Etagen
planen ohne uns zu fragen
doch wir, wir sagen ganz laut Nein
Autobahn, das soll nicht sein.

»So«, rief der Sänger ins Mikro, »und den Refrain jetzt alle«:

Keine Autobahn durchs Birkental
so was ist nicht unser Fall
Die Heimat ist so wunderschön
wir woll'n sie nicht verschandelt seh'n.

Alle Tiere, die hier leben
wird es dann wohl nicht mehr geben
Frösche, Vögel, Hasen, Biber
mögen halt den Wald viel lieber.

Dann gab er wieder den Einsatz für den Refrain, und ein hundertstimmiger Chor trat lautstark in Erscheinung.

»Letzte Strophe«, rief der Gitarrenspieler und sang:

Fruchtbarer Boden, Wiesen und Wald
versinken unter Beton schon bald.
Die Heimat muss bleiben, wie sie ist
sonst sehen wir uns vor Gericht.

Die Demonstranten sangen den Refrain wieder begeistert mit. Als das Lied zu Ende war, erschallte der Ruf »Zugabe, Zugabe« über die Felder, und die Birkentaler sangen das Lied noch einmal. Dann bedankten sie sich, und ein anderer Mann kam zum Mikrofon.

Bärbl stellte ihr Rad ab und drängelte sich weiter nach vorne, um ihn besser sehen zu können. Doch sie kam nicht durch. Es waren so viele Demonstranten da, dass sie gezwungen war, weiter hinten stehen zu bleiben.

»Grüß Gott«, rief der Mann ins Mikrofon. »Grüß Gott, liebe Leut', ich bin der Burger-Leo. Wir sind ganz überwältigt«, dabei zeigte er auf die Birkentaler und Bernd, »wie viele von euch heute da sind. Schaut euch um, bitte schaut euch um: Da, wo ihr jetzt steht, genau da soll die Autobahn gebaut werden. Eine Autobahn mit sechs Fahrspuren durch unsere schöne, einmalige Heimat. Das darf einfach nicht geschehen!«

Applaus brandete auf und ein Zwischenruf: »Recht hast du Burger, recht hast du!«

»Der Landrat sagt zwar, da ist noch gar nichts entschieden, das ist alles nur eine Vorplanung. Aber wir sagen dir, lieber Herr Landrat, wir wollen nicht mal einen Gedanken daran verschwenden, wie das hier aussehen könnte. Wenn die Staatsregierung das Projekt nicht befürworten und bezuschussen würde, könnte die Autobahndirektion nichts ausrichten. Daher geht unser Aufruf an die Politiker. Lasst nicht zu, dass unser schönes Bayern immer weiter verschandelt wird!«

Die Leute klatschten, und einige riefen »Jawohl, so ist es!« Dann sprach Leo weiter: »Von überall her kommen die Touristen, um sich hier zu erholen und weil sie die Landschaft lieben. Es ist doch Irrsinn, das alles zu zerstören, nur um ein paar Minuten Fahrtzeit zu sparen. Geschwindigkeit ist nicht alles! Denkt an unsere Väter und Urgroßväter. Generationen vor uns haben dieses Land schon bewirtschaftet. Wir werden hier auf gar keinen Fall eine Autobahn dulden. Liebe Mitbürger, wir werden kämpfen um den Erhalt unserer Heimat! Und wenn sie unser

Land haben wollen, dann müssen sie uns enteignen. Nicht einen Grashalm und einen Baum werden wir freiwillig hergeben. Da unser Landrat in Burgersdorf wohnt, schlag ich vor, dass wir ihm jetzt alle gemeinsam einen Besuch abstatten. Er soll sehen, dass wir mit diesen Plänen nicht einverstanden sind. Danke, dass ihr alle da seid!«

Erneuerter Applaus und Bravo-Rufe. Bärbl war es inzwischen doch gelungen, weiter nach vorne zu kommen. Sie war immer noch weit weg vom Podest, doch nah genug, um den Redner deutlicher zu sehen. Es war der Typ, der sie blöd angeredet hatte, als sie mit ihrem Auto auf dem Feldweg gestanden war. Dieser Mann hatte den Protest angezettelt? Leo Burger? Die Birkentaler waren seine Brüder. Sie seufzte und dachte daran, wie der Vater reagieren würde, wenn herauskäme, dass ausgerechnet ein Burger sich gegen das Autobahnprojekt stellte. Die Burgers, die er so sehr ablehnte. Wenn sie dagegen waren, dann war es für ihn noch leichter, dafür zu sein und die Grundstücke zu verkaufen. Alleine schon, um den Burgers eins auszuwischen. Diese unselige Feindschaft, die anscheinend von der Zeit ihrer Urgroßväter herrührte, über die aber nicht gesprochen wurde.

Nun stieg der Mann vom Podest. Die Birkentaler stimmten noch ein weiteres Stück an. Viele Zuhörer sangen mit, anscheinend kannten sie das Lied.

Bärbl hörte noch ein bisschen zu, dann drehte sie sich um und ging zu ihrem Fahrrad zurück. Da sah sie Leo Burger auf sich zukommen. Er unterhielt sich mit Bernd, dem Tierarzt, und gestikulierte mit den Händen, während er sprach. Plötzlich hob er seinen Blick, stutzte kurz, sagte etwas zu Bernd.

»Grüß dich, Bernd«, rief Bärbl, die den Tierarzt schon lange kannte. »Grüß dich, Bärbl«, antwortete er. »Das ist aber schön, dass du gekommen bist. Ist dein Vater auch da?« Bärbl schüttelte den Kopf. »Nein, für so was ist er nicht zu haben, aber ich wollte auf jeden Fall dabei sein.«

Bernd zeigte auf Leo. »Ich glaube, ihr kennt euch noch nicht. Das ist der Leo Burger. Leo, das ist die Bärbl Leitner.« Bärbl sagte sarkastisch: »Gekannt haben wir uns nicht, das stimmt, getroffen haben wir uns aber schon einmal.«

»Leo reichte ihr die Hand und entgegnete süffisant: »Ja, dann freut es mich aber besonders, dass wir uns jetzt wiedersehen.«

Sie nahm seine Hand, registrierte seinen festen Händedruck und musterte ihn eingehend. Er sah noch viel besser aus, als sie ihn in Erinnerung hatte. Heute trug er eine Art Cowboyhut und eine braune Wildlederjacke. »Sind Sie mit dem Auto da? Brauchen Sie Hilfe?«, fragte Leo scherzhaft.

Bärbl rollte mit den Augen und entgegnete: »Ah, so nach dem Motto ›Tu Gutes und rede darüber‹, oder?«

Leo grinste und entgegnete: »Ganz schön schlagfertig! Aber jetzt geht's auf nach Burgersdorf. Sie kommen doch mit, oder?«

»Selbstverständlich komme ich mit. Ich finde das auch ganz toll, dass ihr diese Demonstration organisiert habt. Als ich den Plan gesehen hab, war ich total schockiert. Die spinnen wohl, ich werde den Leitnerhof nicht kampflos hergeben.«

»Recht hast du«, meinte Bernd. »Auch wenn sich eure Familien nicht mögen, müsst ihr jetzt unbedingt zusammenhalten.«

Leo und Bärbl nickten gleichzeitig, und Bärbl murmelte: »Ja stimmt, diese eigenartige Feindschaft.«

Leo bestätigte: »Nachdem ich gar nicht genau weiß, wieso diese Abneigung entstanden ist, habe ich den Bernd vorgeschickt, mit dem Leitner-Bauern zu reden. Mir war einfach nicht klar, wie er auf mich reagieren würde.« Bernd wandte sich zu Bärbl. »Ich kenn deinen Vater ja schon lange; es ist wirklich erschütternd zu sehen, wie sehr ihm der Tod von Andreas zugesetzt hat. Es scheint ihm wirklich egal zu sein, was mit seinem Besitz passiert.« Bärbl nickte. »Ja, ich weiß, aber mir ist es nicht gleichgültig. Wenn ich irgendeine Unterstützung geben kann, sagst du mir Bescheid, oder?«

Bernd bedankte sich für das Angebot. Leo stellte fest: »Meine Brüder haben aufgehört zu spielen. Ich denke, wir sollten uns auf den Weg machen.« Mit einem Lächeln wandte er sich an Bärbl und neckte sie: »Vorsicht, bleiben Sie mit ihrem Radl nicht stecken!« Sie wollte etwas entgegnen, doch er drehte sich um und rief in ein Megafon: »Es geht los, bitte alle schön zusammenbleiben und hinter uns nachkommen. Auf geht's!«

Die Birkentaler kamen nach vorn zu Bernd und Leo. Dann setzte sich der Protestmarsch in Bewegung. Bärbl blieb etwas zurück und ging, ihr Rad schiebend, etwas abseits der Menge. Plötzlich kam Leo und ging neben ihr.

»Fast wie eine Wallfahrt«, scherzte er.

»Ja«, meinte sie, »aber die Birkentaler dürften auf keiner Wallfahrt aufspielen!«

Er lachte und fragte: »Geht's mit dem Rad?«

»Solange keine Stelle kommt, bei der ich stecken bleiben könnte, schon«, konterte sie.

»Ich mag Frauen mit Humor!«

»Ja, aber hier geht's um eine ernste Sache. Da ist mir nicht zum Scherzen zumute, ich bin wirklich beunruhigt.« »Ja, klar, mir geht's genauso, aber ich hab mich schon bei einem Anwalt erkundigt. Da gibt es viele Möglichkeiten, dem Ganzen einen Riegel vorzuschieben. Nummer eins ist erst mal Öffentlichkeit herstellen. Das tun wir gerade!«

»Keine Autobahn durchs Birkental«, sangen die Demonstranten, und Leo und Bärbl stimmten mit ein.

Selbstverständlich hatte Landrat Müller in der Zeitung von der geplanten Demonstration gelesen. Wortlos reichte ihm sein Sekretär die Tageszeitung. Leise stöhnte er auf, als er die Schlagzeile las: »Aktionsbündnis ruft zur Großdemonstration auf.«

Nun würde es also losgehen. Endlose Diskussionen und Proteste – alles, was er hatte vermeiden wollen. Er war jetzt gewaltig in der Zwickmühle. Sein Wohnhaus stand in Burgersdorf. Als Privatmann war er von dem Bauvorhaben alles andere als begeistert. Aber aus Eigennutz konnte er sich nicht gegen die eigene Partei stellen. Er lebte gerne in dem beschaulichen Ort, natürlich war dieses Bauvorhaben unsinnig und viel zu kostenintensiv. Es gab ja durchaus noch zwei alternative Streckenführungen für die Autobahn. Aber sogenannte Experten hatten sich in die Idee verrannt, die Trasse genau hier durch das Birkental zu bauen. Es sah so aus, als würde er sich entscheiden müssen, zwischen Karriere und Heimat. Er saß gerade beim Mittagessen mit seiner Familie, als er in der Ferne ein Singen hörte. Es klang wie ein großer Chor. Müller schaute aus dem Fenster und sah eine große Menschenschar auf sein Haus zumarschieren.

»Heimat ist so wunderschön, woll'n sie nicht verschandelt seh'n«, skandierte die Menge, und »Müller raus, Müller raus!«

Der Landrat ging in den ersten Stock auf den Balkon und versuchte zu beschwichtigen. »Immer mit der Ruhe, liebe Leut'! Ihr wisst doch, dass immer wieder mal das Gespräch auf die Autobahn kommt, aber da ist noch gar nichts entschieden. Ich wohn doch selber hier, glaubt ihr denn, ich lass wirklich zu, dass unsere Heimat zerstört wird?«

Leo Burger rief durch das Megafon: »Ja, das glauben wir, und darum sind wir hier. Nur als Warnung, dass wir eine Autobahn niemals ohne Widerstand hinnehmen werden.«

Dann gab er ein Handzeichen, und die Menge rief mit ihm zusammen: »Keine Autobahn durchs Birkental, keine Autobahn durchs Birkental.«

Landrat Müller hatte inzwischen den Balkon verlassen und stand jetzt in seinem Vorgarten. Er winkte Leo zu sich, sprach mit ihm, und nach einigen Minuten rief Leo durchs Megafon: »Liebe Mitbürger, ich bedanke mich, dass ihr so zahlreich mitgemacht habt. Ich habe gerade mit Landrat Müller für nächste Woche einen Gesprächstermin in seinem Büro vereinbart. Er will mit uns über alles reden. Wir halten euch über Internet und Zeitung auf dem Laufenden und ihr erfahrt alles über weitere Aktionen! Für heute ist die Demo beendet. Ich denke, wir haben ein deutliches Zeichen gesetzt. Kommt gut heim! Auf Wiedersehen!«

Die Menge begann sich zu zerstreuen und Bärbl sagte: »Also, dann wünsch ich euch noch einen schönen Sonntag«, und wollte auf ihr Rad steigen.

»Wir gehen noch zum Postwirt«, meinte Leo. »Wollen Sie nicht mitgehen?«

Sie überlegte kurz und sagte dann: »Na ja, warum nicht.« So saßen sie dann beim Postwirt im Garten und tranken ein Bier. Sie sprachen noch einmal über die Demonstration und deren Verlauf und über den Termin, den Leo mit dem Landrat vereinbart hatte. Irgendwann kam der Besitzer der Wirtschaft, Wiggerl Pfistler, an ihren Tisch. Er begrüßte Bärbl, Georg, Vinzenz, Bernd und Leo. Der machte wieder einen seiner Scherze: »Postwirt, wenn's blöd läuft, kannst hier eine Autobahnraststätte mit Schnellimbiss aufmachen!«

Der schmunzelte und antwortete: »Burger, dein Schmäh hat mir wirklich gefehlt die letzten Jahre. Aber über so was kann ich echt nicht lachen!«

Als Vinzenz sein Bier ausgetrunken hatte, fragte er Bernd und Leo: »Wollt ihr mitfahren, wir haben das Auto heute Früh schon hier geparkt. Am Abend haben wir einen Auftritt und müssen jetzt los.«

Bernd nahm das Angebot dankend an. Doch Leo wollte noch bleiben. »Fahrt ihr nur, ich bleib noch da, es ist so schön, hier zu sitzen.«

»Aha«, sagte Vinzenz mit einem Grinsen und sie verabschiedeten sich. Einen Moment saßen Bärbl und Leo schweigend da, dann sagte Leo:

»Früher war es üblich, dass sich im Dorf alle geduzt haben, das war schon praktisch.«

Bärbl lachte. »Ja, an alte Dorftraditionen muss man sich halten! Wir können uns gerne duzen.«

»Bärbl, darauf trinken wir jetzt«, grinste Leo und hob sein Glas.

»Du, tut mir leid, dass ich damals so ruppig war, wie du mit dem Auto steckengeblieben bist.«

»Ja, da hast du dich ziemlich arrogant aufgeführt. Ich hab mich ganz schön geärgert. Aber gut, vergeben und vergessen, du scheinst ja doch schwer in Ordnung zu sein.«

Leo lächelte: »Na, das hör ich gern!«

»Weißt du, ich halte öfter an dieser Stelle«, berichtete Bärbl. »Meine Mutter ist nur wenige Meter weiter tödlich verunglückt. Mein Vater hat dort ein Kreuz aufgestellt. Obwohl das jetzt schon vier Jahre her ist, fehlt sie mir ganz schrecklich.«

»Ich kann das gut nachempfinden. Mein Vater ist in diesem Jahr gestorben. Obwohl man erwachsen ist, trägt man doch auch immer das Kind in sich, das man mal war. Egal ob Vater oder Mutter – wenn ein Elternteil stirbt, geht doch auch ein großer Teil von uns selbst verloren. Es ist einfach ein großer Schock.

Ich hätte auch niemals gedacht, dass es mich so erschüttern und belasteten würde.«

»Ja, das stimmt, so ist es mir auch gegangen. Ich hab sehr viel gegrübelt und nachgedacht in der Zeit nach Mamas Tod. Manchmal war ich richtig froh, dass mich meine Arbeit abgelenkt hat.«

»Genau, bei mir war das auch so! Wo arbeitest du denn?«

»In München im New Grand Hotel an der Rezeption.«

»Wow, allein schon der Name, das klingt nach Fünfsternehotel, das ist sicher interessant.«

»Ja, schon, aber schöner wäre es, wenn das Hotel näher bei Igstdorf wäre.«

»Fühlst du dich nicht wohl in der Großstadt?«

»Ich mag meine Arbeit wirklich. Und ich hab nette Kollegen, mit denen ich viel unternehme. Aber um mich wirklich ganz wohlzufühlen, brauche ich Natur um mich herum.«

»Ja, das kann ich nachvollziehen, ich leb' auch sehr gern auf dem Land. So eine Großstadt – der Lärm, der Gestank, die Hektik – das wär nix für mich.«

»Und du hast das Sägewerk von deinem Vater übernommen, Leo?«

»Ja, ich bin erst seit drei Monaten wieder in Deutschland. In Kanada hab ich ein großes Sägewerk geleitet, aber da keiner meiner Brüder den Betrieb hier übernehmen wollte, bin ich wieder zurückgekommen.«

»Oh, das ist aber auch ein großer Schritt! War es für dich die richtige Entscheidung?«

»Ja, absolut, aber die Landschaft Kanadas fehlt mir schon. Es war eine gute Zeit dort.«

Dass er Karen vermisste, erwähnte Leo nicht, da es ihm unpassend erschien. Sie lernten einander gerade erst kennen, da konnte er nicht mit der Geschichte seiner verflossenen Liebe daherkommen und rumjammern.

Bärbl sagte ein bisschen verträumt: »Kanada muss toll sein. So viel bin ich noch nicht gereist, aber ich war einmal in England, in Wales. Diese Landschaft hatte bei mir auch einen ganz tiefen Eindruck hinterlassen.«

»Mir hat in Kanada diese unglaubliche Weite gefallen. Die Berge und die klaren Seen. Du triffst dort stundenlang nicht eine Menschenseele. Einmal bin ich eine Woche in den Bergen geblieben. Ich hab im Zelt übernachtet. Der Sternenhimmel war einfach unvergesslich! Und die Menschen waren dort wirklich sehr freundlich und fröhlich. Ich hab auch schnell Freunde gefunden, hab mich dort sofort willkommen gefühlt.«

»Dann hast du viel zurückgelassen!«

»Ja, schon ... Mein Vater hatte für alle Fälle des Lebens immer einen Spruch auf den Lippen. Und hier hätte er gesagt: ›Blut ist dicker als Wasser.‹ Das Sägewerk war seit Generationen in unserer Familie, ich wollte es unbedingt erhalten. Und du, siehst du eine Möglichkeit, wieder nach Igstdorf zurückzukehren?«

»Ja durchaus. Ich hab meinem Vater angeboten, den Hof zu übernehmen. Aber er war nicht so begeistert davon. Er meint, ich hätte zu wenig

Erfahrung und wär mit meinen achtundzwanzig Jahren zu jung.«

»Wie bitte? Das kann ich ja gar nicht nachvollziehen. Klar, so etwas ist ein gewaltiges Vorhaben. Aber wenn es dir wichtig ist und du Interesse daran hast, kannst du es doch lernen, oder?«

»Ja, das sehe ich auch so.«

»Die jungen Frauen schaffen heute so einiges. Und außerdem haben früher auch schon die Frauen alles zusammengehalten. Viele Bäuerinnen hatten viel mehr Macht und Einfluss, als es den Anschein hatte. Das haben die Männer bloß nicht so gemerkt.«

Bärbl lächelte, nickte und antwortete: »Da hast du recht, so habe ich das noch gar nicht gesehen. Mein Vater hat nach dem Tod meiner Mutter schon viel Lebensmut verloren. Und im Frühjahr ist auch noch mein Bruder Andreas gestorben. Diesen Schock hat er noch nicht verkraftet.«

»Dein Bruder? Ja, das hab ich schon gehört. Das ist ja wirklich furchtbar. Wie alt war er denn?«

»Fünfunddreißig, und der Vater hätte ihm diesen Monat den Hof übergeben wollen.«

Leo schwieg erschrocken und murmelte dann: »Mein Gott, ich bin vierunddreißig. Hast du ein enges Verhältnis zu deinem Bruder gehabt?«

»Er war immer Papas Liebling. Aber er hat diesen Umstand mir gegenüber nicht ausgenutzt. Ich war seine kleine Schwester, auf die er gut aufpassen wollte. Das hat mir als Kind immer ein Gefühl von Sicherheit gegeben. Ich hab einfach mit meinem großen Bruder gedroht.« Bärbl lächelte und erzählte weiter. »Einmal ist er mit einer blutigen Nase nach

Hause gekommen. Er hat mit einem Klassenkameraden gerauft, weil der mich ›kleines dürres Zwetschgenweiberl‹ genannt hat.« Tränen standen nun in ihren Augen, als sie fortfuhr: »Er ist so plötzlich gestorben, und ich hab mich nicht verabschieden können. Das quält mich bis heute, dass mich mein Vater nicht angerufen hat, wie der Andreas im Sterben gelegen ist. Oft hab ich mich gefragt, wieso ich nichts von seiner Krankheit bemerkt hab, wenn ich zu Hause war. Wieso mir nichts aufgefallen ist, so etwas entwickelt sich doch langsam.«

Sie seufzte tief.

»Darf ich?«, fragte Leo und legte sanft den Arm um sie. Bärbl ließ sich einfach fallen und genoss seine Fürsorge.

Leo war sehr betroffen. »Es ist ein schrecklicher Gedanke, wenn ich mir vorstelle, dass ich einen von meinen Brüdern verlieren würde. Hast du noch mehr Geschwister?«

Bärbl schüttelte den Kopf und Leo nahm den feinen Geruch eines Parfüms wahr.

»Nein, keine Geschwister mehr«, sagte sie schließlich. »Der Andreas hätte den Hof übernehmen sollen, Vaters Pläne sind zerstört worden. Aber genug jetzt von diesem Thema. Es ist so ein schöner, sonniger Tag. Erzähl doch mal, welche Musik hörst du denn gerne?«

Leo grinste und sagte: »Natürlich ›Die Birkentaler‹, und jeden Montagabend schau ich mir die Punk-Rock-Sendung im Fernsehen an.«

Er registrierte ihren irritierten Gesichtsausdruck. »Ich weiß, das entspricht nicht der Norm, aber ich schau jede Sendung an.«

»Warum nicht, wenn dir das gefällt ...«, antwortete Bärbl vorsichtig.

»Nein«, lachte Leo. »War nur eine Gaudi. Ich sehe nur jede zweite Sendung an.«

Sie stupste ihn leicht am Oberarm und sagte erleichtert: »Du immer mit deinen Scherzen. Also, was magst du nun wirklich außer den ›Birkentalern‹?«

»Am liebsten höre ich Johnny Cash, und du?«

»Bei mir wechselt das; zurzeit ist es Rihanna, ich hatte aber auch mal eine Udo-Jürgens-Phase.«

Leo lachte. »War das jetzt die Retoure für den Punk Rock?«

»Nein, im Ernst. Ich war mal mit meinen Kollegen in einem Konzert von Udo Jürgens. Er hat im Hotel gewohnt und uns Freikarten geschenkt.

»Echt?«, unterbrach Leo. »Das ist ja super! Bekommt ihr öfter mal Freikarten?«

»Ja, schon, auch für die Oper, Kammerspiele, Residenztheater. Wer halt gerade bei uns wohnt. Bei Udo Jürgens sind wir nur aus Spaß hingegangen. Aber dann hat er uns echt gut gefallen. Wir waren wirklich überrascht. Es war eine tolle Vorstellung.«

»Wie alt ist denn Udo Jürgens?«

»Keine Ahnung, aber ich glaube, er könnte unser Opa sein. Wobei – Johnny Cash gehört ja auch zur alten Garde, oder?«

Leo grinste und nickte: »Ja stimmt. Aber ich steh auf seine Songs und seine Stimme! Hast du den Film über ihn gesehen? Mit Joaquin Phoenix und Reese Witherspoon?"

»Nein, den kenne ich nicht.«

»Ich hab die DVD, wenn du magst, können wir uns die mal bei mir anschauen.«

Bärbl lachte: »Der moderne Mann lockt das Weib mit einer DVD, die Briefmarkensammlung hat anscheinend ausgedient.«

Leo machte zum Spaß ein enttäuschtes Gesicht. »Bin ich so leicht zu durchschauen, dass ich dich nur in meine Junggesellenhöhle locken will? Oh je!«

»Hast du denn sturmfrei zu Hause?«

»Wir wohnen zwar alle zusammen auf dem Vierkanthof – Georg, Vinzenz, die Mutter und ich. Aber jeder hat eine Wohnung mit eigenem Eingang. Na ja, aber die absolut zentrale Stelle im Haus ist Mamas Küche. Da treffen wir uns dann alle. Meine Brüder sind ja viel unterwegs, aber für mich kocht die Mama schon regelmäßig.«

Langsam wurde es zu kühl, um weiter draußen zu sitzen. Sie beschlossen, nach Hause zu gehen.

»Wollen wir unsere Handynummern austauschen?«, fragte Leo. »Ja gerne«, erwiderte Bärbl.

»Wie hätte der Kaiser Franz Joseph gesagt«, meinte Leo: »Es war sehr schön, es hat mich sehr gefreut.«

»Mich auch, Leo«, erwiderte sie und stellte freudig fest, dass er ihre Hand beim Abschied länger hielt, als es notwendig gewesen wäre. Als sie auf ihr Rad stieg, rief er ihr noch hinterher: »Fahr vorsichtig, wir telefonieren!«

Sie winkte ihm, und dann radelte sie beschwingt zum Leitnerhof. Während sie in die Pedale trat, dachte Bärbl an ein Gespräch, das sie einmal mit der Mutter geführt hatte. Sie konnte sich noch gut erinnern, wie sie zusammen in der Stube gesessen waren.

»Es war Liebe auf den ersten Blick, als ich deinen Papa zum ersten Mal gesehen hab«, hatte sie mit einem verträumten Ausdruck in den Augen erzählt. »Du schaust einen Mann an, und dann sagt dir dein Herz: Das ist er. Das ist mein Mann. Bei dem will ich ein Leben lang bleiben.«

Mutters Vater wollte, dass sie zum Kathreintanz ging. Er hatte vor, sie dort mit dem Pfister-Toni zu verkuppeln, dem einer der größten Höfe im Umland gehörte. Er hatte seiner Tochter in den höchsten Tönen von dem Mann vorgeschwärmt. Kathi wusste durchaus, von wem er sprach. Ihren Einwand, dass der Pfister Toni einen grobschlächtigen, unfreundlichen und fast brutalen Eindruck auf sie machte, wischte der Vater vom Tisch: Von Äußerlichkeiten sollte sie sich nicht beeinflussen lassen. Beim Kathreintanz würde sie sehen, wie gut der Toni zu ihr passen würde. Außerdem müsste man doch daran denken, dass sie eine entsprechend gute Partie wäre. Das würde schon alles gut werden. Kathi hatte sich nicht mehr gewehrt und den Tanz als gute Gelegenheit gesehen, auch mal andere Burschen näher kennenzulernen. Und da wurde sie auf den Leitner-Korbinian aufmerksam. Sah ihn und wusste, das ist er! Der sollte ihr Mann werden. Sach' hin oder her. Den Toni würde sie auf gar keinen Fall nehmen. Nur den Korbinian, da war sie sich nach nur einem

Tanzabend schon ganz sicher. Bärbl war das ziemlich unglaubwürdig vorgekommen. Erstens konnte sie sich ihren Vater nicht als verliebten jungen Mann vorstellen. Zweitens erschien es ihr unwahrscheinlich, dass man sich sofort in einen Mann verlieben konnte. Ohne ihn öfter getroffen zu haben oder richtig zu kennen. Doch nun, nachdem sie zwei Stunden mit Leo verbracht hatte, wusste sie, wovon die Mutter gesprochen hatte. Die Liebe auf den ersten Blick. Nun war es auch ihr passiert. Es war ein eigenartiges Gefühl, geprägt von freudiger Erwartung, Unsicherheit und bangem Hoffen. Es fühlte sich aber auch sehr gut an. Leicht war plötzlich alles, so leicht. Sie hatte Schmetterlinge im Bauch.

»Leo Burger«, murmelte sie vor sich hin. »Leo Burger, ich glaub, ich hab mich wirklich in dich verliebt!«

Ein Mann mit Humor, der gut zuhören konnte und verständnisvoll war. Der nachvollziehen konnte, was sie bewegte. Der trotz der Frotzeleien respektvoll und ernsthaft war.

Es war ein schöner Tag gewesen. Sie war nicht mehr alleine mit ihrer Angst, den Hof und den Besitz an die Autobahnbauer zu verlieren. Sie hatten Handynummern ausgetauscht.

»Wir telefonieren!«, hatte er ihr nachgerufen.

Ob er sie anrufen würde? Ob er sich auch verliebt hatte?

Als die Sonne fast untergegangen war, kam sie zu Hause an.

Sie erzählte ihrem Vater von der Demonstration und deren Verlauf und dass sie Bernd getroffen hatte. Die Burger-Brüder erwähnte sie nicht.

»Ach ja, der Bernd, der war bei mir. Er wollte wissen, was ich tun werde. Ihr Jungen glaubt immer, ihr könnt die ganze Welt verändern«, sagte Korbinian resigniert. »Das hab ich ihm auch gesagt. Ich denke, ihr könnt gar nichts erreichen. Wenn sich die Obrigkeiten was einbilden, dann ziehen die das durch, da hilft das ganze Demonstrieren nichts.« Er stand auf, holte den Notarvertrag und legte ihn vor Bärbl auf den Tisch. »Ich hab noch mal darüber nachgedacht. Wenn dir so viel am Hof liegt, schau dir den Vertrag an.« Bärbl war glücklich über die kleine Annäherung.

»Danke, Papa, das freut mich!«, sagte sie.

»Ist schon recht«, brummte er und ging aus der Stube.

*

Leo Burger fuhr etwas langsamer, damit er das Kreuz sehen konnte, das Bärbls Mutter gewidmet war. Bärbl gefiel ihm. Sie war so unkompliziert, offen und fröhlich. Sie hatte ein schönes, helles Lachen und strahlte etwas ganz Besonderes aus. Als er daheim ankam, fiel ihm ein, dass er vergessen hatte, Joschi abzuholen, wie er es mit Bernd verabredet hatte.

Er fuhr noch mal zu ihm. Fast zwei Wochen hatte Bernd sich um den Hund gekümmert. Früher wollten sie dem verängstigten Tier einen erneuten Ortswechsel nicht zumuten. So war Leo fast täglich zu ihm gefahren, und von Tag zu Tag ging es Joschi besser. Beim Tierschutzheim hatte sich niemand gemeldet.

Leo freute sich nun darauf, den Hund mit nach Hause zu nehmen.

Joschi begrüßte Leo und blieb schwanzwedelnd neben ihm stehen.

»Er ist bereit, mit seinem Retter zu gehen«, lachte Bernd. »Ich habe ihn noch mal untersucht, es wird bald alles verheilt sein. Es ist wirklich ein schöner Hund. Aber er hat keinen Chip, gar nichts, was auf einen Vorbesitzer hinweist. Doch er kennt die Befehle Sitz und Platz, also war er schon mit Menschen zusammen.« Leo streichelte den Hund, der sich eng an ihn schmiegte. »Der Joschi muss sich noch ein bisschen schonen, also nur kurze Spaziergänge die nächsten Tage«, riet Bernd. »Nächste Woche Mittwoch oder Donnerstag kommt ihr zwei bitte noch mal bei mir vorbei.«

Joschi legte sich vor Leo hin. Ab und an hob er den Kopf, hielt ihn ganz schräg und warf erwartungsvolle Blicke auf seinen neuen Herrn.

Die Männer mussten lachen und tranken noch ein Bier zusammen. Da sie sich wieder angeregt unterhielten und gemütlich zusammensaßen, öffnete Bernd noch eine Flasche Rotwein.

Leo übernachtete schließlich auf Bernds Wohnzimmercouch. Am nächsten Morgen erwachte er ziemlich verkatert. Nachdem er eine Tasse Kaffee mit Bernd getrunken hatte, machte er sich auf den Weg nach Hause. Joschi ließ sich von Leo widerstandslos das Halsband anlegen.

»So, Joschi, bedank dich beim Onkel Tierarzt für seine Hilfe und seine Gastfreundschaft. Und sag ihm, er soll uns die Rechnung schicken!«

»Schon gut«, meinte Bernd. »Das ist nicht so eilig. Kommt gut heim, ich muss jetzt in die Praxis.«

Zu Hause duschte Leo, zog sich um und fuhr in die Firma. Joschi nahm er mit. Der Alltag hatte ihn wieder.

6

Bärbl hatte am Abend auf einen Anruf von Leo gehofft und ihr Handy nicht aus den Augen gelassen. Enttäuscht war sie dann ins Bett gegangen, in der Hoffnung, dass er sich am nächsten Morgen melden würde. Doch nichts geschah. Kein Anruf, keine SMS, Funkstille. Es war ein blödes Gefühl, auf eine Nachricht von ihm zu warten. Dann schien er also nicht die gleichen Gefühle zu haben wie sie. Die Sehnsucht nach einem Lebenszeichen von ihm schmerzte. Sie packte ihre Sachen zusammen und fuhr nach München zurück. Sie war froh, heute in der Spätschicht zu arbeiten. Während der Arbeit hatte sie keine Zeit, um zu träumen oder sich irgendwelchen Hoffnungen hinzugeben.

Als sie in München ankam und sich gerade für ihren Dienst umzog, klopfte es an ihrer Zimmertüre. Jessica stand davor und erkundigte sich, wie die Demonstration gewesen war.

»Ach, Jessica«, seufzte Bärbl. »Ich hab dir doch von dem unfreundlichen Typ erzählt, der mein Auto aus dem Matsch gefahren hat. Der war auch bei der Demonstration gegen die Autobahn. Du, ich hab mich in den verliebt.«

Jessica schrie begeistert auf: »Wow, det is doch spitze!«

»Ja«, nickte Bärbl, »aber ich weiß nicht, ob das auf Gegenseitigkeit beruht. Er hat gesagt, wir telefonieren, aber gemeldet hat er sich noch nicht.«

»Och, die Jungs, die melden sich meistens eher schleppend. Sind doch alle keine großen Redner vor dem Herrn, wa?«, tröstete Jessica. »Denk doch mal an meinen Freund Marcel, was war das für ein Drama, bis der endlich wusste, was er wollte! Das wird schon! So, und jetzt auf, unsere Schicht fängt gleich an!«

Am Ende der Woche hatte Leo sich immer noch nicht gemeldet, und Bärbls Stimmung sank beträchtlich. »Jetzt mach doch nicht lange rum«, riet ihr Jessica. »Schick ihm eine SMS, dass du am Wochenende in Igstdorf bist und fertig. Die Zeiten sind doch vorbei, dass du warten musst, bis sich ein Mann bei dir meldet. Selbst ist die Frau!«

»Aber was ist, wenn er mich nicht treffen will? Er hätte sich doch sonst gemeldet.«

Jessica schüttelte den Kopf. »Denk an Marcel, weißt du noch, wie ich dir immer vorgejammert hab, als er nicht anrief? Wenn ich mich nicht immer wieder in Erinnerung gebracht hätte, wären wir heute bestimmt nicht ein glücklich liebend Paar. Jetzt mach schon!«, drängelte sie.

Bärbl schrieb eine SMS: »Bin So/Mo in Igstdorf, Zeit für ein Treffen?«

Gespannt wartete sie auf eine Reaktion, und kurz darauf ertönte der Walkürenritt, ihr Klingelton.

Leo war dran. »He, das ist aber schön, von dir zu hören. Wie geht's dir?«

»Danke, gut!«

»Du, das passt prima, wenn du am Sonntag in Igstdorf bist. Georg, Bernd und ich wollten uns abends um acht Uhr beim Postwirt zusammensetzen. Komm doch mit!«

»Ich weiß nicht«, sagte Bärbl enttäuscht und mit gedehnter Stimme.

»Ach komm schon. Das wär doch nett«, drängte Leo.

Bärbl dachte einen kurzen Moment nach. Was blieb ihr übrig? Sie konnte doch unmöglich sagen, nein, ich will dich alleine sehen. Also wenn sie ihn treffen wollte, hatte sie keine andere Wahl.

»Gut, dann komm ich mit«, sagte sie und versuchte ihre Stimme fröhlich klingen zu lassen.

»Ich freu mich auf dich«, rief Leo, »bis Sonntag dann, mach's gut.«

»Ja, du auch«, antwortete sie. Doch er hatte schon aufgelegt.

Bärbl sah Jessica an.

»Besser als nix«, kommentierte diese. »Sei froh, dass er überhaupt sprechen kann! Ach ja, Männer!«

Plötzlich mussten sie laut loslachen und konnten sich lange nicht mehr beruhigen.

*

Korbinian saß in der Wohnstube vor dem Fernseher und sah wie fast jeden Abend die Nachrichten im Bayerischen Fernsehen an. Die Sprecherin berichtete über das Birkental und den geplanten Autobahnbau, der bei der Bevölkerung auf wenig Gegenliebe stieß. Sie erwähnte die Demonstration und ein Gespräch, das zwischen Landrat Müller und Leo

Burger stattgefunden hatte. Dann wurde ein Bild eingeblendet, das die beiden Männer zeigte. Außerdem wurde erwähnt, dass Landrat Müller auch im Birkental wohnte. Die Planungen liefen nun schon seit einigen Jahren, jedoch sei immer noch keine endgültige Entscheidung getroffen worden. Dann kam ein kurzer Interview-Ausschnitt, in dem Leo Burger sagte, er und das Aktionsbündnis »Keine Autobahn durchs Birkental« würden die Planungsfortschritte genau im Auge behalten und sich weiter wehren.

»Da schau her, der Burger«, murmelte Korbinian. »Das gleiche G'sicht wie sein Vater, und genauso siebeng'scheit daherreden tut er auch. Jetzt könnt ich dir so richtig eins auswischen. Ist sowieso noch eine Rechnung offen.« Er dachte an die Siebzigerjahre, was das für ein Gezänk war bei der Flurbereinigung. Der Burger Schorsch war außer Rand und Band vor Neid!

Er erinnerte sich noch lebhaft.

Am liebsten hätte er damals meinen ganzen Grund und Boden an sich gerissen. Wie er versucht hat, seine feuchten Wiesen und leeren Wälder gegen mein schönes Ackerland zu tauschen, da graust mir heute noch. Mit allen Mitteln hat er gearbeitet. Aber ich bin nicht auf der Brennsupp'n daherg'schwommen. Das hat er dann schon gemerkt.

Bei diesem Gedanken lächelte er still in sich hinein. Auf die Idee, den anderen Grundstückseignern ihre kleinen Äcker, Wiesen und Felder abzukaufen, ist er nicht gekommen. Das war aber auch nicht mein Problem. Die Flurbereinigung ist dann doch noch zu meinen Gunsten ausgegangen. Der an einem Grundstück den größeren Anteil hatte, hat es halt dann ganz bekommen. So konnte er seine sauren Wiesen nicht eintauschen und war dann auf mich beleidigt, weil ich schlauer war als er.

Dann sagte er laut in die Stube hinein: »Ja, ihr Burgers, wenn ich meinen Grund verkauf', dann habt ihr nix mehr zu melden. Dann braucht ihr kein Aktionsbündnis mehr.«

Sie waren ihm ein Dorn im Auge. Schon seit jeher war von denen nichts Gutes zu erwarten. Sein Vater hatte ihn immer vor dieser Familie gewarnt. Diesen Andeutungen hatte er entnommen, dass da einmal ganz schlimme Dinge geschehen waren.

Der Burger Leo war nicht selbst zu ihm gekommen um mit ihm zu reden. Nein, er hatte den Tierarzt geschickt. »Feiger Hund«, murmelte er. »Ein rechtschaffenes Mannsbild wäre selber gekommen. Traut sich wohl nicht her, wird schon wissen, warum.«

Jetzt red ich schon mit mir selber, dachte er. Er fühlte sich zunehmend einsam in dem großen Haus. Vroni ging um siebzehn Uhr, nachdem sie ihm noch ein kaltes Abendessen gerichtet hatte.

Wenn es das Wetter erlaubte, saß er noch draußen vor dem Haus auf der Bank und las in der Zeitung. Dann ging er in die Stube, schaltete den Fernseher ein. Doch es lag eine bleierne Stille und Einsamkeit über diesem Haus. Der Vorschlag von Bärbl kam ihm in den Sinn. Natürlich wäre es schön, wenn das Haus wieder mit Leben und Kinderlachen erfüllt wäre. Sie hatten nicht darüber gesprochen, aber er war sich sicher, dass sie Kinder haben wollte. Er würde zwar im kleinen Austragshäusl wohnen, aber er wäre doch nicht alleine. Er seufzte »Ich weiß nicht, ich glaub einfach nicht, dass sie für die Landwirtschaft gemacht ist. Und wo soll sie in der Stadt einen Mann kennenlernen, der mit ihr den Hof führen kann?«

Andererseits, wenn er das Land und den Hof verkaufen würde, wo sollte er dann hin? Er konnte sich gar nicht vorstellen, wie es wäre, in einer Wohnung zu leben. Schon gar nicht in einer großen Stadt. Im Grunde seines Herzens wusste er, dass er hierher gehörte.

»Ein alter Einsiedler bin ich geworden«, murmelte er. »Es gibt nix Schlimmeres als einen alten Mann, der allein lebt und Selbstgespräche führt.«

Er dachte wieder an den Pfarrer und was der über das Selbstmitleid gesagt hatte. Na, so ganz unrecht hatte er nicht. Er hatte seine Zukunft und die von Andreas fest geplant. Sein Lebensentwurf war nun zerstört. Das war es, was ihn so verbitterte. All die Jahre hatte er sich alles so perfekt vorgestellt. Wie er und seine Kathi eines Tages im Austragshäusl leben würden. Der Andreas hätte eine nette Frau gefunden. Die Enkelkinder würden ihn besuchen. Er könnte bei der Arbeit helfen, soweit seine Kräfte reichen würden. Alles war so schön und so vollkommen geplant gewesen.

»Ach herrje, jetzt wirst aber wirklich wehleidig und traumselig«, sinnierte er. »Hör auf damit, Korbinian, tut doch nur weh! Hör auf damit, machst dich ja noch vollends zum Narrn!«

Vor einem Monat hatte er vom Doktor Riedl erfahren, dass er nun ein »Zuckermandl« sei.

»Weißt, Diabetes ist so ein strenger Ausdruck«, hatte der Doktor verkündet. »Zuckermandl g'fällt mir viel besser. Musst halt jetzt mit dem Essen aufpassen und mit dem Bier. Jetzt probieren wir es mal mit Tabletten und dann schauen wir, wie es weitergeht.«

»Das Bier willst mir verbieten, Doktor? Du bist gut. Was hab ich denn noch in meinem Leben?«

»Leitner, du kriegst ein Hefterl mit, da steht alles drin, auch vom Essen her, wo du aufpassen musst.«

»Was, mit dem Essen auch noch aufpassen?«

Der Doktor fuhr fort: »Jetzt nimmst von den Tabletten eine morgens, eine mittags und eine zum Abendessen. Dann kommst in einem Monat noch mal vorbei. Damit ist nicht zum Spaßen, Korbinian, ich kenn dich und weiß, dass du deinen eigenen Kopf hast. Hör auf mich!«

Korbinian nahm noch einen großen Schluck Bier. Bisher hatte er Vroni noch nichts gesagt von dem Arztbesuch und Bärbl sowieso nicht. Er kannte ja die Weiberleut'. Sie würden ihn genau beobachten und mit guten Ratschlägen verfolgen.

»Nein«, dachte er. »Nein, ich sag erst mal nix. Nächsten Monat soll ich wieder zum Doktor, dann schaun wir weiter. Vielleicht hab ich ja Glück, und es ist alles gut. Wird schon nicht so schlimm sein.«

Er sah sich einen Krimi im Fernsehen an, dann ging er nach oben. Als er aus dem Bad kam, ging er in das Zimmer von Andreas. »Zuschauen darf mir keiner«, raunte er. »Dann würden sie mich ins Irrenhaus einliefern.«

Er deckte wie jeden Abend das Bett seines Sohnes auf und murmelte: »Schlaf gut, Andreas.« Dann ging er in sein Schlafzimmer, schüttelte auf der verwaisten Betthälfte das Federbett auf und flüsterte: »Schlaf gut, Kathi.« Dann legte er sich in sein Bett, nahm die Bibel zur Hand und wisperte: »Kathi, Andreas, wenn ihr mir was sagen wollt, vielleicht könnt ihr es auf diese Weise tun.«

Er schloss die Augen und schlug das Buch an einer willkürlich gewählten Stelle auf. Er las den Psalm 71: »Herr, ich traue auf dich. Lass mich nimmermehr zu Schanden werden. Errette mich durch deine Gerechtigkeit und hilf mir aus, neige deine Ohren zu mir und hilf mir! Sei mir ein starker Hort, dahin ich immer fliehen möge, der du zugesagt hast, mir zu helfen, denn du bist mein Fels und meine Burg. Verwirf mich nicht in meinem Alter, verlass mich nicht, wenn ich schwach werde.«

»Vertrauen haben«, seufzte Korbinian und knipste das Licht der Nachttischlampe aus. »Es ist so schwer, Vertrauen haben!« Dann betete er noch wie jeden Abend für seine Verstorbenen ein Vaterunser und schlief anschließend schnell ein.

Dennoch wurde es eine unruhige Nacht, in der er oft wach wurde. Ein starker Sturm hatte am alten Gemäuer gerüttelt, die Fensterläden hatten stark geklappert und er beschloss, gleich nach dem Frühstück auf den Feldern nach dem Rechten zu sehen.

»Das hab ich auch vor, Bauer«, sagte Simon. »So wie das heute Nacht gewütet hat, will ich mich gleich auf den Weg machen. Dann können wir doch zusammen fahren.«

»Ach nein, Simon, fahr nur! Auf dich kann ich mich schon verlassen. Dann prüf ich bloß nach, ob der Sturm dem Marterl was getan hat.«

»Fahrst aber schon mit dem Auto, Bauer?«

Obwohl es wie eine Frage klang, formulierte Vroni das mehr als Aufforderung.

»Tu doch nicht immer so, als ob ich ein gebrechlicher Greis wär, ich kann ganz gut mit dem Radl fahren, jetzt ist die Luft frisch und gut.«

Vroni schnaubte: »So narrisch und so schnell, wie die Autofahrer auf dieser Strecke rasen, würd ich da nicht radeln wollen.«

»Ja, ja, ein Weiberleit' wie du vielleicht, aber ich bin nicht du!«, schnappte er, nahm seine dicke Jacke und ging.

Als er einige Zeit geradelt war, musste er Vroni recht geben. Natürlich würde er es ihr niemals sagen, aber es war wirklich kein Vergnügen, auf der Landstraße zu fahren. Er würde sich für den Rückweg eine andere Wegstrecke suchen müssen. Freilich war die Luft gut, aber den heftigen und fast schon eisigen Gegenwind, der ihm ins Gesicht blies, hatte er unterschätzt. Schon nach wenigen Metern wäre er am liebsten umgekehrt und aufs Auto umgestiegen. Aber dazu war er zu stur. Also trat er in die Pedale, fluchte über die Autofahrer, die viel zu nah an ihm vorbeisausten. Als er dann auch noch nassgespritzt wurde, drohte er mit seiner Faust und schrie dem Autofahrer hinterher: »Damischer Hund, damischer!«

»Endlich«, seufzte er erleichtert, als das Marterl in Sichtweite kam. Als er sah, dass jemand am Kreuz Hand anlegte, rief er schon von Weitem: »Ja, was ist denn das, was machen Sie da an meinem Kreuz?«

Ein Mann drehte sich erschrocken um. »Der junge Burger«, entfuhr es Korbinian.

»Ich bin grad hier vorbeigekommen, und das Kreuz war ganz schief. Da hab ich mir gedacht, ich richte es schnell auf«, rief Leo.

Zornig schrie Korbinian: »Nimm die Finger weg von meinem Kreuz, Burger. Das geht dich nix an.«

»Na, na, ich wollte doch bloß helfen!«

»Von einem Burger brauch ich keine Hilfe!«

Leo schwieg betroffen. Das war also der Leitner-Bauer, der Vater von Bärbl. Als er ihn zuletzt gesehen hatte, das war vielleicht vierzehn oder fünfzehn Jahre her, war er ein stämmiger, vitaler Kerl gewesen. Jetzt war er ein alter Mann, mit dem er sich sicher nicht streiten würde. Leo war nicht zufällig am Grab vorbeigekommen. Nachdem er sich mit Bärbl verabredet hatte, wollte er sich das Marterl anschauen, das ihr so wichtig war. Genau in dem Moment, als er das schiefe Kreuz aufrichten wollte, kam der Leitner-Bauer.

»Von wegen das Kreuz richten«, fuhr er ihn empört an.

Das ist massiv, ein Sturm kann dem nix anhaben. Wolltest es wohl rausreißen, was? Gib's nur zu, ich hab dich ja grad in flagranti erwischt. Schau, dass du wegkommst und lass dich bloß nicht mehr hier blicken!«

»Geh, was hätt ich denn davon, das Kreuz kaputtzumachen? Das ist doch eine lächerliche Anschuldigung!«

»Einem Burger trau ich alles zu! Und jetzt verschwind, bevor du dir eine Watsch'n einfangst!«

Leo sah, dass Korbinian am ganzen Körper zitterte und hielt es für besser, ihn nicht weiter aufzuregen.

Er drehte sich um und ging wortlos zu seinem Traktor zurück, der auf dem Feldweg stand. Er erinnerte sich an das Gespräch mit Bärbl. »Die arme Bärbl, jetzt wird mir einiges klar«, dachte er. Er registrierte, dass er sich auf ein Wiedersehen mit ihr freute, startete den Traktor und fuhr Richtung Wald.

*

7

»Ich hab den jungen Burger erwischt, wie er das Kreuz, das ich für die Mutter aufgestellt hab, wegreißen wollte«, sagte Korbinian als Allererstes, als Bärbl am Sonntagnachmittag in die Stube des Leitnerhofs eintrat.

»Das kann ich mir nicht vorstellen, Papa!«

»Ich habe es genau gesehen, er wollte mir zwar weismachen, dass er es reparieren wollte, weil es schief war. Aber ein Burger lügt doch immer!«

»Also, Papa, langsam nervt mich dein Getue mit den Burgers. Weißt du was, ich treffe ihn heute Abend, dann lass ich mir mal seine Version der Geschichte erzählen.«

»Du triffst dich mit dem Burger? Ja, spinnst denn du? Den kannst dir gleich aus dem Kopf schlagen! Das kommt ja überhaupt nicht in Frage.«

»Der Bernd und der Georg sind mit dabei, und außerdem wird's jetzt mal Zeit, dass du mir erzählst, was so furchtbar schlimm ist an dieser Familie.«

Bärbl zuckte erschrocken zusammen. Der Vater hatte mit der Faust auf den Tisch gehauen und schrie wütend: »Verleumder und Betrüger sind's die Burgers. Wenn ich bloß an die Zeit der Flurbereinigung denk, wird mir schlecht. Der alte Burger-Schorsch hat alles versucht, was in seiner Macht gestanden ist.

Er wollte sich unsere fruchtbaren Felder unter den Nagel reißen. Aber nicht mit mir!« Er hielt inne und musste nach Luft schnappen, so sehr regte er sich auf.

»Hab ihn schon gesehen, den Burger mit dem Landrat im Fernsehen. Kannst jetzt schon davon ausgehen, dass der sich kaufen lässt. Für Geld tun die doch alles. Und du bleibst heut' Abend da! Sonst …«

»Sonst was? Du bist ja völlig außer dir. Ich lass mir doch vor dir nicht vorschreiben, mit wem ich mich treff, ich bin doch kein kleines Kind mehr.«

»Nein, bist nicht, aber genauso stur.«

»Stur? Dann überleg mal, von wem ich das geerbt haben könnte!«

Bärbl verließ das Zimmer und schlug die Tür heftig hinter sich zu.

Sie kam viel zu früh beim Postwirt an und staunte, als sie sah, dass Leo auch schon vorzeitig gekommen war. Sie begrüßten sich mit Handschlag. Bärbls Herz schlug heftig und sie verliebte sich gleich noch mal. Diesmal in Joschi. Der Hund hüpfte an ihr hoch, bellte und stupste sie mit der Schnauze an, um Streicheleinheiten zu bekommen.

»Ja, wer ist denn das?«, lachte Bärbl, während ihre Hand über das glänzende Hundefell strich. »Du bist aber ein schöner Kerl.«

»Danke«, sagte Leo. »Endlich fällt dir auf, wie gut ich aussehe!«

»Ach du! Weißt genau, dass ich den Hund meine!«

»Schade! Aber stimmt, der Hund ist auch schön!«

Leo erzählte, wie er den Hund gefunden hatte. Nachdem sich Joschi ausgiebig hatte streicheln lassen, verzog er sich wieder unter den Tisch, und Bärbl sagte:

»Mein Vater hat dich an unserem Marterl gesehen.«

»Nicht nur gesehen, er hat mir eine Watsch'n angedroht, wenn ich nicht verschwind. Ich wollte das Kreuz aufrichten, das der Sturm umgerissen hat. Das hat er wohl anders interpretiert.«

»Ja, das hat er. Ganz außer sich war er vor Wut.

Das tut mir leid, denn ich finde es echt nett von dir, dass du das Kreuz richten wolltest. Danke.«

»Schon gut. Ich bin froh, dass du mir wenigstens glaubst. Hat sich dein Vater noch einmal zur Demonstration geäußert?«

»Er hat dich mit dem Landrat im Fernsehen gesehen, sonst hat er nichts gesagt.«

»Ja, der Landrat Müller. Du weißt ja, wie Politiker sind, er hat fast eine halbe Stunde geredet und eigentlich nichts gesagt. Aber so Anspielungen hat er gemacht. Ich glaub fast, dass er ganz froh ist, wenn wir uns wehren. Er kann sich nicht gegen seine eigene Partei stellen. Aber ich hab den Eindruck, dass seine Familie ganz schön Druck macht und auch gegen den Autobahnbau ist. Ich schätze, als Bewohner von Burgersdorf ist er gegen das Projekt, als Politiker muss er dafür sein. Auch wenn es gegen seine Überzeugung ist. Das ist wirklich ein Trauerspiel.«

»Wie war deine Woche sonst so?«, fragte Bärbl, die jetzt von dem Thema Autobahnbau wegkommen wollte, um auf persönlichere Themen umzuschwenken.

»Ach, ganz gut. Im Sägewerk ist jetzt vor dem Winter unglaublich viel zu tun. Es scheint, als ob alle Waldbesitzer gleichzeitig daherkommen. Du, für dich ist mir auch noch was eingefallen. Versuch doch mal, beim Bauaufsichtsamt rauszufinden, ob euer Hofgebäude unter Denkmalschutz steht. Die Alleestraße ist ein Naturdenkmal. Aber ich will mich auch noch erkundigen, wie es mit dem Birkenwald steht. Das ist ja auch eine echte Besonderheit. Birken wachsen in unserer Gegend eigentlich nicht.«

»Die Geschichte von dem Birkenwäldchen kenn ich«, erwiderte Bärbl. »Mein Urgroßvater Franz dürfte ein abenteuerlustiger junger Mann gewesen sein. Im Jahr 1911, da war er sechzehn Jahre alt, hat er Igstdorf verlassen, um nach Amerika auszuwandern. Er hat sich einfach auf den Weg gemacht. Früh morgens hat er noch die Kühe gemolken, dann ist er in seine Kammer gegangen, hat ein paar Sachen gepackt. Er hat noch mit seiner Familie gefrühstückt und ist dann losgegangen. Ohne Abschied, einfach so. Aus Hamburg hat die Familie noch eine Ansichtskarte bekommen, und dann haben sie jahrelang nichts mehr von ihm gehört. Eines Morgens im Jahr 1914 ist er wieder daheim in der Stube gesessen, mit seiner Ehefrau Frieda. Franz hat in der Nähe vom Eppendorfer Moor bei Hamburg Arbeit als Torfstecher gefunden. Er hat sich in Frieda verliebt, die als Dienstmädchen im Haushalt gearbeitet hat. Frieda hat die Birkenwälder vom Eppendorfer Moor über alles geliebt. Und Franz hat den weiten Weg bis Igstdorf zwei kleine Birkenbäumchen in seinem Rucksack mitgetragen.

»Wow«, unterbrach Leo. »Das ist ja unglaublich!«

Bärbl fuhr fort: »Das war der Grundstock für das Birkenwäldchen, wie du es jetzt kennst. Am Anfang sind sie von den alten Bauern ausgelacht worden. Denn die Birke braucht einen besonders kargen Boden, um zu gedeihen. Die fruchtbare Erde unserer Gegend wäre dafür eigentlich nicht geeignet. Aber die Bäumchen sind gewachsen und haben sich vermehrt, und so ist nach und nach das Wäldchen entstanden.«

»Was für eine romantische Geschichte«, staunte Leo.

Bärbl fragte: »Da wir gerade beim Thema Vorfahren sind, weißt du, wieso unsere Familien so eine tiefe Abneigung gegeneinander haben?«

Leo schüttelte den Kopf. »Also, ich hab ganz gewiss keine Abneigung gegen dich. Im Gegenteil. Und wieso unsere Eltern und Großeltern gestritten haben, weiß ich nicht. Aber meinem Vater war der Birkenwald immer ein Dorn im Auge. Ich kann mich noch gut erinnern, wie er immer gesagt hat, dass so ein Wald nicht in unsere Landschaft passt. Er hat die Birken immer als elendes Unkraut bezeichnet.«

Leo nahm einen Schluck Bier. »Vielleicht rührt die Feindschaft aus dieser Zeit her. Aber meine Brüder und ich haben uns auch schon gewundert, dass keiner vom Dorf uns darauf angesprochen hat oder auch nur darüber getratscht wird. Du weißt doch, Gerüchte und Redereien gibt es sonst über alle Themen. Das ist eine eigenartige Angelegenheit.«

Es entstand eine kleine Gesprächspause, dann fragte Bärbl:

»Ich kann mir gut vorstellen, dass du nicht viel Freizeit hast. Aber wenn doch, was machst du dann gern?«

Gerade als Leo eine Antwort geben wollte, kamen Bernd und Georg. Zu Bärbls Bedauern ergab sich an diesem Abend keine Gelegenheit mehr, weitere persönliche Dinge über Leo zu erfahren. Wieder gingen sie auseinander mit dem üblichen Spruch von Leo: »Wir telefonieren.«

*

Am Montagmorgen fuhr Bärbl in der Gegend von Burgersdorf und Igstdorf mit dem Auto herum, in der Hoffnung, Leo zufällig zu treffen. Sie steuerte ihren Wagen sogar durch die kleinen Wälder, wo sie ihn vermutete. Doch keine Spur von Leo.

Enttäuscht kehrte sie wieder zum Leitnerhof zurück. Der gestrige Abend hatte noch einmal gezeigt, dass sie sich wirklich in ihn verliebt hatte. Dieses flaue Gefühl im Magen, das leichte Herzklopfen und diese Freude, wenn sie ihn sah, waren eindeutige Hinweise. Gerne hätte sie auch den heutigen Tag noch mit ihm verbracht. Doch nachdem er erzählt hat, dass im Sägewerk sehr viel zu tun war, hatte sie sich nicht zu fragen getraut, ob sie sich heute treffen könnten.

»Blöde Kuh«, murmelte sie vor sich hin. »Sinnlos durch die Gegend fahren, das bringt jetzt auch nicht viel.«

Nach dem Mittagessen zog sie ihr hellblaues Dirndl an und fuhr zum Herbstmarkt nach Reinskirchen. Der Herbst ging zu Ende, es war schon merklich kühler geworden. Sie zog eine langärmlige Bluse an und nahm ihre Strickjacke mit. Wie jedes Jahr waren viele Händler gekommen, um ihre Waren anzubieten.

Einmalig bei diesem Markt war auch, dass noch Vieh zum Verkauf angeboten wurde. Der große Pferdemarkt war über die Region hinaus bekannt. Interessiert begutachtete sie die Ponys und Pferde. »Schöne, gesunde Tiere«, sagte der Händler zu ihr. »Ja«, nickte Bärbl, »das sieht man ihnen an.« »Ganz ideal geeignet, wenn Sie Kinder haben, die reiten lernen wollen. Hier die beiden Ponys sind ganz geduldige, kinderliebe Tiere. Ich mach Ihnen einen guten Preis.«

»Im Moment brauch ich keine Pferde«, antwortete Bärbl und ging weiter.

Plötzlich hatte sie eine Idee. Genau, das war es! Sie könnte aus dem großen Leitnerhof ein Gästehaus machen für Familien mit Kindern. Man sah dem alten Bauernhaus bereits an, dass längere Zeit keine Renovierung mehr durchgeführt worden war. Das war sowieso schon lange fällig. Sie könnten wieder Tiere anschaffen und vielleicht einige Bioprodukte anbauen und im eigenen Hofladen verkaufen. Sie war glücklich über diesen Gedanken.

»Mama«, murmelte sie. »Dieser Einfall kann nur von dir kommen! Danke!«

Sie kannte sich doch gut aus in der Hotelbranche. Natürlich müsste sie noch alles genau durchrechnen und kalkulieren. Die Zimmer müssten vergrößert und mit Bädern ausgestattet werden, aber es war nun wenigstens ein Ansatz vorhanden, eine Perspektive. So könnte die Zukunft ausschauen! Womöglich würde dem Vater die Idee auch gefallen. Dann wäre es leichter für ihn, ihr den Hof zu geben. Beschwingt und fröhlich ging sie nun über den Festplatz.

Sehr gerne sah sie sich auch bei den kleinen Ständen um. Die Bauern der umliegenden Dörfer boten hier ihre Waren an, die sie selbst produziert hatten. Sie stellte fest, dass im Vergleich zu früher merklich weniger Lebensmittel zum Verkauf standen. Es stimmte schon, was der Vater sagte. Viele Bauern nutzen ihre Häuser nur noch zum Wohnen oder als Werkstätten. Die Bewirtschaftung kleiner Landflächen schien nicht rentabel. Das gab ihr jetzt natürlich schon wieder zu denken. Wobei Bioprodukte in München total im Trend lagen. Sie entdeckte sehr schöne Handarbeiten, die sie wieder von ihren Gedanken ablenkten. Eine alte Frau bot fein bestickte Tischdecken an. Selbst gestrickte Socken in allen Größen und Farben lagen daneben. Bärbl dachte an Oma Kreszenz, die auch unermüdlich gestrickt hatte. Einige Winterschals hatte sie noch von ihr, aber an Socken herrschte akuter Bedarf. Sie liebte es, in ihrer Freizeit gestrickte Socken zu tragen. Es gab nichts, was die Füße besser warm hielt.

Sie kaufte für sich drei Paar Socken und für ihren Vater auch. »Verdient hat er es nicht«, murmelte sie. »Aber er hat bald Namenstag, da kann ich sie ihm schenken.«

Sie knabberte gerade an gebrannten Mandeln, als sie an der Geisterbahn vorbeikam. Sie blieb stehen und überlegte, ob sie fahren sollte. Eine Stimme hinter ihr sagte: »Wenn du dich traust, lad ich dich ein.«

Sie drehte sich um und rief freudig überrascht: »Leo, ja was machst du denn hier?«

Er grinste: »Ich komm' grad von einem Kunden, da hab ich das Volksfest gesehen. Also, magst fahren?«

»Ja, gerne! Aber wo ist denn der Joschi?«

»Der wartet brav im Auto. Gut schaust aus, Bärbl. Ich mag es narrisch gern, wenn eine Frau ein Dirndl trägt. Also dir steht das richtig gut – und betont genau die richtigen Stellen.«

Bärbl spürte wie sie rot wurde. Das war ihr furchtbar peinlich. Sie schüttelte den Kopf und wollte etwas sagen.

Doch er lachte und sagte: »Braucht dir doch nicht unangenehm sein, dass du so ein hübsches Mädel bist!«

Bärbls Herz klopfte bis zum Hals, als sie endlich in einen der Wagen einstiegen, der sie in das Innere der Geisterbahn bringen würde.

»Los geht's!«, rief Leo und legte den Arm und sie. »Ich halt dich vorsichtshalber mal fest, damit dich kein Geist mitnimmt!«

Dann ging die Fahrt los. Es war stockdunkel. Plötzlich tauchten verschiedene Gespenster auf. Gruslige, blutverschmierte Monster und ekelhafte Spinnen.

»Hast Angst?«, flüsterte Leo.

»Nein«, erwiderte Bärbl. »Aber diese Bahn ist schon besonders unheimlich.«

Aus einer Felswand schoss unvermittelt ein riesiger Schlangenkopf auf sie zu. Bärbl schrie erschrocken auf und vergrub ihren Kopf an der Schulter von Leo.

Der tat so, als ob er mitschreien würde, und flüsterte ihr dann ins Ohr: »Mach einfach die Augen zu.«

Dann spürte sie, wie er mit seiner Hand ihre Wange zart streichelte und ihr einen sanften Kuss auf die Lippen drückte.

Bärbl öffnete ihre Lippen. Sie wollte mehr, sie spürte, wie eine heiße Welle der Erregung durch ihren Körper raste. Sie wollte ihn haben, mit jeder Faser ihres Körpers. Doch Leo zog sich zurück. Dann merkte sie trotz ihrer immer noch geschlossen Augen, wie es wieder heller wurde.

»Hat Ihnen die Fahrt gefallen?«, fragte der Mann, der ihnen beim Aussteigen half.

Bärbl und Leo sahen sich in die Augen und sagten zeitgleich: »Oh ja, sehr!«

Bärbl war etwas verlegen, als sie schweigend weitergingen. Sie kamen an einem Stand mit Lebkuchenherzen vorbei. Im Vorbeischlendern konnte Bärbl einige der mit Zuckerguss aufgemalten Beschriftungen lesen.

»Ein Herzerl fürs Herzerl«
»Schatzl«
»Sei mir treu«
»Ich liebe dich«
»Vielleicht kauft er mir ein Herzl«, hoffte sie. »Darüber würde ich mich jetzt richtig freuen.«

Doch er ging weiter und sagte dann: »Ich glaub, ich kann Joschi nicht so lang im Auto warten lassen, und ich muss auch zurück an die Arbeit.«

»Schon gut, Leo, geh nur zu. Und danke für die Fahrt, das war schön.«

»Ja, also dann – wir telefonieren. Servus, Bärbl!«, sagte er und ging mit schnellen Schritten davon.

Sie sah ihm noch lange nach und stellte mit Bedauern fest, dass er sich nicht mehr umdrehte.

»Hmm«, überlegte sie. »Ein zarter Kuss auf die Lippen, so wie man ein Kind küsst oder seine Mutter. Eigenartig war das schon.« Verwirrt ging sie noch ein bisschen über den Markt. Nach einiger Zeit merkte sie, dass sie keine Lust mehr hatte, länger zu bleiben und fuhr zum Leitnerhof zurück.

Als Leo ins Auto einstieg, wurde er von Joschi freudig bellend begrüßt. Ich habe mich gerade wie ein Trottel benommen, dachte Leo. Du liebe Zeit, was muss die Frau von mir halten? Als ich sie geküsst habe, musste ich an Karen denken. Meine Güte, nein, Kuss konnte man das ja auch nicht wirklich nennen. Obwohl ich Bärbl sehr gerne mag, na ja, vielleicht sogar mehr als gerne mag. Er umklammerte des Lenkrad. Ich bin komplett durcheinander. Das muss ich jetzt erst mal auf die Reihe kriegen. Wie hätte der Vater gesagt: ›Kommt Zeit, kommt Rat‹.

»Joschi, fahren wir los, die Arbeit wartet«, rief er schließlich und lenkte seinen Wagen Richtung Burgersdorf.

*

Als sie zum Leitnerhof zurückkehrte, kam Bärbl wieder ins Grübeln. Sie wurde nicht schlau aus Leo. Konnte es wirklich sein, dass er sich von ihr überrumpelt gefühlt hatte? Oder war da etwas anderes? Eine andere Frau? Wir telefonieren, hatte er gesagt. Sie war gespannt, ob er sich diesmal bei ihr melden würde.

Am Dienstagabend traf sich Bärbl mit Jessica, berichtete ausführlich von dem Treffen mit Leo. Unterbrochen wurde sie nur von den gelegentlichen Ausrufen ihrer Freundin: »Typisch Mann!« Ansonsten riet auch Jessica, einfach abzuwarten.

Während ihrer nächsten freien Tage erfuhr Bärbl interessante Neuigkeiten. Das Wohnhaus und das Austragshäusl des Leitnerhofs standen tatsächlich unter Denkmalschutz. Das Birkenwäldchen war ein Naturdenkmal. Wie Bärbl schon vermutet hatte, war das Kaufangebot, das dem Vater unterbreitet worden war, viel zu niedrig.

Als sie mit dem Vater telefonierte und ihm davon berichtete, sagte dieser: »Bärbl, das kaufmännische Talent hat dir bestimmt die Mama vererbt. Du weißt ja, um den Papierkram und das Geld hab ich mich nie so richtig gekümmert. Das mit dem Denkmalschutz hab ich ja ganz vergessen. Das hast du wirklich gut gemacht. Aber wie schaut es jetzt aus, wenn sie uns enteignen?« Auch darüber hatte Bärbl Erkundigungen eingezogen und konnte Korbinian beruhigen. Das war ein langwieriges Verfahren, das sehr viel Zeit brauchte.

»Gut zu wissen«, sagte Korbinian. »Falls ich mich zum Verkauf entschließen würde, weiß ich jetzt wenigstens, was ich verlangen müsste.«

»Das hast du gut gemacht«, hatte Papa gesagt. Bärbl freute sich sehr über das Lob. Das war seine Art zu sagen, dass sie sich wieder vertragen würden.

Am Sonntagabend, als sie vom Postwirt zurückkam, hatte es noch einmal eine Auseinandersetzung gegeben, als Bärbl zu ihm sagte, dass sie von der guten Absicht Leos überzeugt sei.

»So, einem Burger glaubst du mehr als deinem Vater, so weit ist es schon!«

»Ja, das tu ich, Papa, und wenn du deine Vorurteile beiseitelassen würdest ...«

Er unterbrach sie wütend: »Sei stad jetzt, mir langt's mit dem Thema. Falsche Hund sind's, und dabei bleib ich.«

Am Montag hatte sie den Vater nicht mehr im Haus gesehen, und so war sie ohne Abschied und Gruß in die Stadt zurückgefahren. Dass er sie nun lobte, wertete Bärbl als gutes Zeichen.

Sie hatte diesmal am Wochenende Dienst. Draußen war es grau in grau, am Abend wurde es früher dunkel, man merkte den herannahenden Winter. Ihre Stimmung sank. Leo hatte sie die letzten Tage nicht angerufen. Ihre Sehnsucht war genauso groß wie ihr

Stolz. Je mehr Zeit verstrich, desto klarer war, dass sie ihn furchtbar vermisste.

Im Hotel fand ein Ärztekongress statt, alle Zimmer waren belegt. Sie hatte viel zu tun und war froh darüber. Das bewahrte sie vor dem dauernden Grübeln und Nachdenken. Den Kollegen fiel die gedämpfte Stimmung von Bärbl durchaus auf, doch auf Fragen reagierte sie gereizt. »Biste unglücklisch verliebt, oder?«, fragte Daniele.

»Aber geh«, antwortete sie schnippisch. »Muss man denn immer mit einem Grinsen durch die Gegend laufen, man kann doch auch mal ernst sein!«

»Oh je, dann stimmt es! Unglück in der Liebä!«

Sie boxte ihn in den Oberarm und musste nun doch lachen. Sie seufzte: »Ach Daniele, mix mir einen Cocktail, der mir meine innere Ruhe wiedergibt.«

»Oh, wenn isch das könnte, wäre ich ein reicher Mann. Aber es gibt eine andere wunderbare Mittel. Warme Milch mit Schokolade ist auch gut für liebäskranke Seele«, meinte er. Sie umarmte ihn gerührt und stellte fest, dass es ihr wirklich etwas besser ging, nachdem sie die heiße Schokolade getrunken hatte.

8

Die junge blonde Frau bewegte sich auf ihren High Heels so natürlich, als hätte sie nie andere Schuhe getragen. Zufällig hatte Bärbl zum Hoteleingang geblickt, als die Frau die Halle betrat. Ihr langes Haar trug sie offen, der dunkelbraune Hosenanzug schien maßgeschneidert zu sein. Die edle hellbraune Handtasche sah teuer aus, ebenso das Gepäck, das der Hotelpage gerade hereinbrachte. Es bestand aus vielen großen Koffern. Das sah nach einem längeren Aufenthalt aus. Sie ging direkt auf Bärbl zu, die sie mit dem üblichen Spruch begrüßte: »Herzlich willkommen im New Grand Hotel München, hatten Sie eine angenehme Anreise?«

»Do you speak English?«, fragte die Frau. »Of course,« erwiderte Bärbl und wiederholte die Begrüßung in englischer Sprache.

»Karen Webster«, sagte die Frau. Bärbl verlangte ihren Ausweis und erhielt einen kanadischen Reisepass. Sie registrierte, dass Miss Webster die Dachterrassensuite gebucht hatte. Für eine Woche mit Option auf eine weitere Woche. Diese Suite, deren Preis pro Nacht bei zweitausendachthundert Euro lag, wurde von der Größe her nur von der sogenannten Präsidentensuite übertroffen. Für diesen hohen Übernachtungspreis wurde einiges geboten.

Es gab eine Dachterrasse, die von jedem der Zimmer aus zu betreten war. Man hatte einen sagenhaften Blick über München. Wenn der berühmte Münchner Föhn vorherrschte, sah man die atemberaubende Alpenkette. Sichtgeschützt lag ein Whirlpool auf der Terrasse. Im Bad, das vierzig Quadratmeter groß war, gab es einen weiteren Whirlpool und eine kleine Sauna für zwei Personen. Das Wohnzimmer hatte einen offenen Kamin, der auf Wunsch auch entfacht wurde, und war mit edlen Antiquitäten möbliert. Im Schlafzimmer standen zwei große Doppelbetten, wovon eines ein Wasserbett war. In der gesamten Suite dominierten die Farben Gelb und Dunkelbraun. Selbst der Bademantel und die Handtücher folgten dieser Farbgebung. Ein persönlicher Butler stand Tag und Nacht zur Verfügung. Zur Begrüßung gab es eine Flasche Champagner, einen Früchteteller, ausgewählte, handgemachte Pralinen und ein persönliches Begrüßungsschreiben des Direktors.

Nachdem sie die Kreditkarte eingelesen hatte, begleitete Bärbl Miss Webster in die Suite. Sie zeigte ihr, wie sie durch das Einstecken der Zimmerkarte mit dem Lift direkt bis in die Suite fahren konnte. Dort wartete schon Jakob, der Butler. Jakob war schon seit vielen Jahren im Haus und durch sein zurückhaltendes, elegantes und diskretes Wesen bei den Gästen sehr beliebt.

Miss Webster sah sich in der Suite um, und mit enttäuschtem Gesicht sagte sie: »Das gefällt mir nicht!« »Oh, Sie sprechen Deutsch«, erwiderte Bärbl.

»Nein, nur ein wenig«, sagte sie wieder auf Englisch. »Mein Freund ist Deutscher. Er lebt hier.«

Bärbl war den Umgang mit reichen, anspruchsvollen Kunden gewohnt. Wer so viel Geld für eine Suite ausgab, sollte sich selbstverständlich wohlfühlen. Daher bot sie an: »Ich kann Ihnen gerne eine andere Suite zeigen, welchen Einrichtungsstil bevorzugen Sie denn?«

Miss Webster holte eine Zeitschrift aus ihrer Handtasche. Es war ein Lifestyle-Magazin aus Kanada. Dort war ein Bericht über das New Grand Hotel erschienen, und die Bilder zeigten die Suiten, die im bayerischen Landhausstil eingerichtet waren. Statt einer Couchgarnitur gab es eine gemütliche Eckbank. Alle Zimmer hatten eine helle Holztäfelung und waren in den Farben Weiß und Blau eingerichtet. Als Miss Webster die Landhaus-Suite betrat, rief sie begeistert aus: »Oh ja, das ist wundervoll. So hatte ich mir das vorgestellt. Sehr, sehr schön.«

»Das freut mich«, sagte Bärbl und zeigte ihr noch die wichtigen technischen Details wie elektrische Jalousien und Vorhänge, Fernseher, Stereoanlage und den Wandsafe, der hinter einem Gemälde versteckt war. Das Bild zeigte eine Ansicht von Schloss Nymphenburg mit dem schönen Garten. Miss Webster lachte amüsiert auf. »Oh, wie passend, einen Safe hinter einem Schlossbild zu verstecken.«

»Das ist Schloss Nymphenburg. Wenn Sie Zeit finden, sollten Sie es besichtigen. Es ist innen sehr schön und prunkvoll. Haben Sie schon etwas vom bayerischen Märchenkönig Ludwig II. gehört?«

»Mein Freund hat mir von ihm erzählt.«

»Ludwig II. wurde in Schloss Nymphenburg geboren.«

»Danke für den Tipp, aber ich werde abwarten, was mein Freund mit mir unternehmen will.«

Den Whirlpool und die Sauna würde der Butler Jakob auf Anforderung in Gang bringen. Er kam gerade ins Zimmer und bot an, die Koffer auszupacken. »Oh ja, tun Sie das«, sagte Miss Webster. Sie schien derlei Dienstleistung gewohnt zu sein und machte nicht viel Aufhebens darum.

Man hatte den Eindruck, dass Luxus und Reichtum ganz selbstverständlich zu ihrem Leben gehörten.

Miss Webster war sehr angetan von dem großartigen Ausblick, den auch diese Suite auf die Stadt bot. Sofort erkundigte sie sich nach den Haupteinkaufsstraßen, da sie das erste Mal in München war.

Bärbl fragte sie, ob sie auch geschäftlich in München zu tun hätte. Sehr nett und sympathisch lachte Miss Webster. Sie erklärte, dass sie rein privat hier wäre und ihren Freund mit einem Besuch überraschen wollte. Dann erkundigte sie sich, ob es möglich wäre, ein Essen in der Suite servieren zu lassen. Bärbl zeigte auf die gemütliche Essgruppe und sagte: »Selbstverständlich, Sie können über den Butler alles arrangieren lassen.«

Miss Webster freute sich sichtlich, und als sie Bärbl ein großzügiges Trinkgeld gab, meinte sie:

»Ich danke Ihnen sehr. Ich werde mich hier wohlfühlen. Und jetzt möchte ich etwas schlafen.«

»Das ist schon verrückt«, dachte Bärbl, als sie sich auf den Rückweg zur Rezeption machte. So viel verdiente sie nicht einmal in einem ganzen Monat, was diese Suite für eine Nacht kostete. Aber sie war auf niemanden neidisch, der viel Geld hatte und so reich war. Denn sie war fest davon überzeugt, dass auch diese Menschen ihre Sorgen und Probleme mit sich trugen.

Die trübe Stimmung des grauen Novembertages war wie weggeblasen, als Bärbl zwei Tage später einen Anruf von Leo bekam.

»Hallo Bärbl, hier ist Leo. Wie geht's dir?«

»Danke, ich könnte ein bisschen Sonne vertragen, aber sonst ganz gut!«

»Wann kommst du wieder nach Igstdorf?«

»Nächste Woche Dienstag und Mittwoch.«

»Kannst du auch früher kommen?«

»Wieso, ist etwas passiert?«

»In einer Nacht- und Nebelaktion wollten sie den Birkenwald roden. Der Bernd hat das durch seine guten Kontakte im Ministerium mitgekriegt. Wenn du heute Abend die Nachrichten schaust, kann es sein, dass du meine Brüder und mich siehst.«

»Wo seid ihr denn, Leo?«

»Wir stehen im Wald und einige von uns haben sich an einen Baum anbinden lassen. Ich auch!«

»Ich glaub's nicht. Das ist Wahnsinn! Es ist doch schon so kalt draußen.«

»Darum frag ich ja, ob du früher kommen könntest, jede moralische Unterstützung wäre hilfreich.

Der Bernd kann seine Praxis nicht schließen, aber er organisiert auch gerade mehr Leute, die uns helfen könnten.«

»Ich schau mal, ob ich den Dienst tauschen kann, wenn ja, komm ich heute noch!«

»Danke, Bärbl, ruf mich an, ja?«

»In Ordnung! Servus.«

*

Als Bärbl ihren Kollegen die Situation erklärt hatte, konnte sie ihren Dienst tauschen, und sie fuhr nach Igstdorf. Unterwegs dachte sie daran, dass Leo immer nur Kontakt zu ihr aufnahm, wenn es um diesen unseligen Autobahnbau ging. Na ja, das war besser als gar nichts.

Als sie zum Birkenwald kam, waren einige Kamerateams von verschiedenen Fernsehsendern da. Leo gab, angebunden an einen Baum, gerade ein Interview. Selbstverständlich war auch Landrat Müller vor Ort. Er versuchte im Gespräch mit einem Journalisten, alles als großes Missverständnis zu verkaufen. Man sah ihm an, dass ihm die Situation furchtbar unangenehm war. Bärbl stellte sich so, dass Leo sie sehen konnte, und winkte ihm zu. Er nickte mit dem Kopf und sprach weiter mit dem Reporter.

»Schneid hat ja, der Burger«, sagte plötzlich eine Stimme neben Bärbl.

»Papa«, rief sie erstaunt. »Was machst denn du hier?«

»Na, es ist mein Wald. Dass sich der Bernd und der Burger dafür so einsetzen, wundert mich. Und du, musst du nicht arbeiten?«

»Der Leo hat mich angerufen, sie brauchen noch Verstärkung.«

»So, so«, grummelte Korbinian. »Also, ich hab genug gesehen, und kalt ist es auch, ich fahr wieder heim. Kommst auch?«

»Ja, später, Papa. Ich hab den Dienst getauscht, ich kann bis morgen Abend bleiben.« Er nickte ihr zu und ging zu seinem Auto.

Er machte sich Sorgen. Der Burger hatte seine Bärbl angerufen. Aha! Und wie die Bärbl den Burger angeschaut hatte! Konnte es wirklich sein, dass sich Bärbl ernsthaft für den Kerl interessierte? Der Gedanke ließ in erschauern. Aber nein, seine Bärbl war ein intelligentes Mädel. Auf so einen Bazi würde sie nicht reinfallen. Da war er sich sicher. Na ja, hundertprozentig sicher war er sich nicht, aber er hoffte es inständig.

Leo war durchgefroren und müde, als Bärbl auf ihn zuging.

»Soll ich dich ablösen?«, fragte sie.

»Nein danke, Bärbl, der Bernd hat einige Männer organisiert, die bald kommen. Aber ich freu mich, dass du da bist. Ich hab mir gedacht, ich muss dir Bescheid geben, was wir machen. Ist ja euer Wald.«

Er rieb seine kalten Hände aneinander.

»Wir treffen uns heute Abend beim Bernd, und es wär schön, wenn du kommen könntest. Wir müssen die weitere Vorgehensweise besprechen. Es wird jetzt ernst hier! Kannst du noch mal versuchen herauszufinden, was dein Vater vorhat?«

»Ich versuch's gern, Leo, aber ich glaub, er weiß es im Moment selber nicht.«

Dieser Eindruck täuschte Bärbl nicht. Als sie mit dem Vater sprach, merkte sie, dass er hin- und hergerissen war. Er schien im Moment keine Entscheidung treffen zu können. So ging Bärbl mit gemischten Gefühlen zu der Zusammenkunft in Bernds Haus. Sie kam gerade dazu, als Bernd zu Leo sagte: »Natürlich hast du recht, wenn du fragst, wieso wir jetzt erst aktiv werden. Ich denke, wir haben die Pläne nicht ernst genug genommen. Es wurde immer mal wieder darüber gesprochen, und dann ist lang nichts passiert. Wir haben auch immer die Hoffnung gehabt, dass so ein Milliardenprojekt eh an den finanziellen Mitteln scheitern würde.«

Leo nickte verständnisvoll und fasste zusammen: »Aber jetzt ist das Planfeststellungsverfahren ausgeführt, die Baureife ist hergestellt. Der umweltfachliche Planungsauftrag ebenso. Jetzt beginnen sie schon mit dem Landkauf und denken über Enteignungen nach. Wir müssen jetzt vor Gericht gehen, sonst ist es zu spät. Du siehst es am Birkenwald. Selbst ein Naturdenkmal scheint da nicht zu zählen.«

»Wir müssten uns mit allen betroffenen Landeigentümern an einen Tisch setzen und gemeinsam einen Anwalt nehmen«, sagte Bernd. »Kannst du da mithelfen, Bärbl?«

Bärbl sagte. »Wenn ich das richtig versteh, braucht ihr die Unterstützung von meinem Vater, oder?«

Leo und Bernd nickten und Bärbl dachte sich: »Na, einfach wird es nicht werden, aber es hilft ja nichts, es muss sein.« Dann fragte sie noch, ob sie morgen wieder beim Birkenwald seien. Bernd meinte, sie würden heute Nacht und morgen Vormittag noch dort sein. Dann hätten alle Fernsehsender die Nachricht verbreitet. Außerdem sei ein Anwalt beauftragt worden, eine einstweilige Verfügung zu beantragen. Sie mussten erzwingen, dass die Bäume erst mal nicht gefällt würden. Bärbl versprach den Männern, warme Getränke und Essen zu bringen, und so gingen sie auseinander.

Eisiger Wind pfiff am nächsten Morgen über die abgeernteten Felder. Fröstelnd stand Bärbl bei Leo und reichte ihm einen Becher mit heißem Kaffee. »Wie lang stehst du schon hier, Leo?«

»Seit zwei Stunden, es ist saukalt, aber ich hoffe, dass bald Ablösung kommt. Schau mal, sogar der arme Joschi zittert. Danke für den Kaffee. Aber fahr lieber wieder heim, sonst wirst du noch krank.«

»Ich halt schon was aus. Da bin ich nicht so empfindlich. Ich wart gerne mit dir, bis dein Ersatzmann kommt.«

Da hörten sie plötzlich ein dumpfes Dröhnen, das über die Wiesen hallte. Das Geräusch kam näher, und dann stand ein großer Bagger vor ihnen.

»Nein!«, schrien Leo und Bärbl entsetzt auf. »Das ist ein Holzvollernter«, stellte Leo aufgeregt fest. »Ruf sofort den Bernd an!«

Doch der kam gerade angelaufen und stellte sich auch vor einen Baum.

»Ich kann es nicht glauben«, schrie er. »Das ist komplett illegal, was hier passiert.«

Ein anderer Mann rannte zu dem Fahrer des Fahrzeugs und versuchte mit ihm zu reden. Doch der ging gar nicht auf ihn ein, sondern setzte sein Fahrzeug in Bewegung. Er fuhr ein schaufelähnliches Gerät aus und hob damit die Wurzel eines Baumes aus. Fast hätte er einen Mann umgefahren, der sich ihm in den Weg stellte. Entsetzt schlug Bärbl die Hände vors Gesicht. Der Mann sprang laut schimpfend und schreiend zur Seite. Dann mussten sie zusehen, wie sich der Baum ächzend zur Seite neigte. Mit stoischer Ruhe ging der Baggerfahrer ans Werk. Er fuhr nun ein anderes Gerät aus, das mit einer Art Kralle den Baum packte. Die Birke wurde mit einem Ruck aus der Erde gezogen. Wie achtlos abgelegt lag sie neben den anderen Bäumen. Leo und seine Mitstreiter hatten sich zwischenzeitlich losgebunden. Sie versuchten verzweifelt, den Fahrer dazu zu bewegen, mit seiner zerstörerischen Arbeit aufzuhören. Es gelang ihnen nicht. So fiel ein Baum nach dem anderen. Plötzlich raste ein schwarzer Mercedes über den Feldweg. Ein Mann sprang aus dem Wagen und rief: »Sofort aufhören, ich habe eine einstweilige Verfügung!« Der Maschinenlenker stellte den Motor ab, öffnete die Fahrertüre und ließ sich das Schriftstück zeigen.

»Ja, dann ...« sagte er gedehnt und machte Anstalten, das Gelände zu verlassen.

Bernd wandte sich an Leo. »Hast recht gehabt, Leo, das war wirklich gut, dass wir gestern noch mit einem Anwalt gesprochen haben.« Bernd drückte dem Anwalt dankbar die Hand. »Wir leben immer noch in einem Rechtsstaat, Gott sei Dank. Gleich kommen auch ein paar Reporter und machen einen Bericht. Bleiben Sie bitte noch so lange da.«

Gemeinsam überlegten sie, was sie den Presseleuten sagen sollten. Aber auf so viel Interesse war das Thema dann doch nicht gestoßen. Nur ein Reporter der Lokalzeitung war mit einem Fotografen gekommen.

Der schaute die gefällten Bäume an und meinte: »Das gibt schon was her für ein Foto!«

Dann fotografierte er die ausgerissenen Birken und das aufgewühlte Erdreich. Plötzlich schnüffelte Joschi interessiert an einem entwurzelten Baum und begann, im lockeren Erdreich zu graben. Es sah lustig aus, mit welcher Ernsthaftigkeit er mit seinen Vorderpfoten in der Erde wühlte. Amüsiert beobachteten die Anwesenden den Hund. Immer tiefer grub er, dann stoppte er plötzlich und bellte aufgeregt. Leo ging an die Stelle und sah ein großes, ovales Gefäß, das schmutzverkrustet an den Wurzelresten des Baumes lag. »Was ist denn das?«, fragte er und sah Bernd und den Anwalt an.

»Vorsicht«, riet Bernd, »vielleicht eine alte Bombe aus dem Krieg.« Der Anwalt entgegnete: »Nein, danach schaut es nicht aus.«

Leo kratzte vorsichtig die Erde von dem Gefäß ab. »Das ist ein alter Glasbehälter, in dem man früher die Essiggurken eingeweckt hat«, rief Bernd. »Ja, du liebe Zeit, wie ist das Ding denn da hingekommen?«

»Das ist doch ein schönes Bildmotiv für mich«, freute sich der Fotograf und begann, mit der flachen Hand die Erde von dem Glas zu reiben.

»Schon komisch«, wunderte er sich. »So ein großer Behälter, was ist da wohl drin?«

Bernd holte eine alte Zeitung, die er noch im Auto liegen hatte, und reinigte das Glas. Neugierig standen die Männer und Bärbl um den Behälter herum.

»Du meine Güte«, rief Leo plötzlich erschrocken. »Das schaut ja grauslich aus!«

Im Inneren des Glases sah man nun einige Knochenreste und schwarze Asche. »Das ist der Hammer, voll geil«, schrie der Fotograf und machte fleißig Aufnahmen aus den verschiedensten Perspektiven.

»Wir rufen wohl besser die Polizei«, riet der Anwalt. »Vielleicht ist hier ein Verbrechen passiert. Mit solchen Funden muss man vorsichtig sein.«

9

Die Polizisten kamen, blickten ratlos auf das Glas. Nach Rücksprache mit ihrem Vorgesetzten riefen sie beim Institut für Rechtsmedizin in München an.

»So«, sagte dann einer der Polizisten. »Sie gehen jetzt bitte alle nach Hause, wir übernehmen hier. Und Sie hören auf, zu fotografieren«, rief er dem Pressemann zu.

Dann notierten die Polizisten noch die Telefonnummern und Adressen von Bernd und Leo und versprachen, sich wieder zu melden.

»Komm, Leo, ich fahr dich heim«, bot Bärbl an. Doch er lehnte ab und sagte, er hätte sein Auto hier. Wie immer verabschiedete er sich mit den Worten: »Wir telefonieren!«

Vollkommen durchgefroren kam Bärbl beim Leitnerhof an. »Ja, Madl, jetzt aber rein in die warme Stub'n«, rief Vroni. »Setz dich her, ich mach dir schnell eine Kartoffelsuppe warm. Hab's vorher grad frisch gekocht.« Nachdem sie mit Genuss einen großen Teller davon gegessen hatte, sprach sie ihren Vater noch mal auf den Landverkauf an.

Sie erzählte von den widerrechtlich gefällten Bäumen.

»Dir ist schon bewusst, dass diese Männer unseren Wald geschützt haben, oder?« fragte sie.

»Ich hab's ihnen nicht angeschafft.«

»Trotzdem kann es dir doch nicht gleichgültig sein, wenn man versucht, Tatsachen zu schaffen und einfach anfängt, den Wald zu roden.«

»Ja mei, wenn sie demonstrieren, müssen sie sich nicht wundern, wenn so was passiert.«

»Unter einem gefällten Baum hat der Hund vom Leo ein riesiges Glas gefunden. Da war Asche drin und Knochenreste. Hat grauslich ausgesehen. Hast du eine Ahnung, was das sein könnte?«

»Was, ein Glas mit Asche? Nein, keine Ahnung. Habt ihr die Polizei gerufen?«

»Na klar. Die untersuchen das. Willst du dich wirklich nicht an dem Aktionsbündnis beteiligen?«

»Nein, sicher nicht! Ich lass mich doch nicht von dem Burger über den Tisch ziehen.«

»Papa, da sind doch alle Grundstückseigner beteiligt, nicht nur der Burger-Leo.«

Doch er brummte nur: »Schlag dir das aus dem Kopf, das ist mein letztes Wort.«

Als Bärbl wieder im Hotel in München eintraf, wartete schon Butler Jakob ungeduldig auf sie. »Miss Webster möchte gerne, dass du mit ihr einkaufen gehst.«

Das überraschte Bärbl, denn das erledigte normalerweise der Concierge oder Jakob selbst. Aber Miss Webster fand Bärbl so sympathisch, dass sie auf ihrer Begleitung bestand.

Und da im New Grand Hotel der Wunsch des Gastes erste Priorität hatte, ging Bärbl mit Miss Webster von Laden zu Laden.

Von den Geschäften der Maximilianstraße war Miss Webster schnell enttäuscht. »Der Flair der Straße gefällt mir«, stellte sie fest. »Aber die gleichen Designershops gibt es auch in London, Rom und Paris. Wo gibt es denn diese Kleider mit der Schürze dran?«

»Ah, meinen Sie ein Dirndl?«

»Oh ja, ich glaube, so heißt es. Mit großem Ausschnitt.«

»Das gibt es nicht auf der Maximilianstraße, Miss Webster, aber ich weiß ganz in der Nähe ein Geschäft, das nur Dirndln hat. Da finden wir sicher etwas sehr Schönes für sie.«

Als sie den Laden betraten, war Miss Webster begeistert. »Da weiß ich nicht, was ich nehmen soll, es gibt so viele«, seufzte sie.

Die Verkäuferin, selbstverständlich trug auch sie ein Dirndl, lachte freundlich. »Ich helfe Ihnen gerne. Zu ihrem blonden Haar würde am besten ein rotes oder ein blaues Kleid passen.«

Miss Webster sah Bärbl ein bisschen ratlos an und Bärbl fragte sie: »Zu welchem Anlass wollen Sie das Kleid denn tragen?«

»Ich hatte Ihnen doch von meinem Freund erzählt, den ich treffen will. Er schwärmte mir immer vor, wie gern er Frauen hat, die Dirndl tragen. Wenn ich ihn sehe, will ich ihn überraschen damit.«

Die Verkäuferin nickte: »Dann brauchen Sie also ein Winterdirndl mit einer langärmligen Bluse. Ich bringe Ihnen mal eines in Blau und eines in Rot. Dann können Sie sehen, in welcher Farbe Sie sich am wohlsten fühlen.«

»Ja und ganz kurz, bitte, damit man die Beine gut sieht!«, rief sie.

»Miss Webster, ein richtiges Dirndl geht auf jeden Fall über die Knie. Wenn Ihr Freund Dirndl mag, dann schätzt er sicher die klassische, edle Variante«, erklärte Bärbl.

»Nun gut, wenn Sie meinen, ich verlasse mich auf Sie.«

Während Miss Webster verschiedene Modelle probierte, erkundigte sie sich nach dem Ursprung des Dirndlkleides.

Bärbl erzählte ihr: »Die Frauen, die früher auf den Bauernhöfen im Stall oder auf dem Feld arbeiteten, bei uns in Bayern Mägde genannt, trugen ein Baumwollkleid mit einem großen Schurz. Dieser wurde oft als Handtuch benutzt oder um sich den Schweiß abzuwischen. Das Dirndl war also ursprünglich die Arbeitskleidung der Frauen. Wer etwas mehr Geld hatte, hatte auch noch ein Sonntagsdirndl. Im 18. Jahrhundert entdeckten die Frauen aus der Stadt das Dirndl. Der grobe Baumwollstoff gefiel ihnen aber nicht so gut. Also ließen sie sich aus feineren Baumwollstoffen, Seide oder auch Brokat Dirndlkleider anfertigen. So flanierten die Damen dann auch in der Stadt im Dirndl herum. Dann wurde es Mode, dass die reicheren Frauen im Sommer die Stadt verließen. Um der schwülen, stickigen Luft der Stadt zu entfliehen, verbrachte man die Sommermonate auf dem Land. Sie nannten das ›Sommerfrische‹. Auch dort wurde natürlich stolz das Dirndl getragen. Wichtig ist auch, wie die Schürze gebunden wird, dann weiß ein Mann gleich Bescheid, ob eine Frau noch frei ist oder nicht. Ist die Schleife an der Schürze links, heißt das, die Frau ist noch ledig. Schleife rechts bedeutet verheiratet oder vergeben. Die Schleife vorne heißt, die Trägerin ist noch Jungfrau, und Witwen binden die Schleife hinten.« Miss Webster lachte vergnügt. »Ob sich die Männer das so genau merken können? Da habe ich meine Zweifel. Vor allem wenn sie zu viel getrunken haben.«

»Da haben Sie wohl recht. Auf jeden Fall sah man schon am Stoff, an der Ausführung und der Machart, zu welchem Stand die Frau gehörte«, erklärte Bärbl. Heutzutage trägt man das Dirndl in München vor allem zum Oktoberfest. Auf dem Land wurde es auch zu Tanzveranstaltungen getragen oder wenn dort Volksfeste gefeiert wurden. Aber in letzter Zeit entdeckte man das Dirndl wieder mehr als Alltagskleidung. Gerade die jungen Frauen tragen das Dirndl jetzt auch ohne besonderen Anlass, weil es ihnen einfach gut gefällt.

Miss Webster standen alle Dirndln, die sie probierte, sehr gut. Sie konnte sich wirklich nicht entscheiden, welches sie nehmen sollte. Da zeigte ihr die Verkäuferin noch ein Modell. Der Rock war aus einem dunkelroten, fließenden Seidenstoff gearbeitet. Das Mieder ebenso, hatte jedoch noch kleine weiße Blümchen aufgestickt. Die Ränder der weißen Schürze waren mit dem roten Seidenstoff eingesäumt. Die langärmlige Bluse, die sie darunter trug, war weit ausgeschnitten und ließ so den Blick auf ihr schönes Dekolleté frei. Der Stehkragen der Bluse und die Manschetten waren auch mit dem roten Seidenstoff umsäumt.

»Wow!«, rief Bärbl voller, Bewunderung, als Miss Webster darin aus der Umkleidekabine kam.»Ja, das ist es!«, freute sich diese. Bärbl bestätigte: »Das ist toll, das steht Ihnen wirklich fabelhaft. Es sieht sogar ein bisschen wie ein Brautkleid aus.« Da strahlte Miss Webster: »Oh, das ist gut. Wer weiß, es kann schon sein, dass ich bald heiraten werde!«

»Oh, wie schön, herzlichen Glückwunsch«, gratulierte Bärbl und dachte sich: »So eine attraktive Frau hat bestimmt einen ganz tollen Mann.«

Dann meinte sie: »Dieses Dirndl wird Ihrem Freund sicher gefallen. Wenn Sie sich von unserem Friseur dann noch das Haar hochstecken und eine Flechtfrisur machen lassen, ist alles absolut perfekt.«

Miss Webster kaufte das Dirndl und dazu noch einen schönen weißen Unterrock, den man neckisch hervorspitzen ließ. Passende Schuhe und eine Tasche machten das Ganze komplett. Erschöpft, aber glücklich kehrte sie mit Bärbl ins Hotel zurück. Sie bedankte sich überschwänglich bei ihr und ging dann in ihre Suite, um sich auszuruhen.

Am Ende der Woche fuhr Bärbl für einen Tag nach Igstdorf, in der Hoffnung irgendwo wieder zufällig auf Leo zu treffen. Er hatte sich nicht bei ihr gemeldet. Sie fuhr alle Stellen ab, an denen sie Leo vermutete, doch sie traf ihn nicht. Der Geranienstock am Marterl der Mutter war erfroren und sah erbärmlich aus. Sie nahm ihn mit und stellte einige Tannenzweige auf, an denen noch schöne Zapfen hingen. Ohne sich beim Vater zu melden, fuhr sie in die Stadt zurück. Sie würde heute in der Nachtschicht arbeiten.

Gegen dreiundzwanzig Uhr kam Jakob zu ihr an die Rezeption und flüsterte: »Miss Webster sieht heute besonders reizend aus. Sie trägt ein sehr schönes Dirndl.«

»Das hab ich mit ihr zusammen gekauft«, meinte Bärbl.

Jakob winkte ab. »Ja, aber stell dir vor, sie hat Herrenbesuch und hat mit ihm in ihrer Suite gegessen. Jetzt habe ich ihnen noch Champagner gebracht. Sie hat mich weggeschickt, sie würde mich heute Nacht nicht mehr brauchen. Schau an, schau an.«

»Aber, aber«, drohte Bärbl mit dem Finger. »Butler Jakob, was ist denn das für eine Indiskretion?« Er zwinkerte ihr zu: »Dir kann ich so etwas erzählen, denn ich weiß, dass du schweigen wirst wie ein Grab. So, und jetzt geh ich nach Hause! Gute Nacht!«

»Gute Nacht! Ja, schön wär's«, dachte sich Bärbl. »Ich muss die ganze Nacht wach bleiben.«

Um fünf Uhr morgens kam Sandro aus der Küche mit frisch gebackenen Croissants und knusprigen Brez'n. Dieses kostenlose Frühstück wurde jeden Morgen, zusammen mit Tee und Kaffee, in der

Hotellobby bereitgestellt. Die Frühaufsteher nahmen dieses Angebot gerne an.

Plötzlich stutzte Bärbl verblüfft.

»Der Mann, der gerade aus dem Aufzug steigt, sieht aus wie Leo«, dachte sie sich und seufzte dabei innerlich. Die Sehnsucht nach ihm spielte ihr wohl einen Streich. Sie schaute noch mal zu ihm hin. Er kam näher, kein Zweifel – es war Leo! Ihr Herz machte vor Freude einen kleinen Sprung. Wollte er sie mit einem Besuch überraschen? Um fünf Uhr am Morgen? Was für eine verrückte Idee! Verblüfft starrte sie ihn an. Doch er schaute nicht zu ihr, sondern richtete seinen Blick auf den Boden und ging schnell an der Rezeption vorbei. Sie hatte den Eindruck, dass er sie gar nicht sehen oder sprechen wollte. Fluchtartig lief er zu dem einzigen Aufzug, der zur Tiefgarage führte.

Bärbl merkte, wie ihre Knie zitterten und ihr Herz raste. Was zum Teufel war hier los? Sie war sich sicher, dass sein Blick sie einen kurzen Moment gestreift hatte. Wieso hatte er sie ignoriert? Was wollte er hier im Hotel? Während sie noch überlegte, stand er plötzlich vor ihr und stammelte: »Äh, Hallo Bärbl, hier arbeitest du also?«

»Ja, das hab ich dir doch erzählt.«

»Ja, stimmt, aber den Hotelnamen hab ich mir gar nicht gemerkt. Es ist spät geworden gestern mit meinem Geschäftspartner, da bin ich gleich da geblieben. Jetzt muss ich aber schnell zurück ins Geschäft, ich hab einen wichtigen Termin. Kann ich den Parkschein bei dir bezahlen?«

Er machte einen fahrigen, unsicheren und hektischen Eindruck. Bärbl merkte, wie ihre Kehle ganz trocken war vor Aufregung, und sie hörte sich krächzen: »Aber ja, klar.«

Unruhig trat er von einem Fuß auf den anderen und sagte: »Das ist aber unpraktisch, dass es keinen Kassenautomaten gibt.«

Bärbl registrierte, dass er nervös war. Sie nahm den Parkschein, steckte ihn in ein Lesegerät und wunderte sich über die angezeigte Parkzeit von 19.30 Uhr bis 5.12 Uhr. Sie riss sich zusammen und sagte: »Achtundzwanzig Euro, bitte. Du brauchst sicher eine Quittung, oder?«

Er schluckte. »Ja, bitte, Bärbl«, und reichte ihr hektisch dreißig Euro.

»Stimmt schon so«, murmelte er und sah sie nicht an.

Sie reichte ihm die Quittung, er nahm sie so ungeschickt, dass sie zu Boden fiel. Er bückte sich, hob sie auf und stammelte: »So, jetzt muss ich los. Servus, Bärbl, wir ...«

Sie unterbrach ihn mit leichter Bitterkeit in der Stimme: »Sag jetzt nicht, wir telefonieren, du rufst ja doch nie an.« Er schaute sie verblüfft an und ging mit schnellen Schritten zum Aufzug.

Entgegen aller Vorschriften musste sich Bärbl erst mal hinsetzen. Ihre Beine fühlten sich an wie Gummi. Als ein Gast seine Hotelrechnung verlangte, gab sie eine falsche Zimmernummer ein. Bei der nächsten Abrechnung vergaß sie, die Kreditkarte zurückzugeben. Sie überhörte das Klingeln des Telefons. Sie stieß die schöne Vase um, die immer mit frischen Blumen auf der Theke der Rezeption stand. Als das passierte, kam gerade Jessica, die sie zur Frühschicht ablösen sollte. Sie sah das Chaos aus Blumen, Scherben und Wasser. Mittendrin eine völlig aufgelöste Bärbl. Jessica erfasste die Situation sofort und sagte nur ein Wort: »Leo?«

Bärbl nickte unter Tränen und Jessica umarmte sie kurz aber liebevoll und befahl. »Ich übernehme jetzt sofort für dich, geh in dein Zimmer, leg dich hin, ruh dich aus. Sobald ich frei habe, komme ich zu dir. Dann reden wir darüber.«

Bärbl tat, was ihr befohlen worden war. Sie legte sich ins Bett. Konnte aber, obwohl sie übermüdet und schöpft war, nicht schlafen. Ihre Gedanken kreisten. Mit wem hatte sich Leo getroffen? Mit wem hatte er die Nacht verbracht? Warum hatte er sie geküsst? War das nur eine Laune gewesen aus dem Augenblick heraus? Das konnte sie nicht verstehen, denn sie hatte den Eindruck, dass sie ihm nicht gleichgültig war. Was stimmte hier nicht?

Bärbl spürte den furchtbaren Schmerz der Eifersucht in sich rumoren. Er vermischte sich mit dem Stachel der Sehnsucht.

Irgendwann schlief sie doch ein und wurde erst wieder wach, als Jessica an die Zimmertür klopfte. Es wurde gar nicht richtig hell in ihrem Zimmer, und doch war es Zeit, aufzustehen. Sie musste um vierzehn Uhr die Spätschicht antreten. »Wie geht es dir?«, fragte die Freundin. Bärbl winkte ab. »So lala, ich muss jetzt zum Dienst. Wir treffen uns am besten heute Abend.«

Der Himmel war grau und dicke Regentropfen klatschten an die Fensterscheiben. Ihre Stimmung war auf dem Nullpunkt. »Na, das Wetter passt ja ganz perfekt!«, dachte sie sarkastisch, als sie sich nach einer ausgiebigen Dusche anzog.

*

Als Leo gegen sieben Uhr morgens nach Hause kam, stand seine Mutter schon in der Küche und brühte gerade frischen Kaffee auf. Sie drehte sich um, als er zur Tür hereinkam. »Sie sieht so fremd aus mit ihrer schwarzen Trauerkleidung«, dachte Leo.

Erschrocken fragte Frau Burger beim Anblick ihres Sohnes: »Leo, um Himmels willen, wie schaust du denn aus? Wo kommst du denn jetzt her?«

»Aus München, Mama.«

»Na, viel geschlafen scheinst du nicht zu haben.«

»Nein, nicht wirklich.«

»Ist was passiert?«

»Ja, schon.«

»Jetzt lass dir doch nicht jedes Wort aus der Nase ziehen. Ich weiß schon, dass Männer nicht gerne reden. Söhne schon gar nicht mit ihren Müttern. Aber du schaust so unglücklich aus. Also, was ist los?«

»Karen ist aus Kanada gekommen. Ein Überraschungsbesuch, weil ich ihr wider Erwarten doch gefehlt hab. Sie ist im New Grand Hotel abgestiegen, da bin ich heute Nacht bei ihr geblieben.«

»Das wäre ja dann eher ein Grund zu Freude, und du sitzt da trübsinnig am Küchentisch«, sagte seine Mutter und stellte ihm eine Tasse Kaffee hin.

Er nahm einen großen Schluck und seufzte dann: »Karen wäre jetzt bereit, nach Deutschland zu ziehen. Sie wollte sich Burgersdorf anschauen und unseren Hof. Aber ich hab gespürt, dass das mit uns beiden zu Ende ist. Das war in Kanada, hier gehört das nicht her.«

Frau Burger lächelte, legte ihre Hand auf seine Schulter und sagte: »Der Georg hat mir von der Leitner-Bärbl erzählt, gibt es da einen Zusammenhang?«

Leo nickte: »Ja, damit hängt es bestimmt zusammen. Ich bin wirklich ein Hornochs und wollt mir nicht eingestehen, dass ich mich in die Bärbl verliebt hab.«

»Mei Bub, das passiert halt immer wieder, dass etwas zu Ende geht, obwohl sich's einer vielleicht anders wünscht.«

»Sag mal, Mama, weil wir grad von der Bärbl sprechen: Hättest du was dagegen, wenn wir zusammenkommen würden?«

»Wie kommst denn darauf, dass ich was dagegen haben könnt? Ich kenn sie doch gar nicht.«

»Na ja, wegen dieser eigenartigen Feindschaft. Ich bin neulich mit dem Leitner-Bauern zusammengestoßen, da hat es ganz schön gekracht. Was hat der denn gegen uns?« Traudl Burger seufzte und meinte: »So ganz genau bin ich da auch nie dahintergekommen. Dein Vater hatte nur so Andeutungen mir gegenüber gemacht. Der Bruder von seiner

Großmutter ist angeblich zusammen mit einem Leitner nach Amerika ausgewandert. Er hat immer nur gesagt, dass gemunkelt worden ist, dass da etwas nicht mit rechten Dingen zugegangen sein soll.«

Sie stand auf, schenkte sich Kaffee nach und fuhr fort. »Der Reichtum der Leitners soll auf Kosten von den Burgers entstanden sein. Aber Genaues weiß ich nicht, hat vielleicht nicht mal dein Vater gewusst. Oft sind solche Dinge so fest eingefahren, dass man bald nicht mehr weiß, wie sie entstanden sind. Den Burgers ist es anscheinend früher schon finanziell recht gut gegangen. Aber für die meisten anderen Bauern hat's gerade zum Überleben gereicht. Und manchmal nicht mal das. Wie kommt man sonst auf die Idee, nach Amerika auszuwandern. Entweder aus Not oder Abenteuerlust. Das Dorfleben war nicht so einfach. Es waren viel weniger Leut' als heutzutage. Jeder hat wirklich jeden gekannt und beobachtet.«

Leo schüttelte sich. »Furchtbar«, murmelte er.

»Ja, Leo, da hat es noch richtige Standesunterschiede innerhalb der Bauernschaft gegeben. Meine Großmutter ist noch in eine Vernunftehe gezwungen worden und ist sehr unglücklich gewesen. Man hat sie nach Niederbayern verheiratet. Sie war mit ihrem Leben nicht einverstanden. Aber was hätte sie denn machen sollen? Damals hat noch das Machtwort vom Vater gezählt, vor allem bei den Töchtern. Stell dir mal vor, sie hat den Mann gar nicht gekannt, wie sie ihm das Eheversprechen gegeben hat. Das war ein wildfremder Witwer mit sieben Kindern, der zwanzig Jahre älter war als sie.«

Leo schluckte und sagte mit belegter Stimme: »Das kann man sich gar nicht mehr vorstellen.«

Seine Mutter stützte den Kopf auf ihre Hände und fuhr fort. »Sie ist in Niederbayern angekommen, hat keine Menschenseele dort gekannt. Weil der Dialekt dort auch sehr speziell war, hat sie die Leut' am Anfang gar nicht verstanden. Sie war unter vielen Menschen und doch ganz einsam. Dann hat sie auch noch vier eigene Kinder geboren. Nein, Leo, wenn ich dran denk, was ich alles hab aushalten müssen, wie ich auf den Burgerhof gekommen bin! Ich hab mir fest vorgenommen, ich werde meinen Söhnen auf gar keinen Fall Vorschriften machen bei der Wahl ihrer Frauen.«

»Da bin ich aber froh!«, lachte Leo.

Frau Burger schenkte Leo Kaffee nach, setzte sich wieder zu ihm an den Tisch und sagte: »Ich hab nie darüber gesprochen, aber ich glaub, es ist an der Zeit, dass ich dir erzähl, wie es war, wie ich hier auf den Hof gekommen bin. Oder bist schon zu müd'?

»Nein, Mama, erzähl nur, das interessiert mich!«

»Die Eltern von deinem Vater, Georg und Sefferl, waren gute Schwiegereltern. Ihnen war ich sehr willkommen. Aber die Großeltern, die damals noch im Haus waren, haben allen das Leben zur Hölle gemacht. Ich bin Mitte der Sechzigerjahre auf den Hof gekommen. Die Oma Wally und der Opa Jorgl waren damals so um die siebzig. Von Anfang an haben die zwei auf mir rumgehackt. ›Weißt Schorsch, dafür habe ich nicht geschuftet, dass du so eine dahergelaufene Bedienung anbringst, die nix ist und nix hat‹, hat die Wally einmal zu deinem Vater gesagt.«

Leo schaute seine Mutter betroffen an und sah, wie Tränen in ihren Augen schimmerten. »Es tut immer noch weh, wenn ich dran denk. Ich war neunzehn Jahre alt und hab mich überhaupt nicht wehren können. Die Wally war ein böses Weib, anders kann ich es nicht sagen. Sie hat mir nicht geglaubt, dass ich ihren Enkel aufrichtig geliebt hab. Es ist mir wirklich nicht um den Besitz gegangen. Ich hätte deinen Vater auch geheiratet, wenn er gar nichts gehabt hätte.«

Sie fuhr sich mit der Hand über die Augen und Leo drückte ihren Arm. Dann fuhr sie fort: »Ich vermiss deinen Vater ganz furchtbar. Die Wally, die alte Bissgurk'n ist über achtzig geworden, und er hat so früh sterben müssen. Ich sehe deinen Vater heute noch vor mir. Fesch war er in seiner Lederhos'n. Rabenschwarze Haare hat er gehabt und so ein freches, liebes Lachen. Nach der Landwirtschaftsausstellung ist er mit seinen Spezln aufs Oktoberfest gegangen. Ich hab im Löwenbräuzelt als Bedienung gearbeitet. Den Posten hatte mir der Wirt aus Traubing zugebracht, bei dem ich sonst angestellt war. Auf dem Oktoberfest hat man schon damals richtig viel Geld verdienen können. Und ich hab doch keine Aussteuer gehabt, gar nichts. Da ist mir das gerade recht gekommen. Damals war's ja auch noch viel gemütlicher. Die Musik war nicht so laut, die Zelte nicht so überfüllt. Na gut, es hat viel mehr Raufereien gegeben, aber die waren eher harmlos. Ich war damals noch recht schüchtern, das kannst' dir vorstellen. Von einer kleinen Dorfwirtschaft plötzlich in dem großen Festzelt.

Die meisten Burschen haben recht schnell einen Rausch gehabt und sind dann schon mal unverschämt geworden. Ich komm also zu dem Tisch, an dem dein Vater mit seinen Kameraden sitzt, und bring ihnen ein paar Maß Bier. Er hat mich nach meinem Namen gefragt – und seine Freunde haben gefeixt. ›Fräulein‹, hat einer gesagt, ›wenn Sie noch keinen Tschamsterer haben, nehmen S' den Schorsch, der ist der einzig Oaschichtige von uns. Dem sei' Großmutter is a Hex, die vertreibt jedes Weiberleit' vom Hof.‹

Ich bin rot geworden, und er hat mit seinen Freunden geschimpft.

›Entschuldigen S' bitte, Fräulein‹, hat er zu mir gesagt. ›Das sind wirklich blöde Lackln, da sollten Sie gar nicht hinhören. Darf ich Sie auf ein Getränk einladen?‹ Ich hab geantwortet, dass ich nichts trinken darf bei der Arbeit. Und er: ›Aber Ihren Namen, den dürfen S' mir schon sagen, oder?‹

›Traudl heiß ich‹, hab ich gesagt und bin schnell zu einem anderen Tisch weiter. Er ist mir nachgekommen und hat gefragt: ›Wann hätten S' denn Feierabend, Fräulein Traudl?‹

›Spät in der Nacht‹, hab ich gesagt, ›wir müssen ja auch noch aufräumen und saubermachen.‹ Da war er ganz enttäuscht.

Am nächsten Tag ist er wieder im Zelt gesessen und hat mir eine rote Plastikrose geschenkt.«

Leo wandte sich um und fragte: »Ist das die da?«, und deutete auf eine Vase, in der eine unansehnliche künstliche Blume steckte. Sie nickte: »Ja, solange ich lebe, werde ich diese Blume aufheben. Da steht er vor mir, gibt mir die Rose und sagt: ›Fräulein, Sie haben so schöne Augen, ich hab mich auf der Stelle in Sie verliebt. Da hab ich eine Plastikblume für Sie vom Schießstand. Aber ich versprech's, im Brautstrauß werden echte Rosen sein.‹

Leo warf ein: »Ja und da hat er Wort gehalten. Er schaute zur Wand, an der das Hochzeitsbild der Eltern hing. »Dein Brautstrauß mit den Rosen war wirklich schön.«

Traudl nickte und fuhr fort. »Und dann, stell dir vor, kommt der verrückte Kerl jeden Abend ins Zelt. Er hat ja kein Auto gehabt damals. Es war ganz schön umständlich, von Burgersdorf nach München zu kommen. Er hat ja auch den ganzen Tag gearbeitet. Er war wirklich hartnäckig. Jeden Abend hat er was anderes dabeigehabt. Ein Pfeiferl vom Vogeljakob, gebrannte Mandeln, türkischen Honig, und am letzten Abend vom Oktoberfest hat er mir ein großes Lebkuchenherz geschenkt, auf dem gestanden ist: ›Sei mein Schatz‹.«

»Hast das Herz auch aufgehoben?«, fragte Leo.

»Ja, lange Zeit, bis es dann ganz zerbröselt war. Und da, an dem Herzerlstand, haben wir uns zum ersten Mal geküsst. Mei, wie schön das war. Mir war bald klar, dass ich ihn sehr gern hab. Jeden Abend hab ich gehofft, dass er wieder kommt. Er hat mir schon recht gut gefallen.«

Leo stöhnte leise auf und sagte: »Ich bin aber auch zu blöd. Wie ich die Bärbl auf dem Herbstmarkt getroffen hab, sind wir auch an einem Herzlstand vorbeigegangen. Glaubst, an so was hätt ich gedacht? Sie hätte sich sicher über ein Herzl gefreut. Aber Entschuldigung, jetzt hab ich dich unterbrochen, erzähl weiter.«

»Er war ein guter Mensch, dein Vater, ein feiner Mann.«

Sie hielt inne und wischte sich wieder mit der Hand über die Augen. Leo dachte sich: »Eigenartig, wie anders ich ihn wahrgenommen hab.«

Sie sprach weiter: »Du bist ihm vom Wesen und vom Aussehen her am ähnlichsten.«

Leo zuckte innerlich zusammen. Vom Wesen her? Du liebe Güte, das wollte er auf gar keinen Fall. War er auch so abweisend und in sich gekehrt wie der Vater? Darüber würde er noch einmal nachdenken müssen.

Er hörte wieder der Mutter zu. »Nach eineinhalb Jahren wollte er mich schon heiraten und ich ihn auch. Ich hab an einem anderen Ort gelebt. Das war nicht so leicht, wenn wir uns treffen wollten. Oder bloß mal ein bissl schmusen. Ich war streng erzogen. Sex vor der Ehe, das war unvorstellbar für mich.«

Leo schaute sie fragend an und sagte gedehnt: »Echt?«

Traudl nickte: »Ja, echt! Da habt ihr es heute viel leichter. Und wir wollten zusammen sein, wir waren so verliebt. Er hat mich seinen Eltern vorgestellt, die haben mich freundlich willkommen geheißen. Das weißt du ja selbst, was Opa Georg und Oma Sefferl für gute Menschen waren. Auch sie haben unter der Wally gelitten. Aber was hätte man machen sollen? Auf dem Bauernhof haben früher nun mal alle unter einem Dach gelebt. Der Jorgl hat in den Hof eingeheiratet. Ihr Bruder Hans war in Amerika geblieben, die anderen männlichen Hoferben sind im ersten Weltkrieg gefallen. Es ist der Wally nichts anderes übrig geblieben. Sie hat den Hof übernehmen müssen. Der Jorgl hat auch nicht so viel mit eingebracht, und darum hat keiner verstanden, wieso sie zu mir so gemein war. Die Wally war überall bekannt als Bissgurk'n. Kein Mann aus der näheren Umgebung wollte die heiraten. Ihr Vater hat einen Kuppler angeheuert, der ihr einen Mann zugebracht hat. Der alte Postwirt hat mir mal erzählt, dass er sich noch an die zähen Verhandlungen zwischen dem Jorgl und dem Vater von der Wally erinnern kann. Regelrecht verschachert hat er sie zum Schluss.«

»Das ist ja erbärmlich«, staunte Leo.

Traudl nickte: »Vielleicht hat sie das auch verbittert. Eine Schande war das natürlich schon und eine große Demütigung. Kein Mann hat sie genommen, obwohl sie einen großen Bauernhof geerbt hat. Eine alte Frau aus dem Dorf hat mal gemeint, die Wally ist so böse geworden, weil sie sich ein anderes Leben gewünscht hätte. Sie wär gern nach Amerika gegangen. Dass sich ihr Bruder nie mehr gemeldet hat, konnte sie ein Leben lang nicht verwinden.«

»Aber Mama, das ist ja auch eigenartig, dass der kein Lebenszeichen von sich gegeben hat. Vielleicht ist er ja in Amerika gescheitert. Dann hat er sich natürlich nicht mehr gemeldet.«

»Das wäre eine Möglichkeit, ja«, sagte Traudl. »Weißt du, die Wally hat hochfliegende Pläne gehabt, die in dieser Zeit natürlich keiner verstanden hat. Sie wollte eine Ausbildung zur Krankenschwester machen und dann auswandern. Außerdem wollte sie gar keinen Mann. Und heiraten schon gar nicht. Sie hätte gern alleine gelebt. Aber das ist halt früher gar nicht gegangen. Alleine nach Amerika zu fahren, hat sie sich anscheinend nicht getraut. Nachdem ihre Brüder alle im Krieg gefallen sind und sie vom Hans nichts mehr gehört hat, hat sie ihre Träume begraben müssen.«

Traudl Burger stand auf und holte sich ein Glas Wasser.

»Die Wally hat dann die Pflicht gehabt, den Bauernhof zu übernehmen. Ihr Vater hat sie mehr oder weniger dazu gezwungen. Was hätte sie tun sollen – ohne Geld, ohne Ausbildung? Sie hat den Bauernhof und den ganzen Besitz immer als Last gesehen. Mit dem Jorgl war sie nicht glücklich. Er war ein einfacher Mann, hat nicht mal richtig lesen und schreiben können. Er war zwölf Jahre älter als sie. Und er dürfte sie auch geschlagen haben. Er hat viel Bier und Schnaps getrunken, und im Rausch ist er oft mal gewalttätig geworden. Das hab ich auch erst später erfahren. Einmal wäre er fast gestorben, weil er in den Zwanzigerjahren eine Rauferei mit dem Leitner-Franz angefangen hat. Der Leitner hat ihn fast erschlagen, wirklich schwer verletzt. Das hab ich aber alles erst nach und nach erfahren. Du weißt ja, wie das ist in einem Dorf. Mal hier eine Andeutung und da eine kleine G'schicht. Der Jorgl war halt recht einfach gestrickt. Aber schon immer hab ich gemerkt, dass sie nicht gut miteinander umgegangen sind. Da hat ein rauer Ton geherrscht. Aber dein Vater, ihr Enkerl Schorschi, das war ihr Ein und Alles.«

Leo schwieg betroffen und bemerkte dann: »Die arme Frau, das ist ja furchtbar, wenn man ein Leben führen muss, das man gar nicht will, nur aus der Pflicht heraus.«

»Ja, Leo, sicher, aber wie auch immer, für mich war es manchmal unerträglich. Sie war eifersüchtig, weil ihr Schorschi nun eine andere Frau an seiner Seite gehabt hat. Sie hat mich immer wieder ›faules Luder‹ geschimpft, egal, wie fleißig ich auch gearbeitet hab. Ins gemachte Nest hätt ich mich gesetzt, hat sie behauptet. Ganz schlimm war's dann, wie ich nicht gleich schwanger geworden bin. ›So, jetzt hamma den Salat‹, hat sie gemeckert. ›Am Schorschi kann's ja net liegn, der ist ein starkes Mannsbild.‹

»Das war ja wirklich fies!«

»Ich glaub, ganz unbewusst wollte ich damals keine Kinder, denn die hätten sonst mit dem gemeinen Weib aufwachsen müssen. Zwei Monate, nachdem sie gestorben ist, bin ich dann schwanger geworden. Du und deine Brüder, ihr seid dann ganz schnell hintereinander gekommen. Das war eine schöne Zeit. Ich mag ja Kinder so gerne … aber jetzt seid's ihr mal dran mit Kinderkriegen. Weil ich grad an Enkelkinder denk: Sag mal, mag dich die Bärbl denn überhaupt?«

»Ja, bisher hab ich schon den Eindruck gehabt. Aber heute in der Früh hab ich mich so blöd angestellt, wie ein Idiot. Kann schon sein, dass sie jetzt nichts mehr von mir wissen will.«

Er starrte auf den Tisch und fuhr fort. »Die Bärbl arbeitet in dem Hotel, in dem die Karen wohnt. Wie ich heute früh zur Tiefgarage gegangen bin, hab ich geglaubt, mich trifft der Schlag. Steht da die Bärbl an der Rezeption! Ich hab versucht, mich an ihr vorbeizuschleichen, aber dann musste ich wieder zurück und von ihr das Parkticket entwerten lassen. Ich hab was von einem Geschäftspartner gefaselt, aber das glaubt sie mir nie.«

»Hast du der Karen gesagt, wie's um dich steht?«

Kleinlaut murmelte er: »Nein, blöderweise habe ich mit ihr geschlafen. Sie hat sich extra so ein schönes Dirndl gekauft. Und dann die Erinnerungen an Kanada. Und zu viel getrunken haben wir auch.«

»Also, ihr Mannsbilder habt ja wirklich kein Hirn!«, schimpfte seine Mutter. »Bei aller Liebe, Leo, aber da hast du dich ganz schön verrannt. Da hilft jetzt nur eines: Fahr ins Hotel und red mit den beiden Frauen. Du musst die Situation klären.«

»Geh, Mama, das sagst du so einfach. Das will ich nicht machen. Vielleicht wart ich einfach ab, was passiert. Kann ja sein, dass es der Karen in Burgersdorf gar nicht gefällt.«

»Typisch Mann!«, schnaubte seine Mutter verächtlich.

»Ja, es ist feig, ich weiß. Ich muss jetzt in die Firma, aber gegen Mittag komm ich wieder heim. Dann überleg ich noch mal in Ruhe, was ich tun werde. Danke fürs Zuhören, Mama«, sagte Leo.

Dann stand er auf und verließ mit hängenden Schultern das Haus.

*

Bärbl sah immer noch müde und unausgeschlafen aus, als sie am Nachmittag zur Rezeption kam. Jakob kam gerade vom Autoverleiher und sagte aufgeregt zu Bärbl: »Es ist echt nicht zu fassen! Ich bräuchte kurzfristig einen Wagen mit einem Fahrer. Nichts zu kriegen! Was mach ich denn jetzt? Hast du eine Idee?«

Bärbl überlegte und meinte dann: »Vielleicht jemand vom Studentenschnelldienst?«

Jakob schüttelte den Kopf: »Nö, ich kann doch Miss Webster nicht mit einem Studenten losschicken.«

»Miss Webster? Wo will sie denn hin?«

»Sie will ihrem Freund einen Überraschungsbesuch abstatten. Er wohnt in irgendeinem Kaff auf dem Land! Allein will sie nicht fahren. Du weißt ja, die meisten Amerikaner haben Angst, sich hier in Europa alleine zu bewegen. Ich versteh das zwar nicht, denn in ihrem Land passieren doch wahrlich mehr Verbrechen als hier. Aber nun gut, es ist halt so.«

»Na ja, du könntest bei der Taxizentrale einen schönen, großen Wagen anfordern und sie begleiten.«

»Geniale Idee, du bist ein Schatz«, rief Jakob. »Das mache ich!«

Eine Stunde später standen Jakob und Miss Webster an der Hotelrezeption und warteten auf das bestellte Taxi. Bewundernd schaute Bärbl sie von der Seite an.

Ihr blondes Haar hatte sie heute hochgesteckt. Sie trug eine enge, wirklich gut sitzende Jeans, einen dunkelroten Rollkragenpullover und eine weiße Daunenjacke. Ihre Füße steckten in schwarzen, langen Lederstiefeln, die sie über der Jeans trug. Lässig über die Schulter geschwungen trug sie eine Designertasche, die sie bei der Shopping-Tour mit Bärbl erworben hatte. Selbst in diesem legeren Outfit hatte Miss Webster eine ganz besondere Ausstrahlung.

Plötzlich kam ein Mann durch die Lobby auf sie zu.

»Oh, Leo«, rief Karen, »ich wollte dich doch überraschen, gerade wollte ich nach Burgersdorf fahren!«

Bärbl starrte Leo nur an. Sie war wie versteinert.

Leo sah zu Bärbl hin, versuchte ein Lächeln und nickte ihr zu. Er nahm Karen an der Hand und mit den Worten: »Ich muss dringend mit dir reden«, zog er sie zum Aufzug hin.

»Das ist der Mann, mit dem sie zu Abend gegessen hat«, raunte Jakob.

»Das war's dann«, dachte sich Bärbl. Sie kämpfte mit den Tränen. Wieso tat er ihr das an? Fast mechanisch suchte sie noch einmal die Anmeldung von Miss Webster heraus. Ihre Heimatadresse war Quebec, Kanada. »Dann kennt er Karen Webster schon länger und war nie wirklich an mir interessiert«, dachte sie. Das war heftig, das tat wirklich weh. Dann dachte sie an die Worte des Vaters, der sie vor den Burgers gewarnt hatte. Vielleicht hatte er am Ende sogar recht. War sie zu gutgläubig gewesen? War den Burgers wirklich nicht zu trauen? Ging es nur um die Grundstücke und die Verhinderung des Autobahnbaues? Sie zwang sich zur Konzentration auf ihre Arbeit. »Reiß dich zusammen«, ermahnte sie sich. »Du kannst deinen Job nicht vernachlässigen nur wegen diesem Typ.« Schnell wischte sie sich die Tränen aus den Augen. Sie atmete tief durch, und obwohl sie sich hundeelend fühlte, blieb sie nach außen hin gelassen und freundlich. Dann betrat eine arabische Großfamilie die Hotellobby, und die umfangreiche Zimmervergabe lenkte Bärbl einige Zeit von ihren Sorgen ab.

Leo hielt währenddessen die weinende Karen im Arm, die nicht fassen konnte, dass er ihre Beziehung nicht wieder aufnehmen wollte.

»Es ist doch erst vier Monate her, seit wir uns das letzte Mal gesehen haben. Ich verstehe nicht, dass sich deine Gefühle so schnell verändern.«

»Karen, es war nicht richtig von mir, diese Nacht mit dir zu verbringen. Wir hatten beide zu viel getrunken. Du sahst so sexy aus in diesem Dindl. Aber ich weiß nun, dass ich dich nicht mehr liebe.«

Sie lachte höhnisch: »Ach ja, das hast du nicht schon gestern Abend gemerkt? Zu viel getrunken? Ich sicher nicht! Mir war klar, was ich tat. Du schläfst mit mir und tust so, als ob alles in bester Ordnung wäre? Wie kann man nur so hinterhältig sein?«

»Karen, es tut mir wirklich leid. Lange Zeit hätte ich mir so sehr gewünscht, dass zwischen uns wieder alles gut wird. Aber inzwischen weiß ich, mein Herz gehört einfach einer anderen Frau.«

»Was?«, schrie sie. »Was? Es gibt auch noch eine andere Frau?« Ihre Augen funkelten vor Wut. »Dann ist das ja noch schlimmer! Nachdem du mit mir geschlafen hast, stellst du fest, dein Herz gehört einer anderen Frau? Das ist ekelhaft!«

Leo stand da wie ein geprügelter Hund. Schuldbewusst sagte er: »Du hast recht, das war dir gegenüber nicht fair und ihr gegenüber auch nicht. Aber es ist nun mal passiert. Ich kann es nicht rückgängig machen. Meinst du nicht, wir könnten Freunde bleiben?«

Schluchzend schrie sie: »Du spinnst wohl? Ich will deine Freundschaft nicht, sondern deine Liebe. Aber vielleicht ist es auch besser so, denn jetzt erkenne ich deinen wahren Charakter. Du widerst mich an. Ich will dich nicht mehr sehen. Verschwinde, lass mich allein.«

»Karen, ich …« stammelte Leo. Doch sie schrie: »Hau ab, geh weg, geh sofort weg jetzt, ich hasse dich.«

Als er das Zimmer verlassen hatte, rief Karen weinend und völlig außer sich nach ihrem Butler und bat ihn, den nächstmöglichen Flug nach Quebec für sie zu buchen. Sie wollte so schnell wie möglich abreisen.

Leo stand in der Hotellobby und blickte zu Bärbl hinüber.

»Wo die Liebe hinfällt«, würde sein Vater jetzt sagen. Sein schlechtes Gewissen quälte ihn. Wieso hatte er sich gestern Abend nicht beherrscht? Er fühlte sich grauenhaft. Er musste unbedingt mit Bärbl reden.

Viele verschleierte Frauen und einige Männer scharten sich um die Rezeption. Er setzte sich in einen der Sessel und wartete darauf, mit Bärbl sprechen zu können. Bärbl hatte ihn aus den Augenwinkeln heraus durchaus wahrgenommen.

Ihr Herz klopfte schneller und sie dachte: »Mein Gott, was will er denn jetzt noch hier? Warum geht er nicht? Ich will ihn nicht mehr sehen!«

Dann brachte sie die neuen Gäste in ihre Zimmer und Suiten und war längere Zeit unterwegs. Als sie zurückkam, stand Leo auf, ging auf sie zu und fragte: »Wann kann ich mit dir reden? Es ist wirklich dringend!«

Sie antwortete schnippisch: »Brauchst du wieder etwas wegen dem Autobahnbau? Geht es darum?«

Doch er schüttelte den Kopf, sah sie schuldbewusst an und antwortete: »Nein, Bärbl, es geht um uns beide.«

Bärbls Verstand meldete sich: »Red nicht mit ihm, jag ihn zum Teufel. Er lügt ja doch nur.« Doch ihr Herz sprach eine andere Sprache, und so erwiderte sie: »Ich muss bis zweiundzwanzig Uhr arbeiten, aber ich habe um achtzehn Uhr eine Stunde Pause.«

»Dann warte ich hier, ist dir das recht?«, fragte Leo. Bärbl nickte, und Leo setzte sich wieder in den Sessel und wartete.

*

Korbinian hatte inzwischen Besuch von Landrat Müller bekommen. Sie saßen in der Stube und der Landrat hielt den vorbereiteten Notarvertrag in den Händen.

»Leitner, schau, was willst denn mit dem ganzen Sach'. Deine Tochter ist in der Stadt, die wird nimmer heimkommen. Beim Kaufpreis ist noch ein Spielraum, da können wir noch verhandeln. Hast lang genug gearbeitet, jetzt könntest du dir's richtig schön machen.«

»Ja, Müller, ich weiß schon, dass das für deine politische Karriere gut wär, wenn du den Autobahnbau hier durchdrückst. Wenn du meinen Grund und Boden hast, dann können die anderen einpacken, das ist mir schon klar. Aber sag mal, du wohnst doch selber hier, wo gehst du denn dann hin?«

Landrat Müller zeigte auf den Plan, der vor ihnen lag. »Die Lärmschutzwand läuft bei meinem Haus entlang. Das wird nicht so schlimm werden.«

Korbinian lachte auf: »Geh komm, erzähl mir nix, du bleibst doch niemals in dem Haus!«

Kleinlaut antwortete der: »Hast schon recht. Meine Frau will ja schon lang nach München ziehen, jetzt wo die Kinder aus dem Haus sind. Aber ich bin nach wie vor der Meinung, dass die Autobahn eine gute Sache für's Birkental ist.«

»Also gut«, meinte Korbinian. »Ich versprech dir, ich überleg es mir, aber du musst mir noch Zeit lassen. So, und jetzt trinken wir ein Bier. Oder magst lieber einen Obstler?«

*

»Gehen wir ein paar Schritte?«, fragte Leo, als Bärbl in ihrer Pause auf ihn zukam.

»Ja, können wir machen, ich hol nur meinen Mantel.«

Dann gingen sie eine Zeit lang schweigend nebeneinander her. Bärbl zitterte, doch es war nicht die Kälte, die sie erschauern ließ. Ihre Nerven waren aufs Äußerste angespannt. Schließlich begann Leo zu sprechen:

»Bärbl, es tut mir leid, was heute früh passiert ist, du musst einen furchtbaren Eindruck von mir haben.«

»Ja, das hab ich«, sagte diese kurz angebunden.

»Es tut mir leid, echt, wahnsinnig leid.«

»Du bist ein freier Mann, du musst mich nicht anlügen, wenn du die Nacht bei einer Frau verbringst.«

»Bärbl, Karen und ich, wir waren in Kanada zwei Jahre zusammen. Sie wollte nicht mit nach Deutschland kommen. Und plötzlich taucht sie hier auf, als Überraschung. Ich empfinde nichts mehr für sie.«

»Ach ja, aber die Nacht bleibst du bei ihr? Und erzählst mir auch noch eine dämliche Geschichte von einem Geschäftspartner.«

»Ja, das war ein Fehler und auch ihr gegenüber nicht fair. Aber es ist nun mal passiert. Ich kann es nicht mehr ändern.«

»Na, du machst es dir ja leicht«, schnaubte Bärbl. »Ich hätte besser auf meinen Vater hören sollen, der hat mich ja vor den Burgers gewarnt.«

Leo stöhnte auf: »Bitte Bärbl, doch jetzt nicht diese alten Kamellen. Ich weiß, dass ich dich verletzt hab, aber das ist doch jetzt wirklich unsinnig.«

»Ach ja, und das bestimmst du oder was?«, rief sie laut.

Sie schwiegen wieder eine Weile, dann blieb Leo plötzlich stehen, sah Bärbl in die Augen und sagte: »Ich hab mich in dich verliebt, bitte Bärbl, gib mir eine Chance.«

Bärbl stockte der Atem. Sie hätte jetzt glücklich sein müssen, lachen und sich freuen. Doch in ihr blieb es seltsam still. So antwortete sie: »Ich muss erst mal in Ruhe nachdenken. Du hast vielleicht gemerkt, dass ich dich auch gern hab. Aber das mit Karen war zu viel. Ich kann dir jetzt nicht sagen, ob ich damit klarkomme. Wie soll ich dir denn jemals vertrauen können?«

»Das versteh ich«, sagte er.

»Dann ist es wohl besser, wenn ich jetzt fahre, oder?«

Sie nickte stumm.

»Servus, Bärbl – wir telefonieren?«, sagte er und diesmal klang es eher wie eine Bitte.

Am nächsten Vormittag wurde ein großer Blumenstrauß für Bärbl abgegeben. Cremefarbene und rote Rosen, dazu eine Karte, auf der stand: »Bitte verzeih mir, Leo.«

Am Nachmittag stand Karen Webster mit verweinten Augen an der Rezeption und bezahlte ihre Rechnung. Sie schob Bärbl eine große Tüte hin und sagte: »Das Dirndl brauche ich nicht mehr, es brachte mir kein Glück. Sie können es haben.« Bärbl hatte Mitleid mit ihr, denn sie konnte schon erahnen, wie verletzt und enttäuscht sie war. Doch sie würde das Dirndl sicher nicht behalten, sondern es Jessica schenken.

Am Abend klingelte ihr Handy. Sie sah, dass es Leo war und ging nicht ran. Sie wollte nicht mit ihm sprechen. Zu tief war die Kränkung. Jessica hatte zwar zu ihr gesagt: »Mein Gott, Bärbl, du weißt doch, wie die Männer sind! Na ja, und wir machen alle mal Fehler, versuch's doch einfach mit ihm. Wenn es nicht klappt, kannst du es doch wieder beenden. Aber ihn jetzt aus Stolz in die Wüste zu schicken, halte ich für Unsinn. Du tust dir doch nur selber weh.«

Aber im Augenblick war Bärbl zu enttäuscht von Leo, um mit ihm sprechen zu können.

Bärbl telefonierte zwischendurch immer wieder mit ihrem Vater. Am zwanzigsten November, seinem Namenstag, überraschte sie ihn mit den Socken vom Herbstmarkt. Er schien sich zu freuen, obwohl Bärbl merkte, dass das triste Novemberwetter nicht gut für seine Gemütsverfassung war. Während sie zusammensaßen, merkte sie, wie trübsinnig, ja fast melancholisch er war. Mitleid regte sich in ihr, und sie versuchte, ihn mit Geschichten aus dem Hotelalltag ein wenig aufzuheitern. Der Vater lächelte zwar hin und wieder einmal, doch so richtig schien er gar nicht zuzuhören.

Bärbl machte sich wirklich Sorgen um ihn und sprach ihn auch darauf an. Doch er winkte ab, wie immer. Sie blieb zwei Tage bei ihm. Den Leitnerhof verließ sie nicht. Sie wollte auf gar keinen Fall Leo begegnen. Sie hatte auch Gelegenheit, mit Vroni über den Vater zu sprechen, als sie zusammen in der Küche arbeiteten. Schon lange hatte sie sich vorgenommen, sich von Vroni zeigen zu lassen, wie man die »Kiacherl« zubereitete. Die Krapfen aus Hefeteig werden in Schmalz ausgebacken, und man braucht etwas Erfahrung, damit sie gut gelingen. Auch Vroni war das veränderte Verhalten des Vaters aufgefallen. »Aber man kommt ja so schwer an ihn ran«, seufzte sie.

»Ich weiß«, bestätigte Bärbl.

Als sie am Nachmittag das frische Schmalzgebäck auf den Tisch stellte, freut sich der Vater sichtlich.

»Mei, das hat's schon lang nimmer gegeben«, sagte er.

»Kiacherl! Die mag ich ja für mein Leben gern.«

Nachdem er ein Kiacherl gegessen hatte, drängte ihn Vroni, noch eines zu nehmen. Doch er hielt seine Hand vor den Bauch und meinte: »Man muss es net übertreiben. Eines langt schon.«

Verwundert und voller Sorge sahen sich die beiden Frauen an. Der Vater, der so gerne Süßes jeder Art aß, hatte nach einem Kiacherl schon genug? Er bemerkte ihre Blicke und brummte: »Ich bin ja gespannt, ob ich in meinem Leben noch mal ein Weiberleut' treff, das mich machen lässt, wie ich will.« Er stand auf, holte das Kartenspiel und fragte: »So, und wie schaut's aus mit einem Spiel?« Sie spielten einige Zeit, dann las der Vater die Zeitung, und die Frauen gingen in die Küche, um das Abendessen herzurichten.

»Wenn ich ehrlich bin, Bärbl, schaust auch nicht recht glücklich aus. Kann ich was für dich tun?«

Bärbl schüttelte den Kopf. »Das ist lieb von dir. Ich weiß, du erzählst es nicht dem Papa, vielleicht kannst du mir wirklich einen Rat geben. Du hast ja auch schon viel erlebt.«

So erzählte sie von Leo und was im Hotel passiert war. Vroni hörte ihr schweigend zu, unterbrach sie nicht. Als sie die ganze Geschichte gehört hatte, nahm sie Bärbl, die während ihrer Erzählung zu weinen begonnen hatte, in den Arm.

Dann sagte sie: »Armes Madl, also das ist wirklich ein starkes Stück. Der spinnt wohl, ausgerechnet in deinem Hotel! Das tut weh. Aber du musst dir einfach klar werden, ob du ihm verzeihen kannst und willst. Ganz und gar. Sonst hat das keine Zukunft. So gern ich dir geholfen hätte. Ich kann ich dir keinen Rat geben, das musst du ganz mit dir allein ausmachen. Aber wenn du reden willst, kannst mich wirklich jederzeit anrufen.« Bärbl hatte es sehr geholfen, dass sie mit Vroni gesprochen hatte. So fuhr sie am nächsten Tag gestärkt und zuversichtlicher nach München zurück, als sie in Igstdorf angekommen war.

Leo schickte Bärbl jeden Tag Blumen. Er versuchte sie auch telefonisch zu erreichen. Aber sie wollte nicht mit ihm sprechen. Wenn er seine Rufnummer unterdrückte und sie dann an ihr Handy ging, legte sie wortlos auf, wenn sie seinen Namen hörte. Seine SMS beantworte sie nicht.

Am vierten Dezember stand Leo überraschend an der Rezeption des New Grand Hotels und gratulierte Bärbl zum Namenstag. Er brachte ihr einen Barbarazweig und sagte: »Ich wollte dir persönlich zum Namenstag gratulieren. Alles, alles Gute wünsche ich dir.« Bärbl war beeindruckt davon, dass er an ihren Namenstag gedacht hatte. Dass es auch ihr Geburtstag war, wusste er ja nicht.

»Bitte Bärbl, auch wenn Du mir nicht verzeihen kannst, red' doch wenigstens wieder mit mir. Ich hab' solche Sehnsucht nach dir.«

»Ich bin mir da nicht so sicher, ob ich das glauben soll«, antworte sie reserviert. Sie freute sich über diese Aufmerksamkeit, aber sie war immer noch sehr verletzt.

»Ich möcht' dich so gern zum Abendessen einladen. Bitte Bärbl, lass uns doch noch einmal über alles reden.«

Bärbl zögerte, willigte dann aber doch ein.

Sie brachte kaum einen Bissen runter, so aufgeregt war sie.

Das Gespräch verlief sehr gehemmt und gezwungen. Die lockere Atmosphäre die bisher zwischen ihnen vorgeherrscht hatte, war verlorengegangen.

Etwas stand zwischen ihnen bis Leo schließlich sagte: »Ich kann es nicht ungeschehen machen, was passiert ist, aber ich würde dir gerne beweisen, dass du mir vertrauen kannst. Ich habe einfach das

Gefühl, dass wir wirklich zusammengehören. Und das hat nichts mit irgendwelchen Besitztümern zu tun, sondern nur mit uns beiden.«

Bärbl überlegte eine Weile, dann sagte sie: »Ich habe auch einmal geglaubt, dass aus uns ein Paar werden könnte. Doch im Moment bin ich mir da nicht mehr so sicher. Du hast mir sehr weh getan.«

Er legte seine Hand auf ihre Hand und flüsterte: »Ich weiß das, und es tut mir so leid!«

Bärbl zuckte unter seiner Berührung leicht zusammen und wäre ihm am liebsten um den Hals gefallen. Doch sie zwang sich, vernünftig zu bleiben. So sagte sie: »Ich kann dir nicht sagen, ob ich das alles vergessen kann, was passiert ist und ob ich das Vertrauen in dich wiederfinde. Jedenfalls im Moment noch nicht. Ich brauche einfach Zeit. Wir können uns ab und zu treffen. Wie es dann weitergeht, müssen wir halt abwarten.«

11

Der Birkenwald von Igstdorf hatte es inzwischen zu einiger Berühmtheit gebracht. Die Spurensicherung aus München war da gewesen und hatte die Stelle rund um den Glasfund abgesichert. Nachdem man sich entschieden hatte, großflächig weiterzugraben, um abzuklären, ob noch mehr Behälter zu finden waren, bahnte sich eine Sensation an. Etwas tiefer, als das Glas gelegen war, fand man eine alte Brosche und einige Werkzeuge.

»Da müssen jetzt die Archäologen her«, meinte einer der Männer der Spurensicherung. »Ich hab ja nicht viel Ahnung, aber das schaut mir antik aus.« Und so war es auch! Wie sich schnell herausstellte, waren die gefundenen Gegenstände aus der Keltenzeit. Man vermutete, dass rund um den Fundort noch mehr zu finden war und hoffte, vor dem Wintereinbruch noch möglichst viel ausgraben zu können. Das Aktionsbündnis freute sich, denn wo Archäologen gruben, hatten Baumaßnahmen überhaupt keine Chance.

*

Leo kam nun regelmäßig zu Bärbl nach München. Sie gingen zusammen ins Kino, zum Kaffee trinken oder ins Museum. Sie unterhielten sich über banale und belanglose Dinge. Die Fremdheit, die einige Zeit zwischen ihnen zu spüren war, wich immer mehr einer tiefen Freundschaft. Als sie an einem kalten Sonntagnachmittag auf der Münchner Leopoldstraße spazieren gingen, tastete Leo nach Bärbls Hand und sie ließ es zu. So schlenderten sie Händchenhaltend die Schaufenster entlang. Später, als sie sich in einem Café mit einer Tasse heißer Schokolade aufwärmten, nahm Leo Bärbls Hand und drückte einen zaghaften Kuss darauf. »Ich hab' dich so lieb Bärbl, es ist so schön mit Dir zusammen zu sein.« Genau das empfand Bärbl auch und so sagte sie zu ihm in gespieltem Ernst: »Leo Burger, ich verzeihe dir hiermit offiziell. Aber falls du mich noch mal anlügst oder gar betrügst, ist es für immer aus!« Erleichtert sagte Leo: »Ich verspreche, ich werde dich nicht enttäuschen. Ich will, dass du mit mir glücklich bist.« Dann stand er auf, ging um den Tisch herum, und setzte sich neben sie auf die Bank. Er legte den Arm um sie und gab ihr einen langen Kuss, den sie gerne erwiderte. Bärbl genoss es sich an ihn zu kuscheln und mit einem Glas Champagner stießen sie auf einen Neubeginn an. Nach einiger Zeit sah Leo auf die Uhr und seufzte: »Ich muss jetzt leider heimfahren, ich habe Bernd fest versprochen, heute Abend zum Treffen des Aktionsbündnisse zu kommen.«

»Das verstehe ich doch«, sagte Bärbl. Er vergrub sein Gesicht in ihren Haaren und brummte: »Ich würde heute Nacht so gerne bei dir sein.« Sie lächelte und meinte, dazu würden künftig nun ganz viele Gelegenheiten sein und er sollte sich nicht grämen, da sie sowieso arbeiten müsste. »Das hab ich vor lauter Freude ganz vergessen«, sagte er. Dann rief er die Bedienung, um die Rechnung zu begleichen. Als sie sich vor dem Café voneinander verabschiedeten sagte Bärbl: »Leo, mit meinem Papa ist es im Moment nicht so einfach. Daher möchte ich nicht, dass irgendwer in Igstdorf oder Burgersdorf von unserer Beziehung erfährt. Auch deine Brüder nicht, versprichst du mir das?«

Leo nickte. »Kein Problem, dann sind wir jetzt erst mal ein heimliches Liebespaar. Das hat doch auch eine sehr romantische Seite.« Sie küssten sich zum Abschied und fröhlich ging Bärbl zur U-Bahn, die sie in die Stadt bringen würde, während Leo in sein Auto stieg und nach Burgersdorf zurückfuhr.

*

»Der Landrat Müller war bei mir, sie haben das Angebot noch mal nachgebessert«, sagte Korbinian, als Bärbl an einem kalten Dezembertag auf dem Leitnerhof ankam. Er stand auf, holte den neuen Vertragsentwurf, und Bärbl las mit Schrecken, dass der Geldbetrag fast verdoppelt worden war. Sie seufzte resigniert. Das hatte sie nicht erwartet. Jetzt schien wirklich alles verloren.

»Das ist wirklich unglaublich viel Geld«, sagte sie. »Aber da wir jetzt gerade bei diesem Thema sind: Mir ist eine neue Geschäftsidee gekommen. Auf dem Herbstmarkt, wo ich die Socken für dich gefunden hab, ist mir das eingefallen.«

Sie hielt ihm einen Zeitungsartikel hin. »Lies mal, hier schreiben sie, dass immer mehr Leute auf dem Bauernhof Urlaub machen wollen. Das ist jetzt wieder der allerneueste Trend. Unser Haus ist doch riesengroß, und renovieren müssten wir sowieso. Dann könnten wir in in einem Teil vom Haus schöne, gemütliche Zimmer herrichten. Im Erdgeschoss eine Frühstücksstube, und schon könnten wir Gäste hier aufnehmen.«

Korbinian starrte schweigend auf die Zeitung. So fuhr sie zögerlich fort.

»Wir könnten wie früher ein paar Kühe und Schweine halten, damit die Kinder was zu sehen haben. Überleg mal, wie das wäre, wenn es hier wieder Ponys und Pferde, Hunde, Katzen und Federvieh gäbe. Ich stell mir das schön vor!«

»Und die Felder?«, wandte er ein.

»Wir könnten auf biologische Landwirtschaft umstellen und unsere Sachen im eigenen Hofladen vermarkten.«

Korbinian kratzte sich am Kinn: »Aber du verstehst doch gar nichts von biologischer Landwirtschaft.«

»Das kann ich doch lernen, und Simon und Vroni würden mich sicher unterstützen.«

»So, und ich geh dann ins Austragshäusl, oder wie hast du dir das gedacht?«

»Ja, aber ich brauch trotzdem deine Hilfe, keiner kann so gut mit Tieren umgehen wie du.«

»Langsam, langsam, jetzt schmierst du mir aber ganz dicken Honig ums Maul.«

Korbinian sah, wie die Augen seiner Tochter vor Begeisterung strahlten. Jetzt erst fiel ihm auf, wie glücklich sie aussah. Aber was sie plante, das waren doch Hirngespinste. Ein Biohof! Hofladen! Gästezimmer!«

»Reich wirst du damit sicher nicht«, brummte er.

»Das weiß ich Papa, ich müsste auch einen Kredit beantragen. Damit ich den Umbau finanzieren kann und die Tiere kaufen. Das könnte man sich halt alles durchrechnen. Bitte, Papa, überleg es dir.«

Er tippte noch mal auf die Summe, die im neuen Vertragsentwurf stand, und sagte: »Schau mal auf diese Summe, Bärbl, da bräuchten wir beide nie mehr arbeiten in unserem Leben.«

»Ja«, nickte Bärbl, »aber wäre es das Leben, das wir uns wünschen? Wir sind doch beide das Arbeiten gewohnt. Wir sind keine Leut', die glücklich sind, wenn sie die Hände in den Schoß legen können, oder?«

Sie breitete beide Hände aus und sagte: »Das hier ist doch unsere Heimat. Ein Zuhause, in dem man sich wohlfühlt, kann man doch nicht mit Geld aufwiegen. Wenn dein Vater noch leben würde, was würde der denn sagen? Würde der dich nicht auch vom Verkauf abhalten wollen?«

Sie fährt wirklich schwere Geschütze auf, dachte Korbinian und antwortete: »Fragen kann ich ihn nicht mehr. Aber so schwer, wie er gearbeitet hat und so geizig, wie er war, hätte der das Geld ganz sicher genommen.«

Bärbl merkte, dass sie so nicht weiterkam und verlegte sich aufs Bitten: »Papa, lass es dir doch noch mal durch den Kopf gehen, bitte. Ich würd so gern wieder hier leben. Die Großstadt ist auf Dauer nix für mich.«

»Ja, was sagt denn der Burger Leo zu deinen Plänen?«

Sie stutzte und sagte irritiert: »Wie kommst denn jetzt auf den?«

»Will nur wissen, was gerade Stand der Dinge ist, man hört ja so einiges.« Natürlich hatte er nichts gehört, der Korbinian. Er ließ einfach mal einen Luftballon steigen, und tatsächlich – Bärbls Gesicht bekam eine leichte Röte. Sie überlegte eine Spur zu lange, bevor sie abwiegelte: »Ach, die Leute, die haben doch immer was zu reden.«

Dann schwärmte sie ihm wieder von der Idee der Gästezimmer vor. Das wäre doch ihr Fach, da würde sie sich auskennen. Das würde auf jeden Fall funktionieren.

Sie hätte schon so viele Ideen, wie man die Zimmer ganz günstig und trotzdem originell und gemütlich einrichten könnte. Jedes Zimmer sollte eine andere Farbgebung haben.

Das Wohnzimmer, in dem sich sowieso keiner aufhielt, könnte der Frühstücksraum werden. Die alte Holztäfelung könnte man gut lassen, es bräuchte nur einige Tische, Stühle und neue Vorhänge. Der Vater sprach doch auch schon so lange davon, dass man neue Fenster bräuchte und ein Dach mit Solartechnik. All das könnte man gut miteinander verbinden. Es gäbe auch Fördergelder für solche Vorhaben.

Korbinian hörte ihr aufmerksam zu und freute sich auf der einen Seite über ihr Engagement, auf der anderen Seite war er höchst beunruhigt. Die Sache mit dem Burger Leo war also noch nicht ausgestanden. Dieser Gedanke behagte ihm nicht. Er wollte diesen Mann auf gar keinen Fall in der Nähe seiner Tochter haben. Er hatte nur noch sie und er würde sie mit aller Macht vor den Burgers schützen.

So brummte er: »Ja, versteh dich schon, dann schau'n wir halt mal.«

So fuhr Bärbl wieder in die Stadt, ohne zu wissen, wie es nun mit dem Hof weitergehen würde. Korbinian nahm seinen geregelten Tagesablauf wieder auf. Zumindest versuchte er es. Er merkte, dass in letzter Zeit seine Kräfte immer mehr nachließen. Der Tod von Andreas hatte wohl auch seinem Körper stark zugesetzt. Diese tiefe Traurigkeit wollte und wollte nicht weichen. Noch immer wusste auch kein Mensch von seiner Diabetes. Fast verzweifelt versuchte er, die Krankheit beiseitezuschieben. »Reiß dich zusammen«, sagte er beschwörend zu sich. »Reiß dich bloß zusammen, Korbinian. Nicht nachlassen jetzt.« Doch alle Willenskraft half nicht mehr. Er konnte immer weniger arbeiten, weil er sich so furchtbar müde und erschöpft fühlte. »Ich werde alt«, dachte er. Dann lachte er hämisch auf. »Was heißt, ich werde alt, wenn ich ehrlich zu mir wäre, müsste ich sagen, ich bin alt.«

*

Das Aktionsbündnis gegen die Autobahn hatte sich inzwischen etabliert im Birkental. Man hatte weder Zeit noch Lust, auf die Beteiligung des Leitner-Bauern zu warten. Aber seine Sturheit machte die Runde. Die meisten Igstdorfer waren nicht mehr gut auf ihn zu sprechen. Beim sonntäglichen Kirchgang und bei seinen selten gewordenen Wirtshausbesuchen merkte er, wie er von den anderen gemieden wurde. Gerade, dass man ihn noch grüßte, aber mehr auch nicht.

»Dann steigt's mir doch am Hut«, dachte er. »Ich brauch euch nicht, ihr Deppen.« So tat sich nun innerhalb des Dorfes ein Graben auf. Das war nicht gut, denn das verstärkte die sture Einstellung von Korbinian.

Der Anwalt des Aktionsbündnisses hatte bei Gericht Klage eingereicht. Es ging um die Naturdenkmäler Alleestraße und Birkenwald und das denkmalgeschützte Bauernhaus des Leitnerhofes. Das war bei der Planung offensichtlich komplett außen vor gelassen worden.

Landrat Müller wetterte nach außen hin furchtbar gegen das Aktionsbündnis und die Klage. Innerlich atmete er auf, dass endlich Bewegung in die Sache kam. Aus politischen Gründen waren ihm ja die Hände gebunden, doch seine Familie hatte ihm die Hölle heiß gemacht. Seine Frau wollte keineswegs nach München ziehen, so wie er es dem Leitner erzählt hatte. Also konnte er sich nur wünschen, dass andere für ihn den Bau der Autobahn verhindern würden. Im Moment war ja sowieso ein Stillstand eingetreten. Die Archäologen hatten noch einige Schmuckstücke gefunden, die auf einen größeren Schatz hinwiesen. Man vermutete einen Grabplatz der Kelten unter dem Birkenwald. Sobald der Boden nicht mehr gefroren war, würde man weitergraben.

Es gab im Dorf schon wieder neidische Stimmen. »Wenn die wirklich was Wertvolles finden, dann bekommt doch der Leitner einen Anteil, oder? Dem fallt wirklich alles in den Schoß!« So wurde im Dorf gemunkelt und getuschelt.

Landrat Müller hatte sich auch nach dem Verbleib des Glases mit der Asche erkundigt. Das stand noch im rechtsmedizinischen Institut und würde dort auch erst mal bleiben. Die Untersuchungen waren noch nicht abgeschlossen. Der Regierungsrat, mit dem er sprach, hatte ihm erklärt: »Wir sind so überlastet durch die aktuellen Verbrechen. Es kann schon noch länger dauern, bis wir mehr über den Inhalt das Glases sagen können.«

*

Weihnachten kam, und als Bärbl mit dem Vater um Mitternacht zur Christmette ging, sah sie schon von Weitem Leo und seine Mutter vor der Kirche stehen. »Die Burgers«, grantelte der Vater. »Können die nicht in ihre Kirch' in Burgersdorf gehen? Was wollen denn die hier?«

Bärbl wusste es, denn sie und Leo hatten sich verabredet, damit sie sich an diesem Abend wenigstens sehen würden. »Papa«, sagte sie. »Heut' ist Weihnachten, sei doch bitte friedlich!« Dann stiegen sie aus dem Auto und gingen an Leo und seiner

Mutter vorbei. Leo und Bärbl grüßten sich förmlich. Doch die Blicke, die sie sich zuwarfen, sagten etwas anderes. Korbinian bemerkte während der Messe, dass die beiden immer wieder nach Blickkontakt suchten. Er konnte der Messe gar nicht richtig folgen, weil er nur immer Bärbl und Leo beobachtete.

Am anderen Tag, als sie sich heimlich trafen, schenkte Leo seiner Bärbl einen Gutschein. Er war von einem Luxushotel in Kitzbühel. »Ich möcht so gern einmal ein paar Tage mit dir allein sein«, flüsterte er ihr ins Ohr. Sie nickte: »Ja, das wär schön. Ich hab im Februar Urlaub, da könnten wir fahren, wenn du willst.«

Denn sie hatten wirklich ein Problem, wenn sie allein sein wollten. In ihr Zimmer in München wollte Bärbl Leo nicht mitnehmen. Das hätte zu viel Getratsche verursacht und wurde vom Hotelmanagement auch nicht gern gesehen. In der Heimat sollte niemand von ihnen wissen. So konnten sie weder zu Bärbl noch zu Leo nach Hause. Frau Burger hatte Leo schon einmal gefragt: »Hast dich mit der Bärbl schon ausgesprochen?« Doch er hatte ausweichend geantwortet und gesagt: »Ach, Mama, das braucht halt jetzt Zeit.«

Frau Burger hatte gemerkt, dass er nicht darüber sprechen wollte und ihn daraufhin in Ruhe gelassen. Doch auch sie hatte die Blicke bei der Christmette bemerkt. Sie vermutete, dass die beiden nun ein Paar waren.

Sie freute sich für Leo, denn Bärbl schien ein wirklich nettes Mädel zu sein.

Das neue Jahr begann, und bald würde die erste Gerichtsverhandlung wegen des Autobahnbaus sein. Öffentliche Proteste oder eine Demonstration hatte es nicht mehr gegeben. Der Schnee lag einige Meter hoch in diesem Jahr. Es war ein sehr strenger Winter. Der Vater hatte die Zukunft des Hofes nicht mehr angesprochen und Bärbl auch nicht. Sie war verliebt und glücklich und hatte keine Lust, sich dieses schöne Gefühl durch irgendwelche Diskussionen oder Streitereien verderben zu lassen. Alle Gedanken kreisten alleine um Leo. Sie wollte mehr als heimliche, schnelle Küsse in seinem kalten Auto. Mit jeder Faser ihres Körpers sehnte sie sich nach ihm. Wenn sie nur daran dachte, wie es wäre, wenn seine zärtlichen Hände über ihren ganzen Körper streichen würden, erschauderte sie.

Endlich war es Februar, und sie fuhren nach Kitzbühel. Bärbl genoss es, auch einmal als Gast in einem Hotel zu sein.

»Leo, das ist ein Zimmer, in dem man sich wirklich wohlfühlen kann«, sagte sie. »Die hellen Bauernmöbel finde ich schön. Und wie groß es ist, sogar mit einer Couchgarnitur ausgestattet. Das hast du gut ausgesucht.«

Leo setzte sich aufs Bett, hopste auf und ab. »Das Bett ist perfekt, nicht zu weich und nicht zu hart. Genau für unseren Zweck geeignet!«

»Für welchen Zweck denn?«, neckte sie ihn.

»Er streckte seine Hand aus und zog sie an sich. Er küsste sie zärtlich und streichelte über ihre Brust.

»Zeig ich dir nachher, mein Schatzerl, aber jetzt hab ich einen Bärenhunger!«

Bärbl fühlte, wie eine Welle der Erregung durch ihren Körper lief. Sie hatte keinen Hunger. Sie sehnte sich nur danach, mit Leo zu schlafen. Endlich seinen nackten Körper auf ihrer Haut zu spüren. Doch sie sagte nichts, sondern ging mit ihm ins Restaurant.

Es war auch im rustikalen Stil eingerichtet, ein Kachelofen spendete wohlige Wärme. Sie bestellten Frittatensuppe, dann ein Wiener Schnitzel mit Salat und zum Abschluss einen Kaiserschmarr'n. Dazu tranken sie Weißwein und hinterher einen Mirabellschnaps.

»Was hältst du davon, wenn wir uns noch eine Flasche Wein mit aufs Zimmer nehmen und heute früh ins Bett gehen?«, fragte Leo nach dem Abendessen. »Die lange Anreise, die gute Luft, das viele Essen, ich bin ganz müde.«

Er gähnte und lächelte verschwörerisch.

Bärbl reckte sich: »Ich muss mich auch dringend hinlegen.«

*

Als sie zusammen im Bett lagen, war von Müdigkeit nicht mehr viel zu spüren. Schon im Aufzug hatte Leo begonnen, sie zu küssen und zu streicheln. Sie stolperten förmlich ins Zimmer. Dort war inzwischen der offene Kamin angezündet worden. Im Schein des Feuers zogen sie sich nach und nach aus. Achtlos blieb die Kleidung auf dem Boden liegen. Leos zärtliche Hände ließen Bärbl alles vergessen.

»Es ist noch viel schöner, als ich es mir vorgestellt hab«, stöhnte sie.

»Böses Mädchen, was hattest du denn für Gedanken?«, flüsterte er. Dann drang er langsam in sie ein und war erfreut, wie bereit sie war, ihn aufzunehmen. Voller Leidenschaft streichelte er ihre kleinen, festen Brüste. Ihr Atem ging schneller, sie klammerte sich an ihn, seufzte laut auf. Seine Erregung stieg ins Unermessliche. Gemeinsam erreichten sie den Höhepunkt und blieben glücklich aneinandergeschmiegt liegen. Nach einer Weile stand er auf und brachte ihr ein Glas Wein. Durstig trank sie es in einem Zug leer. Leo lachte und schenkte ihr noch mal nach. Als sie ausgetrunken hatten, hob er sie mitsamt ihrer Bettdecke hoch und trug sie zum Kamin.

»Vor dem flackernden Feuer siehst du noch schöner aus, als du sowieso schon bist«, flüsterte er. »Ich bin so verrückt nach dir.« Dann begann er ganz langsam, ihren nackten Körper zu küssen. Das Kaminfeuer wärmte sie. Bärbl gab sich Leo ganz hin, war ganz die Seine.

Nachdem sie sich noch einmal geliebt hatten, holte Leo seine Bettdecke. Eng aneinandergekuschelt schliefen sie ein, nackt, auf dem Boden, vor dem Kamin.

Bärbl erwachte, als ihr Kaffeeduft in die Nase stieg. Sie blinzelte und sah Leo vor sich stehen. Er trug einen weißen Bademantel. In der Hand hielt er eine Tasse.

»Kaffee, mein Schatz?«

Sie griff nach der Tasse. »Danke, das ist genau das, was ich jetzt brauche.«

Er zeigte auf den Couchtisch. »Ich habe das Frühstück aufs Zimmer bringen lassen. Sie erschrak: »Mein Gott, und ich lieg da vor dem Kamin.«

Er grinste: »Es war doch niemand im Zimmer. Kein Angst, es hat dich keiner gesehen. Aber ich hab mir gedacht, wenn wir hier frühstücken, dann können wir uns mehr Zeit lassen.«

Und sie ließen sich Zeit. So viel Zeit, dass sie es gerade wieder zum Abendessen ins Hotelrestaurant schafften.

»Gut, dass uns hier niemand kennt«, sagte Bärbl. »Was müssten die von uns denken! Wir waren bisher nur im Bett.«

»Ja, und ich kann nicht genug von dir kriegen«, raunte Leo und zog sie wieder an seine Seite, um sie weiter mit zärtlichen Küssen zu verwöhnen. Sie wehrte ab.

»Leo, das ist mir peinlich hier im Restaurant.«

»Gerade hast du noch gesagt, dass uns keiner kennt. Das muss ich doch ausnutzen!«

Mit großem Bedauern reisten sie nach drei Tagen wieder ab. Leo konnte nicht länger Urlaub machen. Als sie in München ankamen, sah er Bärbl sehr ernst an. »Bevor du jetzt aussteigst, Bärbl, muss ich dir noch etwas sagen: Es war unheimlich schön mit dir. Ich will mit dir zusammenbleiben, das mit der Heimlichtuerei nervt mich. Bitte sag's doch deinem Vater. Und ich würd es auch gern meiner Mutter erzählen. Sie freut sich für mich, das weiß ich. Und ich möcht so gern, dass du sie kennenlernst.«

»Ja, Leo, ich würde gern deine Mutter kennenlernen. Aber ich habe wirklich Angst, wie mein Papa reagiert. Wenn wir nur wüssten, was da früher vorgefallen ist«, seufzte sie.

»Ja, das wär nicht schlecht, aber meine Mutter weiß auch nicht viel darüber, und der Vater ist tot.«

Sie schwiegen eine Weile, und Bärbl sagte: »Du hast recht, so kann es auch nicht weitergehen, erzähl es ruhig deiner Mutter. Ich werde schon mal einen passenden Moment finden, es meinem Papa zu sagen.«

Als Bärbl nach dem Urlaub zum Leitnerhof kam, erfuhr sie, dass das Aktionsbündnis die Klage vor Gericht verloren hatte und man nun in die nächste Instanz gehen müsste. Aufgrund dieser Klagen wären jetzt erst mal alle Kaufangebote an die Grundstücksbesitzer wieder zurückgezogen worden.

Es schien sich ein langer, langer Weg durch die Gerichtsinstanzen anzubahnen. Aber dadurch hatten sie Zeit gewonnen. Ein Verkauf war nun erst mal in weite Ferne gerückt.

12

Bärbl war sehr glücklich mit Leo. Die unvergesslich schönen Tage in Kitzbühel hatten sie ganz eng zusammengeschweißt. Langsam wurde es den beiden lästig, dass sie überhaupt keinen Rückzugsort für sich hatten, und Leo schlug vor: »Bärbl, komm, ich stell dich jetzt meiner Mutter vor. Sie versteht doch unsere Situation. Wenn wir sie darum bitten, behält sie es für sich, dass wir zusammen sind. Und meine Brüder sind doch sowieso die meiste Zeit nicht da. Aber dann könnten wir wenigstens mal zu mir gehen und müssten uns nicht immer irgendwo rumtreiben.«

»Du hast ja recht, Leo. Und ganz ehrlich, ich halte es einfach nicht mehr aus, nicht mit dir schlafen zu können. Diese Sehnsucht macht mich wahnsinnig.«

Er küsste sie und sagte: »Mir geht's doch genauso, ich will dich spüren und berühren können.«

Eines Sonntags im März lud Frau Burger Bärbl zum Mittagessen ein. Bärbl war nervös und fürchtete sich ein bisschen vor der ersten Begegnung. Sie kaufte einen schönen Blumenstrauß und fuhr nach Burgersdorf.

Leo stand schon an der Haustüre und wartete auf sie.

»Mama«, rief er. Komm schnell, die Bärbl ist da.

»Grüß Gott, Frau Burger«, sagte Bärbl und reichte ihr die Blumen. »Vielen Dank für die Einladung.«

»Ach was, Frau Burger! Ich bin die Traudl. Es freut mich sehr, dass ich dich endlich kennenlerne, komm doch rein.« Auch Georg und Vinzenz begrüßten Bärbl herzlich. Der Esstisch in der großen Wohnküche war schön gedeckt.

»Leo, wir können gleich essen, schenk doch schon mal die Getränke ein«, bat Traudl.

Zu Bärbl gewandt sagte er: »Es gibt Ente mit Knödeln und Blaukraut. Du trinkst doch auch einen Rotwein dazu, oder?«

»Uii, Ente ess ich für mein Leben gern«, freute sich Bärbl. »Klar nehm ich ein Glas Wein und bitte noch ein Wasser dazu.«

Als sie dann beim Essen saßen, merkte man doch die nervöse Anspannung, die in der Luft lag.

Die Unterhaltung drehte sich um allgemeine Themen und das Wetter. Vinzenz und Georg erzählten von ihren letzten Auftritten in Berlin und Hamburg. Georg meinte: »Wir haben uns so köstlich amüsiert. Ich weiß nicht, warum die Veranstalter uns immer buchen. Die da droben begreifen doch fast nichts von dem, was wir singen. In der Pause habe ich gehört, wie eine Frau zu ihrem Mann gesagt hat, sie hätte vom Text gar nichts verstanden.« »Darf ich dich korrigieren?«, unterbrach Vinzenz. »Die Frau hat gesagt: ›Herbert, was war denn das für eine Sprache?‹ Und Herbert hat geantwortet: ›Das war Bayrisch. Aber ich habe mir auch nicht vorgestellt, dass die so eigenwillig singen.‹ Genau das haben sie gesagt!«, amüsierte sich Vinzenz.

Nachdem sie alles aufgegessen hatten, schlug Leo vor: »So, jetzt trinken wir einen Obstler, damit die Stimmung mal ein bisschen lockerer wird.«

Traudl lächelte und sagte: »Ich bin locker, mein Sohn. Aber ich glaub, du bist ein bisschen nervös.«

Vinzenz und Georg meinten, bei so einer tollen Frau würden sie auch nervös werden. Traudl konterte, dass sie dann bittschön doch auch mal eine Freundin zum Essen mitbringen sollten, anstatt nur groß zu reden. Sie zwinkerte Bärbl zu und fragte: »Brauchst du einen Schnaps?«

Bärbl nickte und Traudl meinte: »Na, dann schenk mir auch einen ein. Dann haben wir die nötige Bettschwere für den Mittagsschlaf.«

Bärbl und Leo sahen sich verlegen an und Traudl lachte freundlich und sagte: »Ach mei, ich war auch mal jung! Also Prost, ihr zwei, macht euch einen schönen Nachmittag.« Da lachten auch Leo und Bärbl befreit mit. Georg und Vinzenz nutzten die Chance, den beiden ein Schnaderhüpferl zu singen:

Ja, die Bärbl und der Leo
die geh'n jetzt ins Bett
ob's darin wirklich schlaffa
ja des wiss ma net.

Traudl schimpfte: »Ihr seid's zwei Kindsköpf'! Wenn ihr so viel Energie habt's, könnt's gleich beim Abspülen helfen.«

»Na, Mama, für so was langt die Kraft jetzt nimmer«, rief Georg.

»Macht ja eh die Maschine«, stellte Traudl fest. »So, und jetzt alle Mann raus aus der Stuben!«

*

Im Frühjahr geriet der Birkenwald von Igstdorf in die Schlagzeilen der Presse. Was die Archäologen dort ausgegraben hatten, war eine Sensation. Einen so großen Fund aus der Keltenzeit hatte es schon lange nicht mehr gegeben. Die Wissenschaftler des Bayerischen Landesamts für Denkmalpflege suchten immer noch nach weiteren Schätzen. Jeden Tag staunten sie aufs Neue über die vielen Münzen, Schmuckstücke und Waffen, die sich im Boden verbargen.

Die feindliche Stimmung gegen Korbinian nahm zu. Denn nun kam auch noch Neid ins Spiel. Auf seinem Grund und Boden war der Schatz gefunden worden. Nach altem Gesetz stand ihm die Hälfte des Schatzes zu. Die andere Hälfte würde an den Finder gehen. »Jetzt wird er Millionär«, tuschelten die Leute. »So altes Klumpert, das ist schon was wert.« »Normalerweise muss man mit dem Finder teilen«, kommentierten andere Dorfbewohner. »Das wird noch lang dauern, bis klar ist, wer wie viel Geld kriegt«, meinten die Bauern am Stammtisch.

Außerdem schien es ungerecht, dass ausgerechnet dem Korbinian, der sowieso schon so viel besaß, auch noch ein Keltenschatz zufiel.

Bernd schaute manchmal im Wald vorbei und traf dabei auf Mitarbeiter der Prähistorischen Staatssammlung.

Die schwärmten besonderes von den gefundenen Münzen. Sie erklärten Bernd, dass man davon ausging, dass hier eine ganz große Keltensiedlung gewesen sei und nun sehr sorgfältig gesucht werden müsste. Das könnte zwar länger dauern, dennoch könnte man ja schon an anderer Stelle mit dem Autobahnbau beginnen. Er müsste sich keine Sorgen um das Projekt machen.

Natürlich war Bernd davon ausgegangen, dass dieser Fund das Autobahnprojekt komplett zum Erliegen bringen würde.

Schockiert trommelte er die Mitstreiter der Aktionsgemeinschaft zusammen. Sie beschlossen, trotz der anhängenden Gerichtsverfahren noch einmal eine große Demonstration zu starten. Dieses Thema durfte nicht aus dem Blickfeld der Öffentlichkeit geraten. Wie immer trafen sie sich beim Postwirt.

»Seh ich das richtig, ist hier die Kommandozentrale gegen den Autobahnbau?«, fragte Wiggerl.

»Ja, Postwirt, das hast du richtig erkannt«, antwortete Bernd.

»Ich plane gerade die Feier für das hundertfünfzigjährige Bestehen der Wirtschaft. Es wird einen großen Trachtenumzug im Ort geben und eine Tanzveranstaltung im Saal unter dem Motto ›wie anno dazumal‹. Da sollen die Leute in alten Trachten kommen und die Birkentaler werden aufspielen.«

»Das klingt ja gut.«

»Ja, das Bayerische Fernsehen will kommen. Die Birkentaler könnten das Protestlied singen. Wenn ihr wollt, könnt ihr auch Infoblätter verteilen.«

»Wiggerl, das Angebot nehmen wir gern an. Das ist eine Spitzenidee!«

*

Bärbl und Leo verbrachten ihre gemeinsame Zeit meistens auf dem Burgerhof. In Leos Wohnung waren sie ungestört und genossen ihre Zweisamkeit.

Als sie gemeinsam zur Jubiläumsfeier beim Postwirt auftauchten, ging das Getuschel los. Bei den alten Volkstänzen, bei denen man mit gebührendem Abstand tanzte, ging es noch. Aber als später am Abend die langsamen Stücke gespielt wurden, die sogenannten »Schieber«, flüsterten die alten Bäuerinnen miteinander. »Schau mal, wie eng der die Bärbl an sich druckt. Anständig is des nimmer. Aber ihr scheint es nicht unangenehm. Ja, ja, die jungen Leut' heutzutage. Was wohl der Leitner-Bauer dazu sagt? Na ja, recht geschieht's ihm!«

Der Leitner-Bauer sagte nichts. Aber was er da sah, gefiel ihm überhaupt nicht. Er stand etwas abseits hinter einer Holzstütze. Er dachte daran, wie glücklich der Tag war, an dem er hier mit seiner Kathi Hochzeit gefeiert hatte. Er spürte, wie ein ohnmächtiger Zorn in ihm aufstieg. Dieser dahergelaufene Bazi war nicht gut genug für seine Bärbl. Der war bestimmt nur hinter ihrem Besitz her.

»Mit mir nicht, Burger, mit mir nicht«, zischte er.

Dann drehte er sich um und verließ fast fluchtartig den Postwirt.

Bärbl war es durchaus nicht unangenehm, so eng zu tanzen. Es war so schön, ihn so nahe zu spüren. Sie schloss die Augen und vergaß die neugierigen Zuschauer drum herum. Sie genoss es so sehr, sich mit Leo im Takt der Musik zu wiegen. Sie gab sich einfach dem berauschenden Gefühl hin. Schade nur, dass dieser wunderschöne Tag nun bald zu Ende sein würde.

Als sie kurz ihre Augen öffnete, glaubte sie zu sehen, wie der Vater aus dem Saal ging. Doch sofort schloss sie die Augen wieder. Nein, das konnte nicht sein. Er hatte ihr doch ziemlich schroff zu verstehen gegeben, kein Interesse an der Veranstaltung zu haben. »Du bist jung, kannst schon zu so einem Affenzirkus mit Trachten gehen. Ich brauch das nicht«, hatte er geschimpft.

*

Dieser Tag war für alle Beteiligten ein voller Erfolg. Zuerst natürlich für Wiggerl. Er hatte am Morgen die Trachtengruppen, die sich für den Umzug aufstellten, mit Weißwürsten und Brezen versorgt. Die Brauerei hatte das Bier dazu spendiert. Wiggerl machte die Weißwürste noch selbst. Er hatte dafür den Spitznamen »Weißwurst Wiggerl« bekommen. Von weit her kamen die Gäste nur wegen seiner Weißwürste. Seine Frau, die Ursch, war manchmal schon eifersüchtig auf seinen Erfolg. So gut ihr Schweinsbraten, die Knöcherlsulz und das Böfflamott auch waren, hochgelobt wurden immer nur die Weißwürste. Die beiden führten den Postwirt seit zwanzig Jahren. Der letzte Besitzer hatte keine

Nachkommen mehr, und so kauften sie das Haus mit der Wirtschaft. Wiggerl war in Burgersdorf aufgewachsen und als neuer Wirt sehr schnell akzeptiert worden. Im geräumigen Saal im ersten Stock fanden immer noch die großen Hochzeiten statt. Der Stammtisch traf sich im sogenannten Jägerstüberl. Im Gastraum tranken die Männer ihr Feierabend-Bier. In letzter Zeit kamen immer mehr Münchner zu ihm. Das sahen die Einheimischen nicht gern. »Wenn ich nur ein Auto mit Münchner Kennzeichen seh, wird's mir schon schlecht«, sagte einmal ein langjähriger Stammgast zu ihm. »Das Blödelhochdeutsch, wenn ich das schon hör! Die red'n gar nicht mehr bayrisch. Dafür plärr'n s' dann rum, wie original des alles hier ist und wie billig. Und wir können uns den Schmarrn anhören.«

Wiggerl versicherte dann, dass er nicht vorhätte, alles so teuer wie in München zu machen, und dass er halt auch von was leben müsste.

Auf jeden Fall war an diesem Morgen vor dem Trachtenumzug, angelockt durch seine Münchner Freunde, ein Sternekoch zum Postwirt gekommen.

»Mensch, deine Weißwürst' schmecken ja sensationell«, bemerkte der. »Da würd ich dir gern mal was abkaufen. Rufst mich an?«

Er reichte Wiggerl seine Visitenkarte, und der versprach, sich zu melden.

Nach dem Trachtenumzug am Mittag waren der Saal und die Stuben komplett belegt gewesen. Alle ließen sich das Böfflamott von der Ursch gut schmecken. Das Bier, das er aus Holzfässern ausschenkte, floss in Strömen. Die Frauen des Ortes verkauften am Nachmittag selbstgebackene Kuchen. Der Erlös der Aktion kam dem Aktionsbündnis gegen die Autobahn zugute. Dann spielten die Birkentaler auf, und sofort entstand eine ausgelassene, fröhliche Stimmung. Als sie einige Lieder gespielt hatten, kündigten sie das Protestlied gegen den Autobahnbau an. Die meisten der anwesenden Gäste kannten den Refrain bereits. Sie protestierten, als die Birkentaler noch mal zum Nachsingen aufforderten. Vinzenz beschwichtigte: »Leit'l seid's doch g'scheit, das Fernsehen ist da. Wir können doch nicht irgendwie singen, da müssen wir schon textsicher sein!« Sie übten also unter viel Gelächter, da einige tatsächlich den Text vergessen hatten. Dann sangen sie das Lied gemeinsam fehlerfrei.

Keine Autobahn durchs Birkental
so was ist nicht unser Fall
Die Heimat ist so wunderschön
wir woll'n sie nicht verschandelt seh'n.

Das Bayerische Fernsehen filmte von früh bis spät.

Bernd wusste, dass nur ein Bruchteil des Filmmaterials gesendet werden würde. Er verwickelte den leitenden Redakteur in ein Gespräch. Machte ihn darauf aufmerksam, dass es wichtig wäre, das Banner zu zeigen, das das Aktionsbündnis beim Trachtenumzug hochgehalten hatte: »Keine Autobahn durchs Birkental«

Doch der Redakteur winkte ab. Viel spannender erschien ihm der Kuchenverkauf und vor allem der gemeinsame Gesang mit den Birkentalern.

Als die Musiker eine Pause einlegten, trat Wiggerl auf die Bühne, und die Zuschauer riefen: »Eine Rede, eine Rede, eine Rede!« Wiggerl machte eine beschwichtigende Geste, mit der er um Ruhe bat.

»Liebe Gäste«, sagte er. »Vielen Dank, dass ihr so zahlreich erschienen seid. Ich kann viel besser Weißwürste machen, als Reden halten, aber zu so einem Jubiläum muss das halt sein. Viele Generationen hat dieser Gasthof schon erlebt. Früher war es eine Poststation, bei der die Pferde gewechselt wurden. Als es dann eine Wirtschaft wurde, haben viele Bauern ihr Bier im Gastraum getrunken. Gegessen wurde ja immer daheim, daher hat es lange keine regelmäßige Küche gegeben. Wie ihr wisst, wurde da nur zu Hochzeiten und Beerdigungen aufgekocht. Doch seit zwanzig Jahren ist das auf jeden Fall anders. Meine Frau Ursch und ich bekochen und bewirten euch sehr gern. Wir danken euch für eure Treue. Wir hoffen, dass wir noch lang für euch da sein können. Die Birkentaler fahren ja in ganz Deutschland herum. Aber wir wollen doch auch was von ihnen haben, oder? Ich hab jetzt mit ihnen vereinbart, dass sie öfter hier im Saal zum Tanz für euch aufspielen.«

»Hört, hört!«, rief ein Gast und ein anderer »Mir kemma!«

Beifall brandete auf.

»Jetzt will ich euch aber nicht länger vom Tanzen abhalten. Ich wünsch euch noch viel Spaß! Meine Frau und ich laden euch jetzt noch auf eine Brotzeit und einen Schnaps ein. Das wird jetzt gleich serviert. Also gute Unterhaltung noch bei uns!«

Wieder applaudierten die Zuhörer anerkennend und die Birkentaler spielten erneut auf.

Am nächsten Abend kam im Bayerischen Fernsehen eine kleine Zusammenfassung über das Jubiläum. Ein Sprecher machte sich mit launiger Rede ein bisschen über den Gesang gegen den Autobahnbau lustig. »Die Birkentaler Chöre«, nannte er das gemeinsame Singen der Gäste und der Musikanten.

»Saupreiß«, schimpfte Bernd, obwohl die Stimme des Mannes verriet, dass er sonst bayrische Mundart sprach. Aber immerhin waren sie jetzt im Fernsehen erwähnt worden. Immer mehr Mitbürger wurden so auf die geplante Zerstörung der Natur aufmerksam. Einige Tage später rief der Redakteur des Bayerischen Rundfunks noch mal an. Seine Chefs waren begeistert von dem Filmmaterial gewesen. Sie würden einen ausführlichen Bericht über das Birkental bringen.

»Genial«, sagte Leo, als er von Bernd davon hörte. »Es geht jetzt richtig vorwärts mit unserem Protest.«

13

Als der Sommer kam, ging das Trauerjahr von Traudl Burger zu Ende.

Sie legte die schwarze Kleidung ab und bedankte sich bei ihren Söhnen für die Unterstützung im vergangenen Jahr. Eines Tages fragte Leo: »Mama, was hältst du davon, wenn ich der Bärbl einen Heiratsantrag mach?«

Sie freute sich sichtlich und antwortete: »So, wie ich euch zusammen erlebe, bin ich mir sicher, dass sie die richtige Frau für dich ist. Ich freu mich für euch und ich wünsch euch ganz viel Glück. Wann soll denn die Hochzeit sein?«

»Mama, das ist schön, dass du dich drüber freust«, sagte Leo gerührt und umarmte sie. »Wann genau die Hochzeit sein wird, weiß ich jetzt auch nicht. Aber mir ist wichtig, dass sie weiß, dass wir beide für immer zusammengehören und dass es mir wirklich ernst ist.«

»Wann willst du sie denn fragen, Leo?«

»Sobald sich ein guter Moment dafür findet.«

»Und der Leitner, meinst nicht, dass er schon was ahnt?«

»Das kann ich nicht einschätzen, aber die Bärbl wird mit ihm reden müssen. Ich will bei ihm um ihre Hand anhalten.«

»Na, ob er seine Meinung dir gegenüber ändert, da habe ich meine Zweifel. Was meinst du, soll ich mit ihm reden?«

»Danke für das Angebot, Mama, aber ich frag jetzt erst mal die Bärbl. Vielleicht sagt sie am Ende auch, dass sie mich nicht will.«

»Geh Bua, über so was macht man keine Scherze! Sag mal, wie schaut es denn im Moment mit euren Gerichtsverhandlungen über den Autobahnbau aus?«

»Bei der ersten Verhandlung haben wir verloren, in der nächsten Instanz haben wir recht bekommen. Jetzt geht es wieder weiter, weil die Gegenseite Berufung eingelegt hat. Das kann sich noch ganz lang hinziehen.«

»Leo, da fällt mir noch was ein«, wechselte Traudl das Thema. »Wenn du und die Bärbl in dem Tempo weitermacht, dann werd ich vielleicht bald Oma?«

»Ich geb mein Bestes, Mama. Aber erst muss ich sie mal fragen, ob sie meine Frau werden will.«

Als Leo das nächste Mal in München war, kaufte er einen schönen Ring für Bärbl. Noch immer schien es ihm unwirklich, dass er nun eine Frau gefunden hatte, mit der er sein ganzes Leben verbringen wollte. Früher hatte er vor so einem Moment immer zurückgeschreckt. Ja, sogar Angst hatte ihm der Gedanke eingeflößt, sich so verbindlich festzulegen. Doch bei Bärbl war diese Entscheidung leicht, ja selbstverständlich für ihn. Noch nie in seinem Leben hatte er eine Frau getroffen, die ihm so nah war und ihn doch nicht einengte. Die verstand, was in ihm vorging und ihn nicht ändern wollte. Er fühlte sich von ihr ganz und gar angenommen, und als er ihr das einmal sagte, meinte sie, ihr ginge es genauso. Er kannte ihre genaue Ringgröße nicht. Der freundlichen Mitarbeiterin des Juweliergeschäfts war dieses Problem nicht unbekannt. »Bringen Sie Ihre Verlobte einfach mit ins Geschäft, dann passen wir den Ring selbstverständlich an«, sagte sie. Leo ließ sich Zeit bei der Auswahl des Ringes, denn er sollte ja zu Bärbl gut passen. Schließlich entschied er sich für einen schmalen Goldring, in den einige kleine Diamantsplitter eingearbeitet waren. Diesen Ring trug er nun, sorgfältig verpackt in einer hübschen Schatulle, immer bei sich. Er wollte auf den richtigen Augenblick warten, um Bärbl zu fragen.

Gerade im Sommer, der Jahreszeit, die Bärbl am meisten liebte, fiel ihr das Leben in der Großstadt am schwersten. Schwül und stickig hing die Luft zwischen den Häuserzeilen, und sie dachte an Igstdorf. Wie schön dort die Sommerzeit war! Die flirrende Hitze, die über den Feldern lag. Die angenehme Kühle, die einen umfing, wenn man in den Wald ging. So empfand sie es immer, wie den Eintritt in einen großen, kühlen Raum. Wohltemperiert und angenehm war es da. Wenn sie dann zu frösteln begann, setzte sie sich in die Sonne am Waldrand und genoss die Wärme, die sich langsam wieder in ihrem Körper ausbreitete. Am Abend, wenn die Sonne unterging, sah es aus, als ob sie in den Birkenwald tauchen würde. Obwohl sie das schon so oft gesehen hatte, genoss sie diesen Anblick immer wieder. Die Vögel, die vorher aufgeregt gezwitschert hatten, verstummten langsam, und es legte sich eine feierliche, erhabene Stille über das Land. Die Luft war noch wohlig warm, und sie liebte es, in dieser schönen Atmosphäre einfach nur zu sitzen und zu schauen. Während des Übergangs von der Dämmerung zur Nacht wurde die Luft plötzlich klar und rein. Dann ließ sie ihr Schlafzimmerfenster immer weit offen und ihr letzter Blick vor dem Einschlafen galt dem Mond und den Sternen.

Nun hatte sie Leo gefunden, der diese Empfindungen mit ihr teilte. Händchen haltend saßen sie auf einer Decke, die sie auf der Wiese ausgebreitet hatten. Schweigend genossen sie die Schönheit des Sommers und des Sonnenuntergangs.

Als die Sonne ganz verschwunden war und ein herrliches Abendrot den Himmel in rosafarbenes Licht tauchte, holte Leo den Ring hervor und sagte zu Bärbl: »Mein Schatzerl, ich glaub, das ist der richtige Moment, dich zu fragen, ob du mich heiraten willst. Ich liebe dich so sehr, ich möcht für immer mit dir zusammen sein.«

Bärbl lachte glücklich und rief: »Ja, ja, ja, ich will dich heiraten, Leo!« Dann steckte er ihr den Ring an den Finger. Erstaunlicherweise passte er ganz genau, und er nahm es als gutes Omen. Bärbl kuschelte sich in seinen Arm, und während langsam die Nacht hereinbrach, schmiedeten sie Zukunftspläne. Bärbl wollte gerne den Leitnerhof übernehmen und ihn zu einem Gästedomizil ausbauen. Sie hatte sich schon viel dazu überlegt und erzählte Leo von ihren Ideen. Er versprach, sie dabei zu unterstützen. Dann gingen sie getrennt voneinander nach Hause, obwohl Bärbl diese besondere Nacht gerne mit Leo verbracht hätte. Doch sie hatte ihrem Vater immer noch nichts von ihrer Liebe zu Leo erzählt. Nun, da sie ihn fest an ihrer Seite wusste, wollte sie aber keinen Tag mehr länger warten, um mit dem Vater zu reden.

So trat sie in die Stube, wo er vor dem Fernseher saß.

»Papa, ich muss mit dir reden.«

»Ja, na, red halt«, brummte er, »was tust denn so feierlich?«

»Machst du bitte den Fernseher aus?«

Er drückte die Taste der Fernbedienung und wandte sich ihr zu.

»Also, was gibt's so Wichtiges?«

»Ich bin mit dem Burger-Leo zusammen. Schon eine ganze Zeit. Und ich hab die Heimlichkeiten satt.« Sie holte tief Luft. »Wir werden heiraten. So, jetzt weißt du's.« Korbinian schwieg. Sie sah, wie er überlegte. Dann, nach einer Weile sagte er: »So, so, der Burger-Leo. Was ich von ihm halte, weißt du ja. Ich hab aber auch eine Neuigkeit für dich. Ich hab mich dem Aktionsbündnis angeschlossen. Ich werd mich auch finanziell an den Aktionen beteiligen.«

Er ging zum Kühlschrank und holte sich ein Bier.

»Hab mir alles genau überlegt. Wär ja wirklich eine Schand', den Hof abzureißen, und deine Idee von den Gästezimmern und dem Bio-Bauernhof gefällt mir doch ganz gut. Hab mich ein bisserl umgehört und erkundigt. Das tragt sich schon.«

»Papa, danke!«, rief Bärbl voller Freude und fiel ihm um den Hals. »Du wirst es sicher nicht bereuen. Ich muss dann auch bald meine Arbeit in der Stadt kündigen. Es wird schön, wenn ich wieder hier leben kann, das freut mich so. Wenn du magst, richten wir dir das kleine Häusl richtig schön her. Sobald ich mit der Bank gesprochen hab, kann ich anfangen mit dem Umbauen.«

»Brauchst keine Bank, ich hab genug gespart, das zahlen wir so.«

»Echt?«, fragte Bärbl beeindruckt.

»Ja, Bärbl, echt. Wir gehen zu einem Notar und machen das alles schriftlich fest. Ich geb dir alles, was ich hab. Für mich brauch ich ja nimmer viel.«

»Ach Papa, das kommt jetzt so unerwartet, ich dank dir. Und ich freu mich so!«

»Na ja, da kommt viel Arbeit auf dich zu. Wirst nicht mehr viel Zeit für den Burger haben. Das passt ja sowieso nicht, du den Hof hier und er das Sägewerk dort.«

Bärbl fragte gedehnt: »Ich versteh jetzt nicht ganz, was hat das mit dem Leo zu tun?«

»Ganz einfach, du hast die Wahl. Entweder den Hof oder den Burger-Leo.«

Bärbl war für einen Moment sprachlos und starrte den Vater an. »Das ist jetzt nicht dein Ernst, oder?«

»Doch, mein voller Ernst. Hof oder Burger.«

»Wie kommst du denn auf so eine Idee? Du kennst doch den Leo gar nicht. Das kommt doch alles nur von diesem elenden Feindschaftswahn, der mich langsam wirklich wütend macht!«

Ihre Stimme wurde lauter, sie war so zornig, dass sie sich richtig in Rage redete: »Überleg doch mal, wie hättest du denn reagiert, wenn dein Vater dich vor diese Wahl gestellt hätte?«

Doch er ging gar nicht auf ihren Einwand ein, sondern sagte nur: »Das ist mein Angebot, überleg's dir.«

Dann nahm er einen großen Schluck Bier, drückte auf den Knopf der Fernbedienung und starrte auf das Fernsehbild.

Bärbl rannte in ihr Zimmer und warf einige Sachen in eine kleine Reisetasche. Sie konnte diese Nacht unmöglich hier bleiben. Sie musste sofort weg. Wie konnte sie der Vater vor so eine Wahl stellen? »Hof oder Burger?«

Dann hielt sie plötzlich inne und setzte sich aufs Bett. Tränen rannen über ihre Wangen, ihre Gedanken rasten. »Mama, kannst du mir nicht helfen?«, schluchzte sie.

Plötzlich wurde sie sich des Rings an ihrem Finger bewusst und berührte ihn zärtlich. »Leo, mein Leo«, weinte sie. Natürlich könnte sie jetzt das Haus verlassen und zu ihm fahren. Aber wie würde es dann weitergehen?

Nein, jetzt brauchte sie einen klaren Verstand, und den konnte sie nur bekommen, wenn sie alleine war.

Schluchzend packte sie weiter ihre Tasche und ließ dann einen Zettel auf dem Bett liegen. »Ich brauche einige Tage, um über dein Angebot nachzudenken. Bärbl.«

Dann verließ sie grußlos das Haus, stieg in ihr Auto und fuhr los. Als sie in München ankam, weckte sie Jessica auf und erzählte ihr von den unglaublichen Neuigkeiten. Als sie ihr von dem Heiratsantrag erzählte, fiel ihr die Freundin um den Hals und beglückwünschte sie. Als sie die Geschichte von Korbinian hörte, war sie, ebenso wie Bärbl, fassungslos.

»Jessica, ich möchte gleich morgen in aller Früh ein paar Tage wegfahren. Ich kann nur alleine Klarheit bekommen. Kannst du den Dienst für mich übernehmen und auch die Kollegen darum bitten, mich zu vertreten?«

»Aber ja, da mach dir mal keine Gedanken. Wo willst du denn hin?«

»An den Tegernsee, da war ich mal auf einer Schulung, da gibt es ein kleines, ruhiges Hotel.«

Jessica umarmte sie wieder, wünschte ihr alles Gute. Gleichzeitig versprach sie, immer für Bärbl da zu sein, falls sie mit ihr sprechen wollte.

Am nächsten Morgen um sechs Uhr machte sich Bärbl auf den Weg zum Tegernsee. Sie schrieb Leo eine SMS, dass das Gespräch mit dem Vater nicht gut gewesen sei und sie etwas Abstand haben müsste, um nachzudenken. Leo war beunruhigt, dennoch respektierte er ihren Wunsch nach Ruhe und Rückzug.

Korbinian hörte, wie Bärbl mit dem Auto wegfuhr, und mit einem tiefen Seufzer sagte er: »Ach Bärbl«.

Er fühlte sich nicht gut. Er hatte sehr viel Durst und ihm war öfter schwindlig. Eine Verletzung am

Unterarm wollte gar nicht mehr verheilen. Ab und zu nahm er nun eine der Tabletten, die er vor Monaten vom Arzt bekommen hatte. Schon längst hätte er noch mal zum Doktor gehen sollen, auch das hatte er versäumt. »Zuckermandl«, brummte er verstimmt. »So schlimm wird's schon nicht sein.«

Er hatte gehört, wie Vroni die Bärbl auf seinen Gesundheitszustand angesprochen hatte: »Mit deinem Papa stimmt was nicht, red mit ihm, damit er zum Doktor geht.« Doch Bärbl seufzte nur: »Ich hab's wirklich versucht, Vroni, aber er hört nicht auf mich.«

»Die Weiberleut', immer wissen sie alles besser«, dachte er. »Ich kann mich schon selber um mich kümmern, ich brauche sie nicht. Es ist ein heißer Sommer, klar, dass ich da viel Durst hab. Solang ich Wasser trinke und kein Bier, brauchen sie sich da nicht einzumischen. Der Schwindel kommt auch von der Hitze, bin ja auch nicht mehr der Jüngste.«

So versuchte er sich selbst zu beschwichtigen und die Angst, die er manchmal hatte, beiseitezuschieben. Er fühlte eine dumpfe Verzweiflung in sich aufsteigen. Ausgerechnet den Burger-Leo. Es gab so viele Männer auf dieser Welt. Ausgerechnet den will sie! Ob sie wohl zu ihm gefahren war? Er stand auf und ging in ihr Zimmer. Da fand er die Nachricht, und wieder keimte so etwas wie Hoffnung in ihm auf. Nein, sie würde das schöne Sach' nicht eintauschen gegen diesen Burger. »Liab vergeht, die Sach' bleibt.« Dieser alte Spruch kam ihm jetzt in den Sinn. Sie war doch aus seinem Holz geschnitzt, sie musste das einfach verstehen. Müde stand er auf und ging schwankend in sein Schlafzimmer. Er wälzte sich im Bett, und Albträume quälten ihn. Kathi und Andreas kamen in diesen Träumen vor, und erst, als schon der Morgen graute, fiel er in einen unruhigen Schlaf.

*

Einige Tage später neigte sich ein glühend heißer Augusttag dem Ende zu. Korbinian beschloss, noch einmal zum Weizenfeld zu radeln, um nach dem Rechten zu sehen. Gestern waren endlich die Arbeiter mit dem Mähdrescher gekommen, und heute war die Ernte eingefahren worden. Schon seit einigen Jahren hatte er keinen eigenen Mähdrescher mehr. Es gab Firmen, die sich darauf spezialisiert hatten, in der Erntezeit von Hof zu Hof zu fahren und diese Arbeit zu erledigen. Das sparte zwar die hohen Kosten für die eigene Maschine, doch war es nicht so einfach, die Arbeiter dann zu bekommen, wenn man sie haben wollte.

Sein Betriebshelfer Simon hatte zwar ordnungsgemäße Ausführung gemeldet. Aber Korbinian war erst zufrieden, wenn er die Felder mit eigenen Augen gesehen hatte. Er stieg auf sein Rad und wollte gerade den Hof verlassen. Da rief Vroni, die im Begriff war, mit ihrem Auto nach Hause zu fahren, hinter ihm her:

»Du, da braut sich was zusammen, da zieht ein Gewitter auf.«

Er drehte sich um und rief: »Mei, das hab ich schon lang gesehen! Aber wenn du so viel vom Wetter verstehen würdest wie ich, dann würdest wissen, dass das mindestens noch zwei Stunden, wenn nicht länger, braucht, bis es losgeht.«

Dann fuhr er davon, und Vroni blieb kopfschüttelnd zurück. »Ach, du alter Sturschädel, du machst es mir nicht leicht. Aber was soll's, ich hab jetzt Feierabend«, seufzte sie, stieg in ihr Auto und fuhr los.

Korbinian setzte das schwüle Wetter zu. Schon nach kurzer Zeit musste er schweißgebadet absteigen. Doch er kehrte nicht um. Stur schob er sein Rad vorwärts.

Er wollte seinem geschwächten Körper mit aller Macht seinen Willen aufzwingen. Er war froh, als er endlich zu seinem Lieblingsplatz kam. Vor dem Feldkreuz mit der Christusfigur bekreuzigte er sich, und dann ließ er sich erschöpft auf die Bank sinken. Irritiert schaute er noch mal zum Kreuz und bemerkte dann die Veränderung. Wie er mit Simon besprochen hatte, hatte dieser über dem Kreuz ein kleines Blechdach angebracht, um die alte hölzerne Christusfigur besser vor Regen und Sonne zu schützen. Korbinian blickte über die Felder und Wiesen und fühlte, wie eine unangenehme Übelkeit in ihm aufstieg.

Sein Mund war trocken, er hatte entsetzlichen Durst. Korbinian schloss die Augen. Was war nur los mit ihm?

Er hörte das Blut in seinen Ohren rauschen, fühlte, wie ihm der Schweiß von der Stirn lief. Erschrocken merkte er, dass er sich nicht mehr bewegen konnte und die Übelkeit stärker wurde. Urplötzlich ging ein Zittern durch seinen Körper, sein Herz raste.

»Das ist das Ende«, dachte er. »Jetzt ist es aus mit mir.« Dann wurde alles um ihn herum schwarz, und er hatte das Gefühl, als würde er immer tiefer und tiefer fallen.

*

An den schönen Sommerabenden, an denen er nicht mit Bärbl zusammen sein konnte, hatte sich Leo angewöhnt, mit Joschi einen großen Spaziergang zu machen. Meistens traf er Bernd im Biergarten des Postwirts, trank mit ihm ein Weißbier und spazierte dann wieder zurück. Heute hatte er sein Bier schneller getrunken, denn die dunklen Wolken am Himmel verhießen nichts Gutes. Bernds Angebot, ihn mit dem Auto mitzunehmen, hatte er abgelehnt.

»So schnell kommt das Wetter nicht hierher«, hatte er gesagt. »Den Heimweg schaff ich leicht. Und Joschi mag es eh gern, wenn ich schneller gehe.«

Nachdem sie das Dorf hinter sich gelassen hatten, ließ er Joschi frei laufen. Der Hund war nach einigem Üben nun so weit, dass er ihm aufs Wort gehorchte. So gingen sie eine Weile, wobei Leo immer mal einen Blick zurück auf die dunklen Wolken warf. Auf ihrem Weg mussten sie ein kurzes Stück durch den Wald gehen. Hier nahm Leo Joschi lieber an die Leine. Denn falls der Hund die Witterung eines Tieres aufnehmen würde, war sich Leo nicht sicher, ob er auf Ruf zu ihm zurückkehren würde. Plötzlich zerrte Joschi wie verrückt an der Leine. Dann gelang es ihm, mit seinem Kopf durch das Halsband zu schlüpfen. Wie ein Blitz sauste er bellend davon. Leo fluchte, pfiff nach ihm, doch er hörte nicht. Er hetzte durch das Waldstück auf das freie Feld. »Das gibt's doch gar nicht«, dachte Leo, und es blieb ihm nichts anderes übrig, als ihm nachzurennen. Als er den Waldweg hinter sich gelassen hatte, erspähte er seinen Hund wieder. In einiger Entfernung hüpfte er wild bellend um die Bank beim Feldkreuz herum. Leo stieß einen leisen Fluch aus. Er sah jemand auf der Bank sitzen und hoffte, dass es kein Jäger war. Die waren auf freilaufende Hunde nicht gut zu sprechen und hatten auch schon mal ein Tier erschossen. Während er weiterhin nach Joschi piff und rief, lief er zu der Bank. Ein Mann saß dort regungslos mit geschlossenen Augen. Sein Oberkörper und sein Kopf waren leicht auf die rechte Seite geneigt.

»Joschi, aus und sitz«, rief er energisch. Endlich hörte der Hund auf, zu bellen und blieb winselnd und hechelnd neben der Bank sitzen. Leo ging vorsichtig auf den Mann zu. Dann sah er, wen er vor sich hatte.

»Der Leitner-Bauer«, entfuhr es ihm erstaunt. »Er schüttelte ihn an der Schulter und rief: »Leitner-Bauer, was ist denn los? Hören Sie mich, Herr Leitner?« Doch er rührte sich nicht. Leo stand zunächst erschrocken und hilflos da. Dann griff er nach Korbinians Handgelenk und versuchte, den Puls zu spüren. Ganz schwach nahm er ihn wahr.

»Ich muss Hilfe holen«, dachte er und suchte nach seinem Handy. Er wählte die Notrufnummer, und der Mitarbeiter der Rettungsleitstelle versprach, so schnell wie möglich einen Rettungshubschrauber zu schicken. »Es kann leider etwas dauern, wir haben einen Massenunfall auf der Autobahn.«

Dann musste Leo noch schildern, in welchem Zustand er Korbinian gefunden hatte. Er wurde gebeten, ihn möglichst seitlich hinzulegen und bei ihm zu bleiben, bis Hilfe kam. Leo griff nochmals zu seinem Handy und rief Bernd an.

»Bernd, ich bin hier draußen beim großen Feldkreuz, der Leitner Korbinian liegt auf der Bank und rührt sich nicht mehr. Ich glaub, er ist bewusstlos. Es kann aber noch dauern, bis der Rettungshubschrauber kommt. Kannst du versuchen, den Doktor Riedl zu erreichen?«

»Ja, mach ich sofort, ich ruf dich wieder an«, antwortete Bernd. Schon nach wenigen Minuten meldete sich Bernd und sagte, dass er Doktor Riedl erreicht hätte.

»Leo, der Leitner ist zuckerkrank. Hast du irgendwas Süßes, was du ihm geben kannst?«

»Nein, Bernd, ich hab gar nichts dabei.«

»Dann bleib bei ihm, der Doktor Riedl ist unterwegs zu euch, ich komm auch hin.«

Joschi winselte und jaulte unruhig, und als Leo um sich blickte, sah er auch, aus welchem Grund. Eine riesige blauschwarze Wolkenwand hatte sich aufgebaut und kam sehr schnell näher.

»Nein, so ein Mist«, stöhnte Leo. Da würde bald ein gewaltiges Gewitter losbrechen. Er sah sich um und entdeckte keine Stelle, die Schutz gewährte. Allerdings sah er, dass das Kreuz ein kleines Blechdach hatte. Das Kreuz war die einzige Erhöhung weit und breit. Das war nicht ungefährlich, hier konnte leicht ein Blitz einschlagen. Er band Joschi an der Bank fest, der dagegen mit wildem Gebell protestierte.

»Bleib, Joschi, ich hol dich gleich«, rief er mit strenger Stimme. Leo versuchte, Korbinian hochzuheben, was zunächst nicht gelang.

»Puh, ist der schwer«, stöhnte Leo. Mit Mühe gelang es ihm, ihn auf eine Wiese zu schleppen, die zum Glück noch nicht gemäht war. Er ließ Korbinian im hohen Gras liegen und holte Joschi. Er erinnerte sich daran, was er schon als Kind gelernt hatte: Bei einem Gewitter weg von Erhebungen gehen. Eine Vertiefung suchen. Nicht auf den Boden legen, sondern in die Hocke gehen und die Füße zusammenlassen. Die Arme am Körper anlegen, den Kopf einziehen.

Schon begann es, in dicken Tropfen zu regnen, Donner grollte und die ersten Blitze zuckten am Himmel. Was sollte er mit Korbinian machen? Er konnte ihn nicht auf dem Boden liegen lassen. Also setzte er sich hin und zerrte Korbinian hoch. Er hielt ihn in seinen Armen. Seine Brust stützte Korbinians Rücken. Joschis Leine wickelte er um sein Handgelenk, denn er befürchtete, dass der Hund in Panik davonlaufen könnte.

Ein gewaltiger Donnerschlag ließ Leo zusammenzucken. Es klang so, als ob er direkt über ihnen losgegangen wäre. Joschi heulte verängstigt auf und drückte sich an Leo.

Er streichelte seinen Kopf und redete beruhigend auf den Hund ein. Gleichzeitig hielt er Korbinian so fest er konnte. Er war sich der Gefährlichkeit der

Situation voll bewusst. Komplett schutzlos waren sie den Naturgewalten ausgeliefert. Korbinian trug nur eine blaue Arbeitshose und ein Hemd und Leo hatte ein dünnes T-Shirt und Shorts an. Plötzlich war es still. Kein Vogel war zu hören, die Welt schien Atem zu holen. Dann stürzte der Regen auf die Felder und Wiesen. Dicke Tropfen prasselten auf die Männern ein. Innerhalb kürzester Zeit waren sie vollkommen durchnässt. Blitze zuckten über ihnen, gefolgt von lautem Donner. Obwohl es nicht viel nützen würde, zog Leo instinktiv den Kopf ein. Immer wieder sah er nach Korbinian, der reglos in seinen Armen lag. Der starke Wind, der in der Zwischenzeit aufgekommen war, ließ Leo frösteln. Die entfesselten Naturgewalten machten ihm Angst.

»Ich hab schon lang nichts mehr mit dir zu tun gehabt, lieber Gott«, dachte er. »Aber jetzt brauch ich wirklich deine Hilfe!« Dann begann er ein »Vaterunser« zu murmeln. Er wusste, dass Doktor Riedl und der Rettungshubschrauber unterwegs waren. Bei diesem Unwetter konnte es natürlich länger dauern, bis Hilfe käme. Er musste wohl oder übel weiter hier ausharren. Leo richtete sich etwas auf, da erleuchtete ein Blitz die düstere Szenerie taghell. Er hörte ein Surren, ein Knistern, dann einen überlauten Knall, und das Feldkreuz stand in hellen Flammen.

»Nein«, schrie Leo entsetzt und zog erschrocken den Kopf wieder ein. Dann war es ihm, als ob ihre Körper ein Stück hochgehoben würden und dann wieder auf der Erde landeten. Er fühlte ein unangenehmes Kribbeln, dann sah er tanzende, blinkende gelbe Punkte vor seinen Augen.

»Bärbl«, dachte er, dann lösten sich die Punkte auf. Alles wurde schwarz und er sank rückwärts zu Boden.

14

»Bärbl«, murmelte er wieder, als eine männliche Stimme seinen Namen rief.

»Na, Gott sei Dank, er kommt zu sich«, rief Bernd erleichtert.

»Wo bin ich denn?«, fragte Leo und sah sich erstaunt um. Er blinzelte. Das Sonnenlicht blendete ihn.

»Im Krankenhaus bist. Der Leitner-Korbinian und du, ihr habt wirklich unglaubliches Glück gehabt.«

»Der Leitner, ja stimmt. Moment mal, das Letzte, an was ich mich noch erinnern kann, war dieser grelle Blitz. Wie geht es dem Leitner?«

»Er hat eine Unterzuckerung gehabt, so wie Doktor Riedl es vermutet hat. Der Sturschädel hat die Tabletten nicht genommen, die ihm der Doktor schon vor längerer Zeit verschrieben hat. Na ja, und jetzt ist es so weit fortgeschritten, dass er sich künftig Insulin spritzen muss. Hut ab, dass du bei dem Gewitter bei ihm geblieben bist. Der Blitz hat das Wegkreuz voll erwischt. Wenn er auf der Bank gesessen wär, dann wär er jetzt tot. Gott sei Dank hat euch der Blitzausläufer nur leicht gestreift. Es ist alles noch mal glimpflich ausgegangen. Dadurch, dass du ihn in die Wiese geschleppt hast, hast du ihm das Leben gerettet. Die Bärbl hab ich auch schon angerufen, sie ist schon unterwegs. Sie muss bald da sein.«

»Danke, Bernd, du bist ein wahrer Freund. Wie lange muss ich denn hier bleiben?«

»Das weiß ich nicht, die Ärzte geben ja nur der Familie Auskunft. Deine Mutter wird auch bald kommen, dann erfahren wir mehr.«

Leo richtete sich mühsam im Bett auf und fragte: »Und der Joschi, was ist mit dem Hund?«

Bernds betretener Gesichtsausdruck war schon Antwort genug. Leo sank ins Bett zurück und flüsterte: »Joschi.«

»Ach Leo, es tut mir so leid. Den Joschi hat's schwer erwischt. Er ist mit dem ganzen Körper auf dem Boden gelegen.«

Erschüttert kämpfte Leo mit den Tränen.

»Der Hund ist mir so ans Herz gewachsen. Wenn er nicht zum Leitner gelaufen wär, ich hätt ihn nicht gefunden. Ich wär einen ganz anderen Weg gegangen. Der arme Joschi.«

»Er ist bei mir, ich tu wirklich alles, was ich kann, aber ich will dir nicht viel Hoffnung machen. Für sein Hundeherz war der Blitzschlag eine große Belastung.«

Die Türe ging auf und Leos Mutter stürzte ins Zimmer.

»Ja, Bua, was machst denn du für Sachen! Wie geht's dir denn?«, fragte sie besorgt.

»Geht schon, Mama«, sagte er. »Grad hab ich erfahren, dass es dem Joschi gar nicht gut geht.«

»Mei ja, der arme Hund, aber«, sie wandte sich an Bernd. »Du bist doch ein tüchtiger Tierarzt, du kriegst ihn wieder hin, oder?« Bernd zuckte bedauernd mit den Schultern und Frau Burger wandte sich ihrem Sohn zu.

»Freilich ist das schlimm mit dem Joschi, aber ich bin so froh, dass du noch lebst. Mit so einem Blitzeinschlag ist nicht zu spaßen.«

Als ein Arzt ins Zimmer kam, verabschiedete sich Bernd.

Der leitende Oberarzt konnte Frau Burger und Leo gute Nachrichten überbringen. Es waren keine bleibenden Schäden zu befürchten. Leo sollte jedoch noch einige Tage zur Beobachtung bleiben.

»Wie geht's dem Herrn Leitner?«, fragte Leo.

»Herr Burger, Sie wissen, ich bin an die ärztliche Schweigepflicht gebunden. Aber Sie haben ihm das Leben gerettet, darum werde ich eine Ausnahme machen. Sie haben den Ausläufer des Blitzschlages ganz gut weggesteckt, da sie in guter körperlicher Verfassung waren. Herr Leitner hatte eine unbehandelte Diabetes und war dadurch schon etwas geschwächt. Er wird noch längere Zeit hier bleiben müssen, ich fürchte, so richtig fit wird er nicht mehr werden. In Zukunft wird er sehr viel kürzer treten müssen. Schwer oder lang arbeiten wird er nicht mehr können.«

Frau Burger und Leo waren betroffen und Leo bemerkte: »Die arme Bärbl, das wird nicht leicht für sie. Ihr Vater ist schon recht stur. Ob er das so akzeptiert, da hab ich meine Zweifel.«

Einige Zeit später kam Bärbl ins Zimmer. Sie hatte sofort ihren Aufenthalt am Tegernsee abgebrochen. Nun schloss sie Leo weinend in ihre Arme. Sie war so glücklich, dass ihm nichts Ernsthaftes passiert war. Er hatte ihrem Vater das Leben gerettet. Wäre er nicht bei ihm geblieben, hätte ihn der Blitzschlag getötet, denn die Bank, auf der der Vater ohnmächtig geworden war, war komplett zerstört worden. Ihre tiefe Dankbarkeit zeigte sie auch. Mit Worten und mit vielen Küssen. Sie verstand, dass sich Leo jetzt um Joschi sorgte und versprach, gleich am nächsten Morgen in der Tierarztpraxis vorbeizuschauen. Der Hund hing inzwischen an Bärbl genauso wie an Leo, und sie hoffte, dass er sich doch noch erholen würde. Leo berichtete, was der Arzt über den Gesundheitszustand ihres Vaters gesagt hatte.

Als Bärbl am Krankenbett von Korbinian stand, erkannte sie ihren Vater kaum wieder. Wie er so dalag in dem weißen Krankenhausbett, kam er ihr nicht mehr so groß und stark vor wie früher. Sie sah einen alten Mann vor sich, mit eingefallenen Wangen und bleichem Gesicht. In einem anderen Bett war noch ein Mitpatient im Zimmer. Er hatte die Augen geschlossen und schlief anscheinend.

»Schön, dass du da bist, Bärbl«, flüsterte er zur Begrüßung. »Komm her, lass dich in Arm nehmen.«

Bärbl war so überrascht, dass sie gar nichts sagen konnte. Sie umarmte ihn schweigend und er sagte:

»Ich hab so viel falsch gemacht, das tut mir furchtbar leid. Ich werd mich ändern. Ich versprech's dir.«

»Ach Papa, jetzt musst erst einmal wieder ganz gesund werden. Wie fühlst du dich denn?«

»Du glaubst es mir nicht. Das kann ich schon verstehen. Aber mir ist es wirklich ernst.«

»Doch, Papa, das glaub ich dir schon. Ich würd mir auch nichts mehr wünschen, als dass wir zwei künftig gut miteinander auskommen.«

Mit Blick auf seinen Zimmernachbarn sagte er leise zu Bärbl: »Setz dich aufs Bett, ich muss dir was sagen, das nur für deine Ohren bestimmt ist.«

Sie rückte näher an ihn heran. und er nahm ihre Hand. »Ich hab die Mama und den Andreas getroffen«, raunte er und seine Augen füllten sich mit Tränen.

Bärbl dachte sich: »Das hat er bestimmt geträumt.«

»Wirklich«, sagte er, als er ihren skeptischen Blick bemerkte. »Ich bin mir ganz sicher. Das war kein Traum. Plötzlich war es ganz hell um mich herum. Ich bin geschwebt. Ich hab den Burger-Leo und mich von oben gesehen. Wir waren beide klitschnass und er hat mich festgehalten.«

Korbinian hustete und Bärbl reichte ihm ein Glas Wasser. Er nahm einen Schluck und sprach weiter.

»Da ist plötzlich der Andreas vor mir gestanden und hat mit ganz strenger Stimme gesagt: ›Wenn du's zulassen würdest, könntest du wieder einen Sohn haben. Er wär gut zu dir und der richtige Ehemann für die Bärbl. Die Bärbl wird dir bald einen Enkelsohn schenken. Soll der allein aufwachsen, nur weil du so stur bist und vergangenen Zeiten nachtrauerst?‹

Ich bin furchtbar erschrocken. ›Andreas‹, hab ich gerufen. ›Andreas, mei Bua, bleib da.‹

Er hat gesagt: ›Ich kann nicht lang bleiben, Papa, aber hör auf mich, schau auf die Bärbl. Sie hat dich lieb und wenn du sie schlecht behandelst, dann triffst du auch mich damit.‹

Dann war er urplötzlich weg und die Mama war da und hat geschimpft mit mir: ›Korbinian, ja sag mal, was machst denn du für Sachen! Seit ich weg bin, bist du außer Rand und Band. Das stört meinen ewigen Frieden ganz gewaltig. Eines sag ich dir, pass auf deine Gesundheit auf. Es ist noch nicht an der Zeit für dich, zu sterben. Und behandle mir die Bärbl anständig. Du wirst noch viele schöne und glückliche Jahre haben, aber nur, wenn du dich endlich änderst. Ich bin mit dem Leo einverstanden, meinen Segen haben die beiden und du solltest deinen Segen auch nicht länger verwehren.‹

Ich hab meine Hand nach ihr ausgestreckt und ›Kathi‹ gerufen. Aber sie hat nur gelächelt, und dann war sie weg.«

Bärbl schwieg erschüttert und flüsterte: »Die Mama, ach wär das schön, wenn ich sie auch noch mal sehen könnte.« Dann drückte sie ihrem Vater die Hand.

»Papa, jetzt erhol dich erst mal richtig, mach dir doch um mich jetzt keine Gedanken.«

»Doch, das will ich aber, viel zu wenig hab ich an dich gedacht, immer nur an mich! Ich hab dem nachgetrauert, was ich verloren hab. Das Schöne und Gute in meinem Leben hab ich einfach nicht mehr gesehen. Das war wirklich falsch von mir.

Heirate du deinen Leo und werd glücklich mit ihm! Sobald ich aus dem Krankenhaus raus kann, gehen wir zum Notar. Du wirst die neue Bäuerin vom Leitnerhof. Ich werd dir nichts mehr dreinreden.«

Dicke Tränen rollten nun über Bärbls Wangen.

»Ach Papa«, seufzte sie und schniefte. »Wirst sehen, wir machen es uns richtig schön zusammen. Aber nur auf einem Bankerl sitzen kannst nicht. Ein bisserl musst mir schon helfen!«

»Aber freilich, Derndl«, nickte er, »das ist doch klar! Weißt was, richt' mir doch das Austragshäusl her. Dann könnt ich vielleicht gleich dort einziehen, wenn ich aus dem Krankenhaus entlassen werd. Was meinst, ist das eine gute Idee?«

»Ja, wenn du das so willst. Ich ruf gleich den Kirchlechner Rudi an, der soll sich das Häusl anschauen und mir sagen, ob man viel machen muss. Es steht ja doch schon lang leer.«

»Bärbl, so machen wir das! Und noch was. Ich darf ja nicht aufstehen. Sag dem Leo, wenn er um deine Hand anhalten will bei mir, er kann jetzt ruhig kommen.«

Bärbl flüsterte: »Das sag ich ihm gern, Papa, sehr gern.«

*

Als Bärbl das Austragshäusl betrat, schlug ihr ein muffiger Geruch entgegen. Das Häusl war zu einem Abstellraum verkommen.

Im kleinen Vorraum hing noch die Arbeitsjacke von Großvater Binian. Vorsichtig strich sie darüber und musste gleich darauf heftig niesen, weil sie eine Staubschicht aufgewirbelt hatte. Sie ging weiter in die Wohnküche und öffnete schnell die Fenster.

»Oh je«, rief sie. »Die muss ich aber putzen. So dreckige Fenster, da hätte ich jetzt gewaltigen Ärger mit der Mama und der Oma bekommen!«

Als Kind hatte sie es geliebt, sich in dem kleinen Haus aufzuhalten. Sie war bei Oma und Opa immer willkommen gewesen. Während die Eltern sehr viel gearbeitet hatten, fand man hier Zeit für Bärbl und hörte sich ihre kleinen Sorgen und Nöte an. Seit Großvater Binian vor zehn Jahren gestorben war, hatte keiner mehr in dem Haus gelebt. Der Vater, der hier schon längst hätte einziehen sollen, hatte sich viel zu viel Zeit mit der Hofübergabe gelassen. Liebevoll strich sie über die Tischdecke, die verschmutzt und verstaubt auf dem Esstisch lag. Große, blaue Kornblumen waren daraufgestickt. Damit hatte sich Oma Kreszenz an den langen Winterabenden beschäftigt.

Sie war eine fleißige Frau gewesen, die überall mit anpackte, wo es etwas zu tun gab. Damals gab es ja noch viele Tiere auf dem Hof, Schweine, Kühe, Pferde, Hühner. Kreszenz und Kathi hatten sich die Arbeit ohne Streit aufgeteilt. Sie hatten sich immer gut verstanden. Bärbl fing an, die Sachen im Häuschen durchzuschauen. Sie nahm die Tischdecke, einige Decken, zog die Kissenbezüge ab und legte sie auf einen Stapel, um sie später zu waschen. Dann öffnete sie den Küchenschrank und räumte das

Geschirr heraus. Wie neu war das »gute Geschirr«, die Sammeltassen, die sich Oma immer zum Geburtstag und zu Weihnachten gewünscht hatte. Sie standen immer nur im Schrank, und sie erfreute sich an ihrem Anblick. Die »Alltagstassen« hingegen waren in keinem guten Zustand. Es fehlten die Henkel, oder der Rand war absplittert, und Bärbl beschloss schweren Herzens, sie wegzuwerfen. Obwohl viele Kindheitserinnerungen daran hingen: Morgens gab es bei Oma immer frische Milch mit eingebrocktem Brot oder Kuchenresten. Nichts wurde weggeworfen und alles verwertet. Auch die Töpfe und Pfannen waren für heutige Verhältnisse nicht mehr zu gebrauchen. Auch diese würde sie wegwerfen müssen. Der Vater würde ja weiterhin drüben im Haus mitessen. Schließlich hatte sie das Geschirr so weit sortiert, dass sie alles, was künftig noch gebraucht werden würde, ins Haus trug. Sie räumte alles in die Geschirrspülmaschine. Bei den Sammeltassen zögerte sie. Doch es hatte ja keinen Zweck, entweder sie überlebten den Spülgang, oder sie kämen weg. Mit der Hand würde bei ihnen nichts mehr gereinigt werden. Als die Maschine lief, ging sie zurück und wischte den Schrank gründlich aus. Sie putzte die Glasscheiben der Schranktüre und nahm sie sich die große Kommode vor. Die Schubladen hatten schon immer ein bisschen geklemmt. Jetzt war es noch schwieriger geworden, sie zu öffnen. Mit großer Kraftanstrengung gelang es Bärbl dann doch. In der obersten Schublade lagen noch einige sehr schöne alte Tischdecken. Bärbl nahm sie heraus und blickte bedauernd auf die gelblichen Flecken und grauen Falze, die der Stoff vom langen Liegen bekommen hatte.

»Ob ich die noch retten kann?«, murmelte sie. Sie legte sie zur anderen Wäsche dazu. Sie fand noch Geschirrtücher und Bettwäsche, augenscheinlich noch nie benutzt. Die Geschirrtücher waren noch original mit einer Schleife zusammengebunden, darunter steckte eine Ansichtskarte von Hamburg. Bärbl zog sie heraus, konnte die alte deutsche Schrift aber nicht lesen und legte sie beiseite. Einige Spitzendeckchen kamen zum Vorschein und Taschentücher, deren Rand mit feiner Häkelarbeit umsäumt war. Bärbl schüttelte den Kopf. Das war wirklich untypisch für einen Bauernhaushalt. Sie war sich auch nicht sicher, ob diese Dinge Oma gehört hatten, oder ob sie nicht von Uroma Frieda stammten.

In der nächsten Schublade fand sie einen feinen weißen Brautschleier. Sie sah sich das Hochzeitsbild von Oma und Opa an, das noch neben dem Kreuz hing, und sagte vor sich hin: »Eindeutig, Omas Brautschleier. Erstaunlich, was sie alles aufgehoben hat.« Dann fand sie auch noch alte Bilder von Uroma Frieda und Uropa Franz, Manschettenknöpfe, von denen sie auch nicht wusste, wem sie gehört hatten, und altmodische, aber äußerst fein und teuer aussehende weiße Spitzenwäsche für Damen. Sie öffnete die unterste Schublade. Diese war vollgestopft mit Bettwäsche im Stil der Siebzigerjahre. Dunkelbraune Blumen prangten da auf beigem Untergrund. Vielfarbige Blümchen, gestreut auf orangerote Rauten. Der Höhepunkt der Kollektion waren lila, blaue, rote und gelbe Kreise auf olivenfarbenem

Hintergrund. »Puh«, stöhnte Bärbl. »Das ist ja grauslich«, dachte sie, »aber vielleicht auch schon wieder Kult. Wer weiß, waschen werde ich sie mal.«

»Da findet sich bestimmt auf einem Flohmarkt ein Käufer«, sagte der Kirchlechner Rudi, der plötzlich neben ihr stand. »Grüß dich, Bärbl. Du, echt wahr, die Muster sind wieder voll im Trend!«

Sie lachte und sagte: »Ja, man muss immer nur abwarten können, oder?«

»Freilich. Genau das ist es. Was habt's denn mit dem Häusl vor?« Rudi hatte sich auf alte Bauernhäuser spezialisiert. Viele standen unter Denkmalschutz, da gab es einiges bei der Renovierung zu beachten. Er arbeitete mit vielen Handwerkern zusammen und beaufsichtigte die Arbeiten. Auch wenn die Mitarbeiter des Denkmalschutzamtes kamen, war er anwesend. So war er für die Bauern eine wichtige Unterstützung.

Bärbl antwortete: »Der Vater will hier einziehen und ich möcht es halt ein bisschen modernisieren, damit er sich wohlfühlt. Es war doch schon länger unbewohnt.«

Rudi kratzte sich am Kinn und sagte: »So so, will der Leitner-Bauer jetzt doch endlich mal den Hof übergeben?«

»Ja, er ist halt auch nimmer ganz g'sund.«

»Na ja, und dann noch die Geschichte mit dem Blitzschlag. Da hat er ja enormes Glück gehabt!

»Da hast recht, da hat er mir einen schönen Schreck eingejagt«, meinte Bärbl.

»Und du führst den Hof jetzt mit dem Simon weiter?«

»Ja, ich werd ein bisserl umbauen und Gästezimmer anbieten, wieder Tiere anschaffen. Später vielleicht alles auf Bio-Landwirtschaft umstellen und einen Hofladen machen.«

»Na, da hast dir ganz schön was vorgenommen. Aber zu schaffen ist es, und Zukunft hat so was ganz bestimmt.«

Bärbl nickte. »Der Simon war am Anfang auch skeptisch. Aber dann hat er sich ein bisserl umgehört und näher damit beschäftigt, und jetzt findet er die Idee ganz reizvoll. Da ist sein ganzes Fachwissen gefragt. Das hat ihn beim Ehrgeiz gepackt. Es muss ja nicht alles von heute auf morgen anders werden. So nach und nach werden wir das schon schaffen.«

Rudi sah sich im kleinen Haus sorgfältig um und sagte dann:

»Man sieht und riecht, dass das Häusl lang leer gestanden ist. Das mag das Holz natürlich nicht so gern, wenn so lang nicht geheizt wird. Von der Verarbeitung her ist alles ganz sauber gemacht. Baupläne hast du keine, oder?«

Bärbl schüttelte den Kopf. »Nein, das hat ja der Ururgroßvater gebaut.«

Rudi nickte: »Das hab ich mir schon gedacht, das ist meistens so bei den alten Häusern. Aber wenn ich mich so umschau, würd ich sagen, in die Vorratskammer kann man eine Dusche und ein WC einbauen. Der Stromanschluss dürfte auch kein Problem sein.«

»Außen darf sich halt nichts Gravierendes verändern, weil es unter Denkmalschutz steht«, gab Bärbl zu bedenken.

»Ja, das ist schon klar. Aber ich muss erst mal einen Teil der inneren Holzverschalungen wegmachen, um zu sehen, wie das Mauerwerk ausschaut. Wenn ein Schwamm drin ist, wird's richtig teuer. Dann ist es besser, du schenkst das Häusl dem Museumsdorf und baust dir ein neues Haus.«

»Gut, Rudi, dann lass ich dich jetzt allein, schau dir alles an, und dann kommst zu mir rüber, ich mach uns eine Brotzeit.«

Nach einer Stunde kam Rudi in die Wohnküche. Er hielt ihr ein zusammengefaltetes, dünnes Ziegenleder hin, das mit einer Paketschnur zusammengehalten war. »Bärbl, schau mal, das habe ich hinter der Holzverschalung gefunden.« Erstaunt betrachtete sie das Bündel. »Setz dich hin, Rudi, greif zu«, sagte sie.

»Nimm dir – Brot, Käse, Wurst, was du magst. Soll ich dir ein Bier einschenken?«

»Ja gern Bärbl.« Sie stellte das Bier von ihm auf den Tisch, dann begann sie vorsichtig, die Schnur aufzuknüpfen.

Vor ihr lag ein vergilbtes kleines Schulheft. Neugierig nahm sie es aus dem Ziegenleder. »Für die Nachkommen von Franz Korbinian Leitner«, stand auf dem Heftumschlag. Rudi beugte sich mit Bärbl über das Heft, vorsichtig schlug sie es auf. »Was ist das denn für eine Schrift?«, fragte Bärbl. »Das kann ich gar nicht lesen.«

»Die alte Sütterlin-Schrift ist das«, behauptete Rudi.

»Lass mal sehen.« Er überflog die erste Seite und meinte dann zu Bärbl: »Franz Korbinian Leitner, Igstdorf, 1944. Mehr kann ich auch nicht entziffern.«

»Vom Urgroßvater!«, rief Bärbl überrascht. »Ich hoffe, der Papa kann mir das vorlesen. Das ist ja spannend. Und gleich so viele Seiten. Was da wohl drinsteht? Wo hast du es denn gefunden?«

»Hinterm Herrgottswinkel, da konnte ich die Verschalung am besten lösen«, erklärte Rudi. »Ich hab ganz schön gestaunt, wie mir das plötzlich entgegengefallen ist. Ich will ja nicht neugierig sein, aber interessieren würd's mich schon, was er geschrieben hat. Ach übrigens, nach Schwamm schaut es nicht aus. Das Häusl ist in einem einwandfreien Zustand. Wenn den Korbinian die niedrigen Decken und die kleinen Fenster nicht stören, kann man es gut renovieren. Ich würd nächste Woche noch mal mit den jeweiligen Handwerkern kommen, dann könnt ich dir einen Kostenvoranschlag erstellen.«

»Gut, Rudi, dann auf dein Wohl«, sagte Bärbl, und sie stießen mit den Biergläsern an.

Als Rudi gegangen war und Bärbl den Tisch abgeräumt hatte, beschloss sie, sofort ins Krankenhaus zu fahren.

Falls der Gesundheitszustand des Vaters es zulassen würde, sollte er ihr aus dem Heft vorlesen. Sie war schon sehr gespannt, was ihr Urgroßvater geschrieben hatte.

15

Als sie im Spital ankam, ging sie zuerst in Leos Zimmer. Doch es war leer. Am anderen Ende des Gangs trat sie dann ins Zimmer ihres Vaters. Verdutzt sah sie Leo am Bett ihres Vaters sitzen. Als die beiden Männer Bärbl bemerkten, riefen sie wie aus einem Mund: »Bärbl!«

Sie sah ihren Vater und Leo an und sagte: »Ich kann gar nicht glauben, was ich da sehe!« Korbinian schmunzelte und sagte: »Ich hab mich doch bei meinem Lebensretter bedanken müssen. Außerdem wollt ich meinen künftigen Schwiegersohn kennenlernen.« Bärbl fiel ihrem Vater um den Hals und sagte glücklich: »Ach Papa!«

Korbinian gab ihr einen Kuss auf die Wange. Zu Leo sagte er mit einem Augenzwinkern: »Aber offiziell will ich schon noch um die Hand meiner Bärbl gefragt werden.«

»Selbstverständlich, Herr Leitner, sobald wir aus dem Krankenhaus entlassen werden.«

»Ach was, Herr Leitner, ich bin der Korbinian!«

Vor lauter Staunen hätte Bärbl fast vergessen, aus welchem Grund sie ins Krankenhaus gefahren war.

»Papa, dir scheint es ja schon sehr viel besser zu gehen, oder?«, fragte sie.

»Ja, der Doktor meint zwar, ich muss noch zur Beobachtung da bleiben, aber ich selber fühl mich schon wesentlich stabiler. Aber ich werd brav sein und so lange bleiben, wie die Ärzte meinen. Mein Zucker soll ja auch noch eingestellt werden.«

Da holte sie die Aufzeichnungen hervor und erzählte, wie Rudi sie gefunden hatte. Korbinian war verblüfft:

»Das ist ja unglaublich. Von meinem Großvater! Da bin ich ja gespannt. Na, dann gib mal her, ich glaub schon, dass ich das noch lesen kann.«

Leo erhob sich und sagte: »Ich geh dann besser mal, ihr wollt jetzt sicher unter euch sein.«

»Nein, bleib da, Leo«, sagte Korbinian. »Bleib da und hör es dir mit an. Du gehörst ja jetzt zur Familie.«

Bärbl half ihrem Vater, sich etwas aufrechter und bequem hinzusetzen. Dann begann er vorzulesen:

Igstdorf, Samstag, 19. August 1944

Gestern habe ich, Franz Korbinian Leitner aus Igstdorf, eine Karte vom Wehrmeldeamt Reinskirchen bekommen. Ich soll mich mit meinen Militärpapieren in der Dienststelle einfinden. Natürlich muss man dem Vaterland dienen. Trotzdem gehe ich mit schwerem Herzen, ich bin jetzt 49 Jahre alt, ob ich die Strapazen eines Krieges überleben werde, bezweifle ich stark.

Ich will auf unseren Herrgott vertrauen und bete, dass ich gesund wieder heimkomme.

Aus dem Ersten Weltkrieg kehrte ich schwer verwundet heim. Dort erfuhr ich die Schrecken des Krieges und seine Gefahren. Meine drei Brüder fielen im Ersten Weltkrieg. So übernahm ich als Jüngster den Hof. Es drängt mich, alles niederzuschreiben, was damals vorgefallen ist, als ich mit dem Burger-Hans nach Amerika auswandern wollte. Lange überlegte ich, ob ich mein Geheimnis preisgeben sollte. Aber ich hatte das Bedürfnis, mein Gewissen zu erleichtern. Beim Pfarrer beichten trau' ich mich nicht. Nun will ich für meinen Sohn und meinen Enkel festhalten, was damals geschehen ist.

Korbinian ließ das Heft auf die Bettdecke sinken. Er war sichtlich bewegt. Seine Stimme klag rau: »Tatsächlich, Aufzeichnungen vom Großvater. Mein Gott, das muss ihm wirklich wichtig gewesen sein, dass er sich da hingesetzt und das alles niedergeschrieben hat.«

Bärbl und Leo nickten und schwiegen gespannt. So las Korbinian weiter:

Ich hatte fünf Schwestern und drei Brüder, und schon als Kinder mussten wir alle viel auf den Feldern arbeiten. Alle Schwestern sind im Kleinkindalter gestorben. Der Leitnerhof war einer der größten Bauernhöfe in der Gegend. Aber das täuschte. Es war ein einfaches, fast armes Leben auf dem Leitnerhof. Einige Missernten und Tierseuchen hatten dazu geführt, dass wir gerade noch genug für uns selbst zum Essen hatten. Eine Magd konnten wir uns schon lange nicht mehr nicht leisten. Meine

Mutter Anna musste im Haus alles alleine machen und auch noch auf den Feldern helfen. Die vielen Schwangerschaften machten ihr Leben auch nicht leichter. Sie war sehr gläubig und hat uns im katholischen Glauben erzogen. Sie hat nie geklagt oder gejammert, sondern alles hingenommen, wie es kam. Mein Vater Korbinian war ein fleißiger, gottesfürchtiger Mann. Er hat viel Bier getrunken, aber das haben damals viele Männer getan.

Der Vater bestand darauf, dass wir regelmäßig in die Schule gingen. Außer zur Erntezeit. Da wurde jede Hand gebraucht. Mein Vater wollte unbedingt, dass wir lesen und schreiben können. Er hatte es als Kind nie lernen dürfen.

Wenn der Hahn krähte, standen wir auf, Sommer wie Winter. Sobald die Sonne aufging, kümmerte ich mich um das Vieh. Damals wurde nach dem Stand der Sonne gearbeitet und gelebt, eine Uhr hatte keiner von uns. Ich musste morgens die Kühe melken. Dann gab es Milch und Brot eingebrockt. Nur einmal im Monat hat die Mutter Brot gebacken. Nach dem Ausmisten trieb ich die Kühe auf die Weide. Wir hatten immer eine Sau, die ich füttern musste. Der Schlachttag war ein Festtag, denn da gab es Fleisch. Aber auch nur die Abfälle, denn die guten Teile wurden verkauft oder eingetauscht.

Nachdem ich meine Arbeit erledigt hatte, rannte ich zur Schule. Barfuß, im Sommer eine Stunde einfacher Weg. Im Winter hatte ich Holzschuhe und gestrickte Socken an. Da ging ich oft zwei Stunden, wenn der Schnee hoch lag.. Wenn man zu spät zur

Schule kam, gab es Tatzen oder Schläge mit dem Stock. Oder man musste in der Ecke auf einem Holzscheit knien. Das Haar hatte gekämmt zu sein, Gesicht und Hände sauber gewaschen. Wenn ich nach der Schule nach Hause kam, gab es meistens einen Brei oder eine Suppe. Dann machte ich Hausaufgaben und half auf dem Feld. Abends gab es noch ein Fettbrot oder wieder Brei oder Kartoffeln.

Bei der Kartoffelernte mussten alle mithelfen. Der Kartoffelkäfer befiel oft die Felder. Alle Kinder mussten dann das Feld rauf und runter gehen und die Käfer von den Pflanzen klauben. Alles war sehr mühsam und anstrengend. Dennoch habe ich diese Zeit in guter Erinnerung behalten. Abends musste ich die Kühe wieder von der Weide heimtreiben. Zum Spielen blieb da keine Zeit. Nach der Schule ging ich mit meinem besten Freund, dem Burger Hans, und seiner Schwester Wally ein Stück des Heimweges gemeinsam. Da erzählte der Hans oft von Amerika. Sein Onkel war dorthin ausgewandert. Manchmal schrieb er und schilderte das Land als Paradies auf Erden. Er schickte dem Hans ein kleines Buch, da waren Indianer und Goldgräber abgebildet. Hans war zwei Jahre älter als ich und mein großes Vorbild. Manchmal stellten wir uns vor, wie es wäre, auch nach Amerika zu gehen, Gold zu finden und richtig reich zu werden.

Obwohl der Hans in meinen Augen schon reich war. Seinem Vater gehörte ein großer Gutshof in Burgersdorf. Hans hatte nie geflickte Kleidung an, immer ein Stück Brot oder Wurst dabei, von dem ich auch oft etwas abbekam. Er würde einmal den schö-

nen Hof seines Vaters erben. Ich hingegen brauchte mir als Jüngster keine Hoffnungen zu machen. Sobald mein Bruder den Hof übernahm, würde ich von daheim wegmüssen. Wer wollte schon der Knecht des eigenen Bruders sein? Da war es schon besser, woanders zu arbeiten. Oft gab es für die Geschwister ein Stück Land oder Geld. Aber unser Vater wollte, dass aller Besitz beieinander blieb, wenn er mal übergeben würde. Deshalb überlegte ich ernsthaft, meine Heimat zu verlassen.

Wally wollte mit uns gehen. Wir nahmen sie natürlich nicht ernst. Was hatte ein Mädel denn in der Fremde zu suchen? Sie hatte schon immer Flausen im Kopf. Krankenschwester wollte sie werden, vom Heiraten und Kinderkriegen wollte sie nichts wissen. Aber der Hans lachte sie aus, dass sich ihre Träume, niemals erfüllen würden.

Es war damals wirklich so. Große Berufswahl gab es für den Bauernstand nicht. Bepp, der älteste Bruder von Hans, war Pfarrer geworden. Das war dem Vater nicht recht, aber er merkte bald, dass der Hans sowieso der tüchtigere Bauer wäre. Hias, der jüngste Sohn, war ein grober Lackel und zu nichts zu gebrauchen. Er führte große Reden im Wirtshaus und tat widerwillig seine Arbeit. Doch der Vater ließ ihn in Ruhe. Wally ärgerte sich immer, dass die Mannsbilder viel mehr Möglichkeiten hatten.

Als Hans und ich mit dreizehn Jahren die Schule verließen, hatten wir das Glück, im Elternhaus bleiben zu dürfen. Viele Schulkameraden wurden von ihren Eltern in Stellung geschickt zu weit entfernten Bauernhöfen, damit nicht so viele Esser um ihren

Tisch saßen. Aber ich war natürlich billiger als ein Knecht. Hans musste nicht so viel arbeiten wie ich, denn sie hatten Knechte und Mägde auf dem Gutshof.

Am Sonntag nach der Kirche konnten wir manchmal den Nachmittag zusammen verbringen. Wir schmiedeten Pläne, wie wir nach Amerika kommen könnten. Auch die Wally träumte vom Auswandern.

Ich nahm das alles nicht ganz so ernst. Für mich war es eine schöne Spinnerei, die den harten Alltag verschönte. Aber Hans wollte wirklich in die weite Welt hinaus. Je mehr wir darüber sprachen, umso mehr steckte mich seine Abenteuerlust an.

Wally warf mir immer so Blicke zu. Mein Vater warnte mich, dass die Wally keine für mich wäre. Heimlich schmusten wir manchmal im Heustadl. Mehr ist aber nicht passiert. Und ums Heiraten ging es sowieso nicht. Sie tat mir nur schön, damit ich sie nach Amerika mitnehmen würde, wenn es denn so weit wäre, zumindest glaubte ich das damals.

Korbinian legte das Heft ab und griff nach dem Wasserglas neben seinem Bett. Er nahm einen tiefen Schluck, aber für eine Pause waren sie alle drei viel zu neugierig, wie es weitergehen würde.

Sonntag, 20. August 1944

Heute in der Messe hat der Pfarrer wieder vier Namen von gefallenen Igstdorfern vorgelesen. Immer mehr Städter kommen zu uns und wollen alles Mögliche gegen Lebensmittel tauschen. Es sind schwere Zeiten. Doch ich muss weiterschreiben, denn viel Zeit habe ich nicht mehr.

An einem Sommermorgen im Jahr 1911, ich war sechzehn Jahre alt, stand plötzlich Hans bei mir im Kuhstall. Er hatte ein Bündel dabei und meinte, er halte es nicht mehr aus im Dorf. Er wollte sich nach Hamburg durchschlagen und dort so lange arbeiten, bis er das Geld für die Überfahrt nach Amerika zusammenhätte. Er zeigte mir einige Goldmarkstücke, die er zu Hause im Stall gefunden hatte, sein Vater hatte sie wohl dort versteckt Wenn er in Amerika Gold gefunden hätte, würde er es ihm zurückgeben. Ich bewunderte Hans für seinen Schneid, aber war erschrocken über den Diebstahl. Unsere Väter würden stolz auf uns sein, wenn wir erst unsere eigene Farm hätten, meinte Hans. Er wollte mich überreden, mitzukommen. Ich dachte, dass mein ältester Bruder bald den Hof übernehmen würde, was sollte dann aus mir werden? Wenn ich jetzt nicht mitginge, würde ich für immer als Knecht arbeiten müssen.

Ich fragte nach Wally, doch Hans war überzeugt, dass uns ein Weib nur aufhalten würde. Noch dazu, wo die Wally ja in mich verliebt war – er hatte uns einmal im Heustadl beobachtet.

Ich überlegte kurz. Dann ging ich in meine Kammer und packte mein Sonntagsgewand, etwas Leibwäsche, meine Schuhe und das Gebetbuch ein. Aus der Schlafkammer meiner Eltern holte ich Mutters Rosenkranz. Da ich nicht wusste, ob ich sie in diesem Leben noch einmal sehen würde, wollte ich eine

Erinnerung mitnehmen. Dann setzte ich mich zu den anderen an den Tisch und trank meine Milch.

Mir war wehmütig ums Herz, auch weil ich mich nicht richtig verabschieden konnte. Der Vater teilte die Arbeit des Tages ein, dann standen alle auf und gingen ans Werk. In einem unbemerkten Moment nahm ich noch einen Laib Brot mit. Die Mutter ahnte wohl etwas, denn sie wollte mir ihren Segen geben. Sie bat um Gottes Schutz und Hilfe für mich, dann küsste sie mich auf die Stirn, was sie sonst nie tat.

Hans und ich verließen Igstdorf und gingen lange schweigend nebeneinander her. Je weiter wir von der Heimat weg waren, umso mulmiger wurde es mir. Wenn ich an die Mutter dachte, gab es mir einen Stich ins Herz. Irgendwann nahm uns ein Bierkutscher mit, und so kamen wir am Spätnachmittag in München an. Das geschäftige Treiben dort war sehr fremd für uns. Im Hofbräuhaus tranken wir eine Maß Bier und kauften uns einen Schweinebraten mit Knödel. Die Nacht verbrachten wir am Hauptbahnhof, dann nahmen wir den ersten Zug Richtung Nürnberg. Fast zwei Tage waren wir unterwegs nach Hamburg. Im Hafen fanden wir die Reederei, die Schiffskarten nach Amerika verkaufte. Das nächste Schiff, für das es noch freie Plätze gab, fuhr in vier Monaten. Hans hätte das Geld für die Überfahrt schon gehabt, doch so sehr ich ihn auch drängte, ohne mich wollte er nicht fahren.

Jeder von uns kaufte sich eine Ansichtskarte und schrieb seiner Familie.

Bärbl unterbrach ihren Vater und hielt ihm die Ansichtskarte hin, die sie bei den Geschirrtüchern gefunden hatte. »Schau, Papa, das ist die Karte vom Franz.«

Liebe Eltern und Geschwister! Ich fahre mit dem Burger Hans nach Amerika. Wenn wir dort sind, melde ich mich. Macht euch keine Sorgen. Euer Franz.

Korbinian sah sie genau an und schüttelte den Kopf: »Meine Güte, was waren denn das für verrückte Kerle?«

Dann nahm er das Heft wieder hoch und las weiter.

Am Pier lag ein großes Schiff. Eine unglaubliche Menschenmenge drängte sich dort, dazwischen Koffer und Kisten. Männer, Frauen und Kinder nahmen Abschied von ihren Verwandten. Für viele würde es wohl kein Wiedersehen geben. Namen wurden aufgerufen, immer mehr Auswanderer bestiegen über einen Steg das Schiff. Dann standen sie dicht gedrängt an Deck und winkten den Zurückbleibenden zu. Ein Lied klingt mir noch in den Ohren, denn ich habe es in diesen Hamburger Tagen oft gehört:

Jetzt ist die Zeit und Stunde da,
wir reisen nach Amerika,
der Wagen steht schon vor der Tür,
mit Weib und Kindern reisen wir.

Jetzt ist die Zeit und Stunde da,
wir reisen nach Amerika,

die Pferde sind schon eingespannt,
wir reisen in das Freiheitsland!

Und wie das Schiff am Wasser schwimmt,
werden Freiheitslieder angestimmt,
wir fürchten keinen Wasserwall,
und danken, Gott ist überall.

Und wie das Schiff kommt bald ans Land,
so strecken wir die rechte Hand
empor und schreien: Viktoria,
jetzt sind wir in Amerika.

Ein eleganter Herr, der sich als Herr Olsen bei uns vorstellte, fragte uns, ob wir da auch gerne mitfahren würden. Wir sagten, dass wir noch nicht genug Geld für die Reise hätten. Er war erstaunt, dass wir aus Bayern angereist waren und meinte, es wäre schwierig, eine Schiffspassage zu bekommen, so jung wie wir ausschauten. Er fragte, ob wir Arbeit bräuchten, und als wir bejahten, stellte er uns Herrn Jensen vor, der Arbeiter für seine Torfstecherei in Eppendorf suchte.

Da wir nicht wussten, wie es sonst weitergehen sollte, nahmen wir das Angebot an. Mit Herrn Jensen ging es im Fuhrwerk über flaches Land, bis wir zu einem prächtigen Herrenhaus kamen.

Wir schliefen nicht in dem schönen Fachwerkhaus, sondern in einem kleinen, zugigen Verschlag im Stall. aber ich war das karge Leben gewöhnt und Hans sah alles als großes Abenteuer. Das Essen war einfach, aber reichlich, wir mussten nie hungern.

Herr Jensen war zufrieden mit unserer Arbeit. Das Torfstechen war sehr anstrengend, von morgens um sieben bis abends um acht. Je weiter man nach unten kam, umso feuchter und unangenehmer wurde es. Vielen Arbeitern ging es wie uns: Sie wollten nur so lange arbeiten, bis sie genug Geld für die Überfahrt verdient hatten. Auf die Idee, dass er uns als billige Arbeitskräfte ausnutzte, kamen wir nicht. Wir waren zufrieden mit dem, was er uns alle zwei Wochen auszahlte. Hans und ich gingen mit dem Geld nicht wie viele andere ins Wirtshaus. Wir gönnten uns nichts, sparten eisern, und jeder trug einen Teil des Geldes immer bei sich, damit ja nichts verloren ginge. Nach zwei Jahren sollten wir genug Geld für die Reise haben. Im Winter arbeiteten wir im Holz. Manchmal nahm uns Herr Jensen mit nach Hamburg. Wir gingen dann oft zum Hafen und schauten sehnsuchtsvoll auf die Schiffe. Gerüchte machten dort die Runde, dass nicht jeder in Amerika willkommen wäre, dass es ein Mindestalter gäbe und dass der Goldrausch schon vorbei sein sollte. Aber Hans blieb zuversichtlich. Wir würden dann einfach als Bauern weitermachen. Es gab dort so viel Land, da wäre bestimmt noch was für uns übrig.

Ende September 1913 hatten wir das Geld für die Überfahrt fast zusammen. Wir gingen zu Herrn Olsen.

Wir erfuhren, dass es ab Ende November wieder freie Plätze geben würde. Um diese Zeit wäre die Reise billiger, aber er riet dazu, bis zum Frühjahr zu warten. Denn die Überfahrt konnte im Winter furchtbar stürmisch sein. Wir sollten ihm Anfang Dezember das Geld für die Schiffspassage bringen, dann würde er uns für April zwei Plätze auf einem Dampfer besorgen.

Wieder legte Korbinian das Heft auf die Bettdecke und schwieg. Bärbl sagte: »Da gehört schon Mut dazu, einfach ins Ungewisse aufzubrechen!« Leo wandte sich an Korbinian: »Strengt dich das Lesen nicht recht an? Sollen wir morgen weitermachen?« Der schüttelte den Kopf. »Auf gar keinen Fall, da könnte ich heute vor Spannung gar nicht einschlafen. Ich muss unbedingt wissen, wie es weitergeht.« Er hatte sich längst an die alte Handschrift gewöhnt und las flüssig weiter.

Montag, 21. August 1944

Wir hörten auf Olsens Rat und arbeiteten fleißig weiter. Der Winter kam sehr früh und unvermittelt, mit viel Schnee und eisiger Kälte. Wir froren erbärmlich und bereuten, dass wir nicht schon im November die Reise angetreten hatten. Mitte Dezember 1913 holten wir bei Herrn Olsen unsere Schiffskarten ab. Übermütig und glücklich feierten wir in einer Hafenkneipe. Wir waren unserem Ziel so nah! Noch vier Monate in Hamburg, dann würde es losgehen: Mit der HAPAG-Linie auf dem Zwischendeck für einhundertsechzig Mark nach New York. Herr Olsen hatte uns für hundert Mark neue Papiere besorgt. Wir hießen nun Jan und Ole Feddersen, waren dreiundzwanzig und fünfundzwanzig Jahre alt und Schreiner von Beruf. Denn Schreiner waren in Amerika sehr gefragt. Dann lernten wir Frieda kennen. Noch nie hatten wir ein so schönes Mädchen gesehen! Frieda war das neue Dienstmädchen im Herrenhaus. Sie hatte pechschwarze Haare und war immer freundlich und fröhlich.

Wir verliebten uns beide in Frieda, eine schwere Probe für unsere Freundschaft. Jeder versuchte sich bei Frieda einzuschmeicheln. Sie zierte sich und zog uns damit auf, dass wir fünf Jahre jünger als sie waren. Hans meinte, sie hätte weder an mir noch an ihm Interesse und würde wohl schon beim Herrn Jensen im weichen Federbett liegen. Denn der hätte mehr zu bieten als wir beide.

Zu meinem großen Erstaunen entschied sie sich eines Tages für mich. Ich hatte im Wald Brombeeren gepflückt und sie Frieda als Geschenk gebracht. Heute noch sehe ich sie vor mir, wie ihr Gesicht vor Freude strahlte. Vorsichtig nahm sie eine Beere und sagte: »Mund auf, Augen zu!«, und auf die Beere folgte ein Kuss. Ich war verrückt nach Frieda, wollte immer nur mit ihr zusammen sein und sie küssen.

Hans war natürlich eifersüchtig, die angespannte Stimmung machte mir zu schaffen.

Frieda glaubte uns nicht, dass wir wirklich die Überfahrt wagen würden. Als ich ihr die Schiffskarten zeigte, lächelte sie nur.

Dann zeigte sie mir, was Männer und Frauen außer küssen sonst noch miteinander machen können. Viel aufregender war es nun mit Frieda zusam-

men zu liegen. Wann immer es ging, trafen wir uns im nahen Birkenwald und genossen unser Zusammensein. Wir lagen im weichen Moos und liebten uns. Ich war so überwältigt von ihr und unserer Liebe, dass ich nun nicht mehr nach Amerika fahren wollte. Viel aufregender war es nun, in Deutschland bei Frieda bleiben. Dem Hans gegenüber hatte ich ein schlechtes Gewissen. Er hatte für mich mitgearbeitet, damit ich die Überfahrt bezahlen konnte. Er hätte mir das nicht verzeihen können, wenn wegen einem Weib unser Plan scheitern sollte. Er warnte mich, dass die Frieda doch für jeden die Kammer aufmachen würde.

Da packte ich ihn und nannte ihn einen neidigen Lügner.

Wir rauften, bis seine Lippe blutete. Er nannte mich einen Deppen, weil ich die Wahrheit nicht sehen wollte. Wir sprachen lange Zeit nicht mehr miteinander. Unsere Freundschaft bekam einen tiefen Riss.

Anfang März erklärte mir Frieda, sie wäre guter Hoffnung. Nun war die Entscheidung gefallen, ich konnte doch nicht weggehen, wenn ich bald Vater sein würde. Ich hatte schlaflose Nächte. Wie sollte ich denn Frieda und das Kind ernähren? Wenn ich meine Schiffkarte zurückgeben würde, hätten wir für die erste Zeit unser Auskommen. Aber wie sollte es dann weitergehen? Frieda hatte gar keinen Besitz. Hans sagte ich nichts von ihrer Schwangerschaft. Aber wie sollte ich ihm erklären, dass ich nicht mehr mitkommen würde? Er wäre ohne mich schon längst in Amerika. Ich fühlte mich wie ein meineidiger Schuft, der seinen Freund im Stich lassen würde. Eines Nachts klagte Hans über Fieber, nachdem er schon einige Tage Husten hatte. Er bekam schwer Luft, war blass und schweißnass.

Ich wollte schnell Hilfe holen, doch er bat mich, zu bleiben. Er spürte, dass es bald mit ihm zu Ende ginge und wollte nicht alleine sein. Ich war erschüttert und hilflos. Er dankte mir für die treue Freundschaft und bat mich um einen letzten Dienst. Ich möge ihn doch nicht hier begraben lassen, sondern zurück in die Heimat bringen. Dann könnte ich ja immer noch nach Amerika fahren, falls ich da überhaupt noch hinwollte. Seine Eltern sollte ich um Verzeihung bitten, dass er ohne Abschied gegangen sei und das Geld genommen habe.

Ich wollte Hilfe holen, aber er ließ mich nicht los.

Nie werde ich die letzten Minuten mit Hans vergessen. Er hatte Angst, er käme in die Hölle, wenn er ohne Sterbesakrament hinüberginge. Da legte ich den Rosenkranz meiner Mutter in seine Hand. Er umklammerte das Kreuz und flüsterte: »Für uns am Kreuz gestorben.«

»Ich bin ja bei dir, Hans«, sagte ich und begann zu beten. »Heilige Barbara, du edle Braut. Mein Leib und Seel' dir vertraut. Sowohl im Leben als im Tod. Komm zu und hilf in schwerer Not.«

Hans richtete sich auf, sah mich an und rief: »Der Engel des Herrn, siehst du ihn nicht, der Engel des Herrn.«

Dann fiel er mit einem Ruck nach hinten, seine Hand löste sich von meinem Arm, und er war tot.

Ich machte seine Augen zu, faltete seine Hände und betete zum heiligen Josef, Patron der Sterbenden. Weinend sprach ich noch ein Vaterunser und hockte ganz lange still bei ihm.

Im Morgengrauen holte ich Frieda. Da standen wir beide vor dem toten Hans, und auch Frieda war traurig und erschrocken. Ich erzählte ihr, dass er in der Heimat beerdigt werden wollte. Doch sie meinte, dass Hans jetzt schnell hier weg müsste, es würde nur Scherereien geben, wenn man ihn hier tot fände.

»Schrecklich«, murmelte Leo, »einfach unfassbar.«

Korbinian und Bärbl nickten.

»Ich muss weiterlesen«, sagte Korbinian.

Heute ist es mir unbegreiflich, was ich damals getan habe. Nachdem Frieda nach Geld und Schiffkarten gefragt hatte, schob ich sein Hemd hoch und nahm alles an mich. Wir fuhren seine Leiche auf einem Schubkarren zu dem Holz- und Reisighaufen, der für das Frühlingsfeuer aufgeschichtet war. Seine Leiche würde verbrennen, und wir würden seine Asche in ein Einweckglas geben und irgendwann in der Heimat begraben.

Seiner Familie würde ich nicht sagen, dass er gestorben war, damit ich sein Geld behalten könnte. Seine Familie war reich, es würde ihnen nicht abgehen. Ich brauchte das Geld jedoch dringend, um einen Hausstand zu schaffen. Bis heute kann ich gar nicht glauben, was ich da gemacht habe. Aber es war genauso. In der Nacht nach dem Frühlingsfeuer sammelten wir in aller Herrgottsfrüh die Asche und

Knochenreste ein und vergruben das Glas im Wald. Herr Jensen fragte nach Hans, und ich sagte, dass ich auch nicht wüsste, wohin er gegangen sei und dass wir Streit hatten. Mein schlechtes Gewissen quälte mich, doch Frieda redete mir gut zu. Niemand hatte etwas gemerkt und würde jemals etwas merken.

Mitte April fuhr ich nach Hamburg. Bei der Reederei merkte ich, dass manche ein Vielfaches des Preises für eine Schiffspassage zahlten, wenn sie nur schnell das Land verlassen konnten. Ich traf zwei sehr gut gekleidete Herren, die mir das Zehnfache des Preises bezahlen wollten, wenn sie innerhalb von zwei Wochen reisen könnten. Sie bekamen unsere Karten und die falschen Ausweise, und ich war auf einen Schlag reich.

Ich fragte Frieda, ob sie sich vorstellen könnte, in Bayern zu leben, und sie sagte, sie würde überall mit mir hingehen Ich wollte ein Stück Land kaufen, ein Haus bauen, eine Viehzucht beginnen und meiner Familie etwas unter die Arme greifen.

So ging ich mit Frieda Ende Mai 1914 zurück nach Igstdorf. Ich hatte unser Kommen nicht angekündigt. Es war niemand zu Hause, als wir ankamen, so setzten wir uns auf die Bank und warteten. Als mein Vater kam, stutzte er kurz und befahl mir dann, die Kühe von der Weide zu treiben, das wäre immer noch meine Arbeit.

Dann gab er mir eine Watsch'n und schrie mich an: Was ich für ein ehrvergessener Saubub wäre, der Mutter und ihm das anzutun, ohne ein Wort zu ver-

schwinden. Falls mich die Not heimtriebe, er hätte selber nichts.

Er hatte ja recht. Wortlos legte ich einen Teil meines Geldes auf den Tisch. Der Vater schaute erstaunt und nickte dann anerkennend, als ich ihm erklärte, dass ich nun in Igstdorf bleiben und mit meinem Geld gerne helfen würde.

Dann blickte ich zu Frieda und eröffnete meinem Vater dass ich geheiratet hätte und er bald ein Enkelkind haben würde. Wortlos holte er einen Obstler aus dem Schrank. Dann hieß er seinen Buam und das Derndl feierlich willkommen.

Die Mutter rannte auf mich zu, umarmte mich und rief: »Franz, Franz, Franz, jetzt gehst nimmer fort, Franz, gell, du bleibst da!«

Frieda wurde von der Familie gut aufgenommen. Alle rückten ein bisschen zusammen, bis wir unseren eigenen Hausstand gegründet hatten. Natürlich fragte der Vater nach der Mitgift von Frieda. Ich log, dass ein Teil des Geldes ihre Mitgift wäre. Da war er zufrieden. Schlimm war besonders für die Mutter, dass Frieda eine ›Lutherische‹ war.

In ihren Augen lebten wir in wilder Ehe, weil wir nicht kirchlich getraut waren.

Es reichte der Mutter auch nicht, dass das Kind katholisch getauft werden würde. Irgendwann konvertierte Frieda zum katholischen Glauben, und schließlich heirateten wir auch kirchlich, um der Mutter eine Freude zu machen. Der Dorftratsch blühte!

Die Leute waren überzeugt davon, dass sie dem Pfarrer einen schönen Batzen Geld hingelegt hatte.

Das stimmte, es hatte einiges gekostet. In Naturalien und in Geld. Aber das war es wert. Die Mutter hatte ihren Seelenfrieden wieder, Frieda und ich hatten unsere Ruhe.

Bald mochten die Leute sogar ihren Hamburger Dialekt, war sie doch ein umgängliches, fröhliches Mädel – sauber, ordentlich und fleißig

Kurz bevor wir Hamburg verließen, sind wir dennoch richtig aneinandergeraten. Frieda wollte unbedingt Birkensprösslinge mitnehmen. Als Erinnerung an ihre Heimat und an unsere heimlichen Schäferstündchen im Birkenwald. Ich glaubte nicht, dass die Birken in der fruchtbaren bayerischen Erde gedeihen würden. Doch sie beharrte stur darauf und hatte sie schon ausgegraben.

So schleppten wir sie also mit. Nach einigen Tagen fand Frieda zielsicher auf einem unserer Felder die geeignete Stelle für die Birken. Ich pflanzte die Sprösslinge für sie ein und vergrub heimlich darunter das Gurkenglas mit der Asche von Hans. Ich sprach noch mal ein Vaterunser für ihn und besprengte die Erde mit Weihwasser aus der Kirche. Hans ruhte nun in Heimaterde, wie ich es ihm versprochen hatte. Lange ist er mir noch im Traum erschienen.

Erschüttert saßen Korbinian, Leo und Bärbl da.

»Das ist ja grauenhaft.« Korbinian starrte vor sich hin. »Jetzt brauch ich doch eine kleine Pause.« Bärbl und Leo gingen in die Cafeteria und holten sich einen Kaffee. Eine Zeit lang sprachen sie nichts, bis Leo fragte: »Was sagst du denn zu unseren Vorfahren?« Bärbl schüttelte den Kopf. »Im Moment bin ich sprachlos! Das muss ich erst mal verarbeiten.« Sie kehrten zu Korbinian zurück und halfen ihm, sich bequemer hinzusetzen. Denn die Aufzeichnungen gingen noch weiter.

Dienstag, 22. August 1944

Ach ja, die Wally, wenn ich an sie denke, wird mir das Herz auch ganz schwer.

Kaum dass wir in der Heimat angekommen waren, stand sie eines Tages auf unserem Hof. Ihr Gesicht war hart, verschlossen und feindselig.

Sie fragte nach ihrem Bruder und ich log, so gut ich konnte. Ich sagte ihr, er sei wohl in Amerika, aber genauer wüsste ich es auch nicht und ob er denn gar nicht geschrieben hätte?

Wir hätten uns in Hamburg getrennt, weil er eifersüchtig wegen der Frieda gewesen wäre. Das glaubte sie mir nicht so recht. Wally war sehr traurig darüber, dass wir heimlich abgehauen waren und sie nicht mitgenommen hatten. Sie konnte nicht fassen, dass ihr Bruder nun gar kein Lebenszeichen von sich gab. Um von diesem Thema abzulenken, fragte ich, ob sie denn schon einen Hochzeiter hätte.

Sie lachte verächtlich. Bisher hätte sie den Vater hinhalten können. Ihre ganze Hoffnung war gewesen, dass der Hans und ich ein paar Zeilen aus Amerika geschrieben hätten und sie vielleicht doch noch hätte nachkommen können. Doch nun würde sie wohl heiraten müssen.

Mit dem Burger-Bauern gab es ein unschönes Zusammentreffen. Er glaubte mir nicht, dass Hans die Idee mit der Auswanderung gehabt hatte. Das sei sicher auf meinem Mist gewachsen, sein Sohn und Hoferbe hätte ihm das niemals angetan.

Der Burger-Bauer glaubte mir nicht, dass Hans verschwunden und bestimmt in Amerika wäre. Er hatte den Verdacht, dass ich den Hans umgebracht hätte, um an sein Geld zu kommen. Einen Lügner nannte er mich, das würde mir kein Glück bringen, redete er mir ins Gewissen.

Er wusste, dass ich Land kaufen wollte und wie viel neues Vieh nun bei uns im Stall stand, und er war überzeugt, dass das nicht mit rechten Dingen zugegangen sein konnte. Den Leuten erzählte er aber nichts von seinem Verdacht, sondern behauptete, sein Hans wäre in Amerika.

Im Sommer 1914 hat mein ältester Bruder den Hof von den Eltern übernommen. Er hatte eine gute Partie gemacht, seine Frau brachte großen Landbesitz mit in die Ehe. Zusammen hatten wir für die Mutter und den Vater noch ein Austragshäusl gebaut. Mein Bruder wollte immer wieder Geld von mir, es war an der Zeit, schnell ein eigenes Haus zu bauen.

Doch bevor ich damit beginnen konnte, brach im August der Krieg aus. Meine drei Brüder und ich wurden eingezogen.

Es sollte nach Frankreich gehen. In Mühlhausen erhielt ich Nachricht von der Geburt meines Sohnes Franz. In Verdun von seinem Tod. Er war nur vier

Wochen alt geworden. Die Schlacht von Verdun verfolgte mich auch noch lange in meinen Träumen. Es war furchtbar, mit anzuschauen, wie viele Kameraden starben. Auch zwei meiner Brüder fanden den Tod. Alles hatte als großes Abenteuer begonnen, und nun waren viele verstümmelt für immer. Wie ich da so im Schützengraben lag, bereute ich es sehr, dass ich nicht nach Amerika gegangen war. Als ich verwundet heimkehrte nach Igstdorf, erfuhr ich, dass der kleine Franz an einer Lungenentzündung gestorben war. Irgendjemand hatte das Kind in der Nacht heimlich aus unserem Haus geholt und vor die Haustür gelegt, in den strömendem Regen. Ich bin mir sicher, dass der Burger-Bauer damit zu tun hatte. Denn als er mir sein Beileid aussprach, sagte er, nun wüsste ich, wie es ist, wie wenn man den Sohn verliert. Beweisen konnte ich ihm nichts, aber bis heute bin ich mir sicher, dass er meinen Sohn ermordet hat. Von da an hasste ich ihn so, wie er mich hasste. Bevor ich wieder zurück auf das Feld der Ehre fuhr, zeugte ich noch eine Tochter, Lena, die 1915 zur Welt kam und gleich nach der Geburt starb. Im gleichen Jahr fiel mein ältester Bruder, der Hoferbe. Mein Vater hatte bei der Übergabe des Hofes vereinbart, wenn sein Sohn nach der Hofübergabe sterben würde, sollte alles wieder an ihn zurückfallen. Meine Schwägerin erhielt den Grund und Boden zurück, den sie in die Ehe eingebracht hatte, und zog wieder zu ihren Eltern. Es gelang mir gerade noch rechtzeitig, bevor die große Inflation einsetzte, ihr große Teile ihres Landbesitzes abzukaufen.

Mein Vater schaffte es, mich vom Krieg freistellen zu lassen. Wie froh und erleichtert war ich, als dann endlich mein Sohn Korbinian, genannt Binian, geboren wurde. Das Glück schien wieder in unsere Familie zurückzukehren. Ich übernahm den Hof meiner Eltern, weil ich nun der rechtmäßige Erbe war. Durch das Land, das ich meiner Schwägerin abgekauft hatte, war nun ein stattlicher Besitz entstanden. Wir hatten viele Rinder, auch Zuchtbullen, Schweine, Pferde, Hühner. Es gab Fleisch, so viel wir wollten, und es freute mich, dass das meine Eltern alles noch erlebten.

Die Birken wuchsen und vermehrten sich wie von selbst. Bald sprachen die Leute, wenn sie die Gegend von Igstdorf und Burgersdorf meinten, vom Birkental. An jedem Geburtstag und an jedem Todestag von Hans zündete ich in der Kirche eine Kerze für ihn an und sprach ein Gebet.

Noch einmal musste der Burger-Bauer erleben, wie es sich anfühlt, einen Sohn zu verlieren. Bepp, der Pfarrer, fiel im Krieg. Jetzt war noch der Hias da, der seinen Hof weiterführen konnte.

Der Burger-Bauer hielt mich nach wie vor für einen Mörder. Bestimmt habe ich es ihm zu verdanken, dass ich in den letzten Kriegstagen doch noch mal einrücken musste.

Denn da hatte er den Brief bekommen, dass auch Hias auf dem Feld der Ehre geblieben sei. Eine Ehre war das für keinen von uns mehr. Eine Qual war es. Ich erlebte die Hölle, die mir der Burger gewünscht hatte, nun bereits auf Erden. Bei der Schlacht von

Amiens wurde mir meine Männlichkeit weggeschossen. Ich konnte keine Kinder mehr zeugen. Außer Frieda hat nie ein Mensch davon erfahren. Diese Genugtuung wollte ich dem Burger nicht lassen.

Für Frieda war es auch schwer, denn ich war kein richtiger Mann mehr. Was mir vom Krieg geblieben ist, sind furchtbare Albträume, die mich bis heute nicht loslassen.

»Hast du das gewusst?«, fragte Bärbl ihren Vater. Der schüttelte fast zornig den Kopf. »Nix hab ich gewusst, kein Wort ist da jemals erzählt worden!«

»Deine Eltern hatten sicher auch keine Ahnung davon«, bemerkte Bärbl.

Korbinian stimmte ihr zu. »Aber jetzt lass mich weiterlesen, es sind bloß noch ein paar Seiten.«

Mittwoch, 23. August 1944

Nun muss ich wieder in den Krieg, doch ich lasse hier alles gut bestellt zurück. Als mein Enkel Korbinian geboren wurde, habe ich meinem Sohn den Hof übergeben. Dann habe ich für meine Frieda und für mich das alte Austragshäusl ausgebaut, in dem wir bis jetzt zufrieden leben.

Mein Sohn Binian ist in Kriegsgefangenschaft bei den Engländern. Das ist nicht schön, aber er hat keine Verwundungen davongetragen, er lebt, und das ist das Wichtigste. Irgendwann wird er zurückkehren und den Hof weiterführen.

Fest schläft sie, meine Frieda, während ich hier am Küchentisch schreibe. Ich will mir ihr Bild ganz fest einprägen. Dass sie inzwischen gealtert ist, nehme ich zwar wahr, aber wenn ich die Augen schließe und an sie denke, dann sehe ich die junge, dralle, schwarzhaarige Frieda vor mir. Mit den feurigen Augen und den verführerischen Lippen.

Mir ist jetzt so viel leichter, weil ich mir endlich diese Last von der Seele geschrieben habe. Angst habe ich schon, was mich im Jenseits erwartet. Doch ich kann es ja nun nicht mehr rückgängig machen.

Morgen muss ich einrücken, und von meiner Familie weiß es keiner. Ich habe bereits meine Schuhe eingepackt, das Gebetbuch und den Rosenkranz meiner Mutter. In der Früh werde ich meinen Kaffee trinken und dann meinen täglichen Spaziergang machen. Diesmal wird er mich in die Hölle dies Krieges führen.

Lieber Gott, beschütze mich und meine Familie. Herr, sei uns armen Sündern gnädig. Amen.

P.S. Wer später einmal liest, was ich geschrieben habe, soll mir doch bitte eine Kerze anzünden und eine Messe lesen lassen.

Nachdem Korbinian die Erinnerungen von Franz zu Ende gelesen hatte, herrschte erst einmal betroffenes Schweigen. Dann raunte Korbinian: »So war das also.«

Und Leo fragte: »Was ist aus dem Franz geworden, hat er den Krieg überlebt?«

Da schüttelte Korbinian den Kopf. »Nein, er ist im Januar 1945 in Ostpreußen gefallen. Aber über die genauen Umstände weiß ich auch nichts. Wie ich jetzt feststellen muss, hat man in unserer Familie nie viel über die Vergangenheit geredet.« Er trank einen Schluck Wasser und fuhr fort. »Was ich nicht verstehen kann, ist, dass er das ganze Geld behalten hat. Irgendwann später hätte er es doch zurückgeben können, und vor allem hätte er sagen müssen, dass der Hans tot war. Das ist wirklich eine furchtbare Geschichte!«

Bärbl pflichtete ihm bei: »Und die Frieda hat ja auch Bescheid gewusst!«

»Ich war elf, wie meine Großmutter gestorben ist«, berichtete Korbinian. »Sie war immer recht wortkarg und hat ganz zurückgezogen im Austragshäusl gewohnt. Nachdem ihr Mann im Krieg gefallen ist, hat sie auch keinen rechten Lebenswillen mehr gehabt. Sie hat ja auch mit dieser Schuld leben müssen.«

Leo erwiderte: »Ich finde es arg, dass in unserer Familie die Geschichte aufrechterhalten wird, dass der Hans ausgewandert ist. Keiner hat sich die Mühe gemacht, da nachzuforschen. Es gibt doch Passagierlisten von den Schiffen. Die arme Wally hat immer damit gehadert, dass sich ihr Bruder nie aus Amerika gemeldet hat. Jetzt ist jedenfalls klar, woher die Asche stammt in dem Glas, das wir im Birkenwald gefunden haben.«

»Kann man das noch feststellen, dass das die sterblichen Überreste vom Hans sind?«, fragte Bärbl.

»Keine Ahnung«, meinte Leo. »Ich darf mir das gar nicht vorstellen! Wie die den toten Freund durch die Gegend geschleppt und verbrannt haben. Da gehört schon was dazu! Dann auch noch die Asche und Knochenreste in so ein Glas einfüllen. Grauslich. Auf jeden Fall sollte der Hans eine ordentliche Bestattung im Familiengrab bekommen.«

»Recht hast, Leo«, meinte Korbinian. »Das ist das Mindeste, was man noch tun kann. Mein Gott, wenn man sich das überlegt – damals war das Verbrennen von Leichen für die Katholiken doch eine Todsünde. Der Hans war sein bester Freund und sie waren doch so gläubig. Was in meinem Großvater vorgegangen ist, das kann ich nicht nachvollziehen.«

Bärbl seufzte und murmelte dann: »Gott sei Dank hat dein Vater den Krieg überlebt.«

»Ja, er ist ein Jahr nach Kriegsende unverletzt zurückgekommen. Aber warum mein Großvater ihm nichts erzählt hat, versteh ich nicht. Da hat er lieber alles aufgeschrieben und versteckt.«

»Papa, ich glaub, er musste einfach sein Gewissen erleichtern.«

Korbinian schlug noch einmal das Heft auf, da entdeckte er einige Zeilen auf der letzten Seite. »Da steht ja noch was«, rief er überrascht.

Laut las er vor:

P.S. Wer dieses Heft gefunden hat, findet vielleicht auch die Briefe, die Wally an den Hans geschrieben hat. Ich hatte sie aufgehoben und versteckt.

Verblüfft sahen sich die drei an. »Na, der hatte es ja faustdick hinter den Ohren!«, rief Leo.

»Womöglich ist noch was hinter der Holzverschalung«, fiel Bärbl ein. »Ich fahr heim und ruf gleich noch mal den Rudi an. Das interessiert mich jetzt schon!«

Sie verabschiedete sich hastig, wünschte den Männern gute Besserung. Sofort fuhr sie zu Rudi und erzählte ihm alles in Kurzform. Dem blieb der Mund offen stehen vor Erstaunen, und er sagte: »Du, ich komm gleich mit und schau dir noch mal hinter die Verschalung. Aber bevor ich da rumreiß, suchen wir erst mal im Häusl. Ich helf dir.«

An diesem Nachmittag stellten sie das kleine Haus auf den Kopf. Aber es tauchten keine weiteren Aufzeichnungen auf. Am Abend fing Rudi an, die Verschalung rund um das alte Kreuz abzunehmen. Tatsächlich fand er ganz unten wieder ein dünnes Ziegenleder, das einige Schriftstücke enthielt. Gemeinsam öffneten sie es, und Bärbl rief: »Jetzt ist das wieder in dieser Sütterlin-Schrift! Da muss ich mich bis morgen Früh gedulden. Ich bin ja nur froh, dass der Papa das noch lesen kann.«

Sie stand früh auf am nächsten Tag, und als sie das Krankenzimmer des Vaters betrat, saß er aufrecht.

»Papa«, rief Bärbl erstaunt, »du schaust schon wieder viel besser aus heute.«

»Ja, ich fühl mich gut. Das muss ich schon sagen.«

»Den ganzen Nachmittag hab ich mit dem Rudi gesucht. Schau, wir haben tatsächlich was gefunden. Aber es ist wieder in Sütterlin-Schrift.«

»Na, dann werd ich es gleich lesen, hol den Leo her, den interessiert das sicher auch.«

Als die drei wieder zusammensaßen, öffnete Korbinian das Ziegenleder. Einige Briefumschläge mit Inhalt und ein paar Ansichtskarten kamen zum Vorschein. Obenauf lag ein Schreiben in der schon vertrauten Handschrift.

Igstdorf, den 21. August 1944

Die Burger-Wally ließ mir keine Ruhe mehr, nachdem ich wieder nach Igstdorf zurückgekehrt war. Sie konnte es nicht verschmerzen, dass sich ihr Bruder Hans nicht aus Amerika meldete. Sie tat mir furchtbar leid, weil sie mit dem groben Jorgl so unglücklich war. Ich log sie an, sagte, dass ich einen Mann kennen würde, der auch bald nach Amerika auswanderte. Dem könnte ich Briefe für den Hans mitgeben und später dann könnte er über seine Adresse die Briefe auch weiterleiten. Vielleicht würde er ihn sogar drüben ausfindig machen. Als ich las, was sie dem Hans schrieb, war mir furchtbar elend. Ich hatte Mitleid mit ihr und konnte ihr doch nicht helfen. So viel Schuld hatte ich auf mich geladen. Aber wenn man einmal mit dem Lügen anfängt, dann geht kein Ende mehr her. Hier liegen also die Briefe von Wally. Wer sie gelesen hat, versteht vielleicht besser, warum die Wally so garstig wurde.

Franz Leitner

»Meine Mama hat mir erzählt, dass sie sehr gelitten hat, weil die Wally so herrisch und gemein zu ihr war«, erklärte Leo.

Korbinian nahm den ersten Brief zur Hand und meinte: »Gleich wissen wir mehr.«

Auf dem Umschlag stand geschrieben:

»Für meinen Bruder Hans Burger in Amerika«

Dann nahm er das gelbliche Blatt aus dem Umschlag, entfaltete es und las.

Burgersdorf, im Oktober 1914

Lieber Hans,
der Leitner-Franz ist wieder nach Igstdorf zurückgekehrt. Er konnte uns nicht sagen, wo Du bist, und ich hoffe sehr, dass Dich mein Brief erreicht. Ich bin so traurig, dass Du mich anscheinend vergessen hast. Du weißt, wie gerne ich mitgegangen wäre. Bitte lass mir ein paar Zeilen zukommen. Ich verrate es keiner Menschenseele. So gerne würde ich auch nach Amerika fahren, ich verspreche es, ich wäre keine Last für Dich.

Ich mag nicht mehr hier bleiben, ich habe doch immer gehofft, dass es was werden könnte mit dem Franz und mir. Doch er hat sich für eine andere entschieden. Frieda heißt sie, eine Preußin.

Bitte schreib mir
Deine Schwester Wally

Korbinian faltete den Brief zusammen und schob ihn wieder in den Umschlag zurück.

»Mein Gott, die arme Frau«, flüsterte Bärbl.

Korbinian nahm den nächsten Brief zur Hand.

Burgersdorf, im August 1916

Lieber Hans,
ich hab nichts von Dir gehört. Falls Dich diese Zeilen erreichen, bitte ich dich inständig, melde Dich!

Obwohl der Beppi Pfarrer ist, wurde er in den Krieg geschickt. Er ist gefallen. Der Vater ist ganz gebrochen.

Wir bangen um den Hias. Der ist noch auf dem Schlachtfeld. Auch der Franz ist im Krieg. Ich hab Angst um ihn, weil ich ihn immer noch lieb hab. Obwohl er doch eine andere Frau hat. Aber ich kann mir die Liebe nicht aus dem Herz reißen. Zwei Kinder sind ihm schon gestorben. Bitte, Hans, komm zurück.

Deine Dich liebende Schwester grüßt Dich aus der Heimat.

Wally

Leo, Bärbl und Korbinian sahen sich mit traurigen Blicken an. Der nächste Brief wurde gelesen.

Burgersdorf, im April 1917

Lieber Hans,
ich habe Zweifel, dass Dich je ein Brief von mir erreicht hat. Ich bin so verzweifelt. Dieser Krieg ist furchtbar. So viele Burschen sind zurückgekommen ohne Arm oder Bein. Manche sind blind. Bitte, Hans, ich muss weg hier. Alle Brüder vom Franz sind tot. Er wurde freigestellt und ist in der Heimat. Letztes Jahr wurde sein Sohn Binian geboren.

Bitte melde Dich!

Es grüßt dich Deine verzweifelte Schwester

Wally

Wortlos nahm Korbinian den nächsten Brief zur Hand und las weiter.

Burgersdorf, im November 1918

Lieber Hans,
endlich ist der Krieg aus. Nachdem der Hias lange als vermisst galt, kam heute die Nachricht, dass er gefallen ist. Du kannst Dir die Verzweiflung vom Vater gar nicht vorstellen. Wenn Du nicht zurückkommst, muss ich den Hof übernehmen. Das will ich nicht. Der Vater sucht jetzt einen Hochzeiter für mich. Hab bisher alle Mannsbilder vergrault. Lieb doch nur einen, den ich nicht haben kann. Einen anderen will ich nicht. Franz musste in den letzten Kriegstagen auch noch mal fort. Er kam verwundet zurück, aber er lebt.

Deine Dich liebende, traurige Schwester Wally

Leo schluckte, schüttelte den Kopf und bemerkte: »Durch solche Schicksale merkt man erst, wie dramatisch es damals wirklich war. Mir tut die Frau irrsinnig leid.«

»Ja, mir auch.«, sagte Bärbl und schmiegte sich an Leo.

Korbinian nahm den nächsten Umschlag zur Hand. Als er den Brief herausnahm, fiel ein Foto auf die Bettdecke, das ein Brautpaar zeigte. Die beiden schauten ernst drein. Freudlos und fast starr blickte Wally in die Kamera.

Burgersdorf, im Juni 1919

Lieber Hans,
jetzt ist es passiert. Wie Du auf dem Foto siehst, musste ich nun heiraten. Jorgl heißt er und ist ein schrecklich grober, gemeiner und ungebildeter Mensch.

In der Nacht nimmt er sich mit Gewalt, was ihm durch die Ehe zusteht. Ich weine oft, weil er mich auch schlägt. Jetzt bräuchte ich einen Bruder, der mich verteidigt und mir hilft. Aber ich glaub nicht mehr daran, jemals wieder von Dir zu hören. Den Franz hab ich verloren, Dich hab ich nicht mehr. Hoffentlich dauert mein freudloses Leben nicht allzu lang.

Es grüßt dich deine verzweifelte und traurige Schwester Wally

Burgersdorf, im April 1921

Lieber Hans,
ein letztes Mal schreibe ich Dir heute, weil ich mich damit abfinden muss, dass du für immer weg sein wirst.

Ich habe einen Sohn bekommen, Georg. Mein Leben mit Jorgl ist ein bisschen besser geworden. Der Leitner-Franz hat den Jorgl im Wirtshaus so lange gereizt, bis er ihn angegangen ist. Da der Jorgl schon besoffen war, hatte der Franz ihn ganz heftig mit seinen Schlägen erwischt. Der Jorgl lag auf Leben und Tod und hat mir seitdem keine Gewalt mehr angetan.

Jetzt werde ich mich in mein Leben dreinfinden. Ich bin dem Franz dankbar, aber ich werde auch kein Wort mehr mit ihm reden. Er wollte mich nicht, und ich kann ihm das nicht verzeihen. Es fühlt sich furchtbar an, wenn aus Liebe Hass wird. Aber ich kann es nicht ändern. Es ist so.

Leb wohl, Hans, mein lieber Bruder. Ich wünsch Dir alles Gute und viel Glück.

Deine Schwester Wally

Korbinian legte die Briefe sorgfältig aufeinander. Verlegen räusperte er sich.

»Ich glaub, dass sie von Anfang an gewusst hat, dass diese Briefe der Franz liest«, äußerte Bärbl.

Leo war skeptisch. »Meinst du wirklich?«

»Ja, ich denk schon. Du solltest die Briefe deiner Mama zeigen, das wird sie sicher auch interessieren, oder?«

»Wenn es euch recht ist, würd ich das sehr gern tun.«

»Selbstverständlich«, erwiderte Korbinian. »Nimm nur alles mit und zeig es deiner Mutter. Das betrifft ja eure Familie genauso.«

»So viel Elend, Leid und Feindschaft«, seufzte Bärbl.

»Aber das ist jetzt endgültig vorbei«, meinte Korbinian. »Bärbl, ihr zwei, der Leo und du, gründet jetzt eure eigene Familie. Und ich wünsch euch, dass immer Glück und Frieden über eurem Hausstand liegt.«

»Das hast du schön gesagt, Papa«, sagte Bärbl und gab ihm einen dicken Kuss.

»Ja, was ist denn hier los?«, hörten sie plötzlich eine weibliche Stimme.

Es war Leos Mutter, die nach ihrem Sohn schauen wollte.

»Burgerin«, meinte Korbinian, »ich glaub, wir sind schon bald verwandt miteinander!«

Sie lachte: »Leitner, dass du den Kindern jetzt deinen Segen dazu gibst, das ist wirklich ein großes Wunder. Aber ein schönes! Und ich hab auch noch eine gute Nachricht«, sagte sie an Leo gewandt. »Der Joschi ist draußen im Auto. Es geht ihm wieder viel besser, aber er darf ja nicht mit rein ins Krankenhaus.«

Leo strahlte: »Das freut mich, das ist ja wunderbar! Bald werd ich heim können, dann werden wir zwei wieder unsere Runden gehen.«

»Ihr zwei?«, fragte Bärbl. »Und was ist mit mir?«

Leo legte den Arm um sie: »Wir drei natürlich, wir drei«, lachte er glücklich. Bärbl schmunzelte »Wir vier, Leo, wir vier!«

Leo stutzte und fragte: »Vier? Wer denn noch?«

Traudl Burger und Korbinian Leitner lachten laut auf und sagten fast gleichzeitig mit freudiger Stimme: »Endlich, ein Enkelkind!«